에디션 **F**
01

**Feminist
Utopia
Trilogy 1**

내가
깨어났을 때

에디션 **F 01**
페미니스트 유토피아 3부작 1

내가 깨어났을 때

1판 1쇄 찍음 2020년 6월 5일
1판 1쇄 펴냄 2020년 6월 12일

지은이 샬럿 퍼킨스 길먼
옮긴이 임현정

주간 김현숙 | **편집** 변효현, 김주희
디자인 이현정, 전미혜
영업 백국현, 정강석 | **관리** 오유나

펴낸곳 궁리출판 | **펴낸이** 이갑수

등록 1999년 3월 29일 제300-2004-162호
주소 10881 경기도 파주시 회동길 325-12
전화 031-955-9818 | **팩스** 031-955-9848
홈페이지 www.kungree.com | **전자우편** kungree@kungree.com
페이스북 /kungreepress | **트위터** @kungreepress
인스타그램 /kungree_press

ⓒ 궁리출판, 2020.

ISBN 978-89-5820-669-9   04840

에디션 **F**
01

Feminist
Utopia
Trilogy 1

내가
깨어났을 때

Moving the Mountain

샬럿 퍼킨스 길먼 | 임현정 옮김

궁리
KungRee

서문

인간 심성의 두드러진 특징 중 하나는 더 나은 미래를 예견한다는 점이다.

"사람은 지나온 길과 다가오는 길을 본다.
그리고 존재하지 않는 것을 갈망한다."[*]

이 세상 삶이 끝난 다음 천국으로 향하는 것이 사람들의 목표로 자리 잡게 되자 성취의 원동력이었던 염원하고 갈망하며 미래를 내다보고 가능하면 많은 것을 이루고 싶어하던 사람들의 자연스런 경향이 서서히 사그라졌다.

'또 다른 세상'에 모든 희망을 건 사람들은 이 세상에서 희망을 잃은 채 살아갔다.

[*] 영국 낭만주의 시인 퍼시 비시 셸리의 시 <종달새에게> 중 한 구절 ─옮긴이

여전히 더 나은 인류의 가능성을 날카롭게 자각한 몇몇 지성은 글을 써서 자신의 통찰을 세상에 전하려 했다. 플라톤의 이상적인 『국가』에 서부터 허버트 조지 웰스의 『혜성의 시대』에 이르기까지 수많은 유토피아가 우리 앞에 등장했으며, 그중에서도 가장 널리 알려진 것은 토머스 모어 경의 『유토피아』와 위대한 근대의 예시인 『뒤돌아보며: 2000년에 1887년을』이다.

이 모든 유토피아 이야기에는 한두 가지 독특한 특징이 있는데, 머나먼 미래의 요소 또는 불가사의한 외부의 힘이 등장한다는 점이다. 『내가 깨어났을 때』는 가까운 미래에 구현된 유토피아, 성장의 가능성을 지닌 어린 유토피아 이야기이다. 소설 속에서 기존의 가능성은 다름 아닌 생각의 변화, 사람들 특히 여성들의 각성을 통해 실현된다. 이 이야기는 지금 이 시대를 살아가는 사람들이 30년 후 살게 될 삶을 제시한다. 우리가 소설 속 그들처럼 깨닫고 각성하기만 한다면.

진심으로 깨닫고 힘을 쏟는 방향을 재설정한다면, 30년 후 사람의 인생은 완전히 바뀔 수 있다.

이 세상 역시 그러하다.

Moving the Mountain

차례

1

백인 둘, 그러니까 남자 한 명과 여자 한 명이 흐리고, 춥고, 질척거리는 티베트 고원에 서서 서로를 뚫어져라 바라보고 있었다.

한쪽은 농민들과 함께인 반면 다른 한쪽은 우수한 탐험 장비를 든 짐꾼들과 안내인을 대동했다.

농부 복장의 남자는 낡아서 닳디 닳은 가죽 허리띠를 두르고 있었는데, 그 허리띠는 아시아의 전통 문양 대신 구불구불한 모양의 머리글자가 새겨진 무거운 버클 덕분에 눈에 확 띄었다.

여자는 버클에 반사된 햇빛 때문에 모자 아래 덥수룩한 턱수염으로 덮인 얼굴이 희다는 사실을 미처 알아채지 못했다. 여자는 버클을 자세히 보려고 앞으로 다가갔다.

"그 벨트 어디서 난 거죠?" 여자는 자신의 질문을 빨리 전하라는 듯 통역을 향해 소리쳤다.

남자가 여자의 목소리를, 여자의 말을 알아들었다.

그는 모자를 벗더니 멀리서 들려오는 소리에 귀 기울이는 사람마냥 낯선 표정으로 우두커니 여자를 쳐다보았다.

여자가 소리쳤다. "존이군요! 존 오빠예요!" 그는 손을 더듬더듬 머리 쪽으로 옮기며 "넬리!"라고 소리 지르는 듯하더니 비틀거리다가 뒤로 넘어지고 말았다.

어떤 사람이 30년 동안 정신을 잃었다가 깨어난다. 깨어나서 자신이 스물다섯 살의 미국인이라는 사실을 알게 된다.

아니었다. 난 내가 깨달은 사실을 받아들이기가 너무 힘들었다. 난 스물다섯이 아니었다. 쉰다섯이었다.

이런 식으로 다시 정신을 차린 후 한꺼번에 밀려오는 기억 속에서 내 정체성을 되찾는 작업은 아주 오랫동안 쓰지 않아 녹슬어버린 뇌에는 큰 부담이다.

더군다나 스물다섯 살에 떠난 세계와 완전히 다른 세상에 던져졌다면, 그 세상이 자신이 소중하게 간직하던 이상이 죄다 뒤집히거나 완전히 사라져버린, 기이하기 짝이 없는 사실 때문에 낯설고 이상한 생각과 감정이 밀려드는 세상이라면 그 부담은 상상을 초월하게 된다.

넬리는 내게 글을 써보라고 권유했다. 이번에는 넬리 말이 맞는 것 같다. 수많은 점에서 넬리와 의견을 달리하는 나도 이번만은 동생의 생각이 현명하다는 사실을 흔쾌히 인정한다. 분명히 나 자신을 재교육하고 정신적 긴장을 푸는 데 도움이 될 것이다.

자, 세 번째 인생을 살게 된 지금 내 첫 번째 인생에 대한 이야기를 시작해보자.

나는 사우스캐롤라이나 주에 살던 어느 감리교 목사의 외아들이다. 어머니는 북부 출신이었다. 어머니는 내가 일곱 살 때 엘런을 낳은 후 돌아가셨다. 아버지는 나를 잘 가르치셨다. 나는 남부에 있는 작은 규모의 대학에 진학했는데, 철학 과목에 뛰어났기에 고대 언어들을 전공했고, 강의 경험을 쌓고 여러 분야의 학위를 받은 후 인도와 티베트 탐험대에 합류할 수 있는 멋진 기회를 얻었다. 나는 저 덕망 있는 사람들과 고색창연한 경전, 유서 깊은 풍습이 보고 싶어 견딜 수 없었다.

우리는 히말라야 산맥을 여행했는데, 내가 마지막으로 기억나는 것은 야영과 6개월이나 지나버린 신문이다. 우리는 기쁘게도 산길에서 만난 일행에게서 그 신문을 얻었다.

우리 모두 그 신문을 광고와 사설까지 마르고 닳도록 읽었고, 난 신문을 통해 에디 씨의 사망 소식과 새롭게 출현한 종교가 여자들의 열광적인 지지 속에 온 나라를 휩쓸고 있다는 사실을 알았다. 그게 내가 읽은 마지막 뉴스거리였다. 짐작컨대 그날 밤 난 신문 그리고 이야기 나눌 일행이 있었기에 비몽사몽간에도 걸음을 옮길 수 있었던 것 같다. 내가 할 수 있는 설명은 이것뿐이다. 넬리가 날 발견하기 전까지, 내가 나에 대해 아는 것이라곤 내가 이 모습 그대로 누워 있었다는 사실뿐이었다.

일행이 내 실종 사실을 전했다. 그들은 여러 날 동안 수색했고 여기저기 수소문했다. 하지만 작은 단서조차 발견되지 않았다. 불쑥불쑥 나타나는 히말라야의 절벽은 천 길 낭떠러지였다.

여동생 넬리는 티베트를 여행하던 중에 농부들과 함께 있는 나를 발견했다. 넬리는 통역을 통해 농부들에게 이야기를 들었다. 발견 당시 난 쓰러진 채 그 사람들에게 둘러싸여 있었는데, 골절과 타박상을 입고 실신한 상태였지만 목숨은 붙어 있었다. 자비심 많은—차라리 무자비하다고 해야 할까?—나무들 덕에 절벽에서 추락할 때 충격이 줄어든 덕분이었다.

불교도인 농부들은 친절했다. 그들은 내 부러진 뼈를 치료했고, 나를 돌봐주었으며, 이윽고 나를 그 작은 마을의 수장으로 삼았다. 그런데 이 마을이 너무나 외진데다가 외부 세계에 알려지지도 않고 외지인과의 접촉도 없는 곳이라 말 못하는 백인의 이야기가 서양인들의 귀에 들어갈 기회가 전혀 없었다. 그들의 언어를 배울 때까지 벙어리로 지낸 나는 아무것도 모르는, 사람들 말에 따르면 '물가에 내놓은 어린애'였다.

사람들은 자신들이 아는 걸 내게 가르쳤다. 나는 마니차*를 돌렸고 결혼을 했던 것 같다. 넬리는 그곳 생활에 대해 물어보지 않았고 사람들도 세세한 언급은 하지 않았다. 게다가 그들이 마을의 위치를 거의 설명하지 않은 탓에 지금도 우리는 거기가 정확히 어딘지 모른다. 그 마을을

---

* 티베트 불교에서 사용되는 원통형 불교 도구—옮긴이

찾으려면 우리는 그날 야영지의 위치를 알아낸 후 내가 추락한 벼랑을 찾아낸 다음 로프를 이용해 그 아래로 내려가야 할 것이다.

다만 이젠 나의 관심이 그 덕망 있는 사람들과 유서 깊은 풍습에서 멀어졌으므로 우리가 그곳을 다시 찾을 일은 없을 것이다.

넬리가 나를 발견하고 나서 무슨 일이 일어났다. 넬리는 내가 자신을 안다고 말했고, 내가 "넬리!"라고 소리를 지른 다음 쓰러졌는데 그 돌에 머리를 세게 부딪힌 나머지 이번엔 '분명히' 죽었을 거라고 생각했다고 말했다. 그런데 내가 30년 전의 나로 다시 깨어난 것이다. 그리고 난 지나간 30년의 세월을 단 하루도 기억하지 못한다.

사실 기억하고 싶지도 않다. 나는 지저분한 티베트 옷들을 소독한 다음 치워버릴 것이다. 그 옷들을 두 번 다시 쳐다보고 싶지도 않다.

나는 내가 스물다섯 살 때 속해 있던 진짜 세계로 돌아왔다. 하지만 지금 난 쉰다섯이다.

자, 이제 넬리에 대해 이야기해보자. 넬리와의 관계만큼은 하나하나 차근차근 설명해야겠다.

아, 내 여동생! 나는 항상 넬리를 좋아했고 넬리 역시 나를 흠모했다. 넬리는 어릴 때 자연스럽게 나를 따랐고 내 말이라면 철석같이 믿었으며 강아지처럼 내 말을 잘 들었다. 소녀 시절 넬리에 대한 내 영향력은 막강했다. 넬리는 대학에 가고 싶어했지만 아버지는 당연히 반대했고 나는 그의 결정에 찬성했다. 내가 이 방에서 가장 싫어하고 경멸하는 사람이 있다면 바로 의지가 굳은 여자였다! 그러니까 예전에 그랬다는 말이다. 여동생 넬리는 미워하거나 깔볼 수 없는 존재였다.

내가 이곳의 삶을 떠난 후 얼마 지나지 않아 아버지가 돌연 세상을 떠나신 듯하다. 넬리가 농장을 상속받았는데 그 농장은 알고 보니 광산이었고 재산으로서 상당한 가치가 있었다.

혈혈단신이 된 그 불쌍한 아이는 스스로 모든 일을 해나갔다. 원하는 대로 대학에 진학했으며 외국 대학으로 유학도 갔다. 넬리는 약학을 공부했고 얼마간의 실습을 마친 후 한 대학에서 제안받은 학과장직을 받아들였다. 그리고 이 사실은 쓰고 싶지 않지만, 넬리는 지금 한 남녀공학 대학의 총장이다!

"'학과장'이 아니고?" 내가 여동생에게 물었다.

넬리가 말했다. "네, 여대에 학과장이 있긴 해요. 하지만 전 총장이에요."

내 여동생은 정말!

최악은 여동생이 지금 마흔여덟인 데 반해 난 사실상 스물다섯이라는 것이다! 넬리가 나보다 스물세 살이나 많다니. 넬리는 내가 통째로 잃어버린 30년의 경험을 고스란히 간직하고 있었고, 이제야 내가 조각을 맞추기 시작한 그 30년이란 시간 동안 일어난 변화는 평범한 한두 세기 동안 일어난 변화를 훌쩍 뛰어넘었다.

그 광산은, 말하자면 운이 좋았다.

"최소한 돈 걱정은 없겠네." 넬리가 불어난 우리 재산에 대해 말하자 나는 이렇게 대꾸했다.

넬리는 뭔가 비밀이 있는 양 살짝 묘한 미소를 지으며 말했다.

"네, 오빠. 앞으로 돈 걱정은 할 필요 없어요."

의학 지식이 풍부했던 넬리는 삭막한 평원과 언덕을 지나는 내내 내 몸을 철저히 보살폈고, 나를 최대한 편안하게 해안으로 데려온 다음 새로운 기선을 타고 집으로 향했다.

난 의사는 아니지만 지금은 머리를 찬찬히 움직이고 뭐든 너무 빨리 삼키지 않을 만큼 내 몸 상태에 대해 자각하고 있다.

넬리는 내게 이래라저래라 간섭하려 들었다. 동생을 원망해야 할지는 모르겠다. 어떤 때는 내가 정말 애처럼 느껴진다. 누구나 아는 평범한 상식조차 아예 모른다는 건 정말 창피한 일이다. 물론 비행기는 예상했다. 내가 미국을 떠나기 전에 이미 비행선이 하늘을 날기 시작했던 것이다. 지금은 아주 흔할 뿐 아니라 크기도 다양하다. 하지만 느리긴 해도 물길이 여전히 더 저렴한 경로였다.

넬리는 나를 집으로 서둘러 데려가고 싶지는 않다고 말했다. 여러 가지 일들을 설명할 시간을 원했다. 우리는 기선 좌석에 앉아 이야기를 나누며 오랜 시간을 보냈다.

가족에 대해 묻는 건 무의미하다. 지금은 나이가 어린 사촌과 오촌만 있을 뿐 고모와 삼촌은 대부분 세상을 떠났다. 제이크 삼촌은 생존해 계셨다. 넬리는 그에 대해 언급하면서 개구쟁이 같은 미소를 지었다.

"오빠, 힘들면 제이크 삼촌에게 가서 좀 쉬도록 해요. 제이크 삼촌과 도커스 숙모는 예전에 살던 곳에서 꿈쩍도 하지 않았으니까요. 그 양반들은 신문물은 아예 받아들일 생각이 없어요. 항상 그러셨듯 산속 작은 농장에서 삼촌은 밭을 일구고 숙모는 요리를 하시지요. 사람들이 삼촌 부부를 보러 간다니까요."

"사람들이 그러면 안 된다는 거니?" 내가 물었다. 그러자 넬리는 다시 예의 그 묘한 미소를 지었다.

"제 말은 사람들이 삼촌 부부가 마치 피라미드라도 되는 듯 구경하러 간다는 뜻이에요."

내가 말했다. "그렇구나. 아무래도 웰스가 쓴 『깨어난 자』*에 나오는 비현실적인 악몽 속 세상에 대한 대비라도 해두는 게 좋겠다."

"아, 저도 그 책 기억나요. 다른 책들도요. 사람들은 자신이 생각한 대로 단정 짓는 버릇이 있어요. 하지만 자신들이 변할 수 있다는 사실은 절대 깨닫지 못한다니까요."

"그래, 인간의 본성을 바꿀 수는 없지."

넬리는 웃음을 터뜨렸다. 그리고 내 손을 꼭 쥐더니 쓰다듬었다.

"나의 소중한 오빠, 어디 있다가 이제 오셨어요! 오빠가 미치도록 화가 치밀 때면 제가 머리를 늘어뜨리고 짧은 치마를 입고 있을 테니 그때 제

---

* The Sleeper Awakes, 영국 작가 허버트 조지 웰스가 쓴 공상과학소설. 잠자는 동안의 시간 여행을 그린 이 소설에서, 주인공은 100년간 잠든 사이에 예금 잔액이 크게 늘어나 미래에 세계 최고의 부자가 된다.—옮긴이

게 잔소리 좀 하세요. 그럼 기분이 좀 나아질 테죠. '인간의 본성을 바꿀 수는 없다!'니, 오빠에게 딱 맞는 말 아닌가요?" 그러고는 다시 웃었다.

넬리는 이상한 구석이 있었다. 정말 이상했다. 어릴 때와 다른 거야 당연하다지만 넬리는 내가 본 마흔여덟 살의 어떤 여자와도, 아니 어느 연령대의 여자들과도 달랐다.

일단 넬리는 전혀 나이 들어 보이지 않았다. 이곳에서 여자 나이 사십이면 많은 나이인데, 하물며 넬리는 오십을 바라보는 나이였다! 그뿐만 아니라, 뭐랄까, 의존적인 성격과는 거리가 멀었다. 난 내가 제정신이 들고 뭐라도 할 정도로 체력을 회복하자마자 넬리에게 여자에게 필요한 이런저런 도움을 주면서, 넬리의 언행에 관심을 갖기 시작하면서부터 비로소 이 차이를 알아차렸다.

넬리는 활기차고 단호했으며 자신감이 넘쳤다. 그 태도가 불쾌한 건 아니었다. 불쾌하다는 느낌과는 거리가 멀었다. 뭐라고 할까… 좀 남자 같았다. 아니, 그 말도 맞지 않다. 넬리는 전혀 남자 같지 않고 자기주장이 강하지도 않았다. 다만 마치 원래부터 자기 것이었던 것처럼 모든 것을 쉽게 받아들였다.

머리가 예전처럼 돌아가려면 어느 정도 시간이 흘러야 할 것 같다. 나는 쉽게 지친다. 넬리는 걱정하는 나를 안심시키면서 뇌가 모든 관계를 재설정하고 정상적으로 작동할 때까지 1년은 걸릴 것이라고 말했다. 염려하지 말고 충분한 수면을 취하며, 날마다 최소한의 독서와 대화만 하라는 충고도 곁들였다.

넬리가 말했다. "오빠, 곧 좋아질 거예요. 앞으로 살아갈 인생이 구만 리인걸요. 오빠는 주로 야외에서 생활했나봐요. 아주 건강해 보여요. 예전보다 더 잘생겨 보이기까지 하는걸요."

넬리는 최소한 남의 비위를 맞춰야 한다는 여자의 본분은 잊지 않은 듯했다.

"예전과 비교하면 지금 세상은 훨씬 살 만해요. 제게 익숙한 나머지 오빠에게 이야기하는 걸 잊은 게 많은데, 여러 면에서 놀랄 일이 많을 거예요. 다 좋은 변화들이에요. 오빠도 곧 적응할 거예요. 아직 젊으니 까요." 넬리가 장담했다.

넬리가 실수를 한 건 바로 이 부분이다. 넬리는 나를 예전의 그 용감하고 나이가 한창인 오빠로 생각하는 게 분명했다. 내가 늙었다는 사실을 잊고 있었다. 결국 넬리에게 나는 늙었다고 고백했다.

넬리가 말했다. "존 로버트슨 씨! 아니에요. 오빠 생각은 전적으로 틀렸어요. 물론 오빠는 인간 수명과 관련된 연구가 어느 정도 진척됐는지 모르겠지요. 지금 우리가 얼마나 다르게 느끼는지 모를 거예요. 우리는 생리학적으로 인간 수명의 한계가 백오십 살 정도라는 걸 알아냈어요. 이제 건강만 허락한다면 백 살까지 사는 건 일도 아니에요. 실제로 아주 많은 사람들이 백 살 넘게 살고 있어요."

내가 항변했다. "난 백 살까지 살고 싶지 않아. 아흔여덟 된 사람을 한번 본 적이 있거든. 난 절대 그런 노인이 되고 싶지 않아."

넬리가 말했다. "지금은 그렇지 않아요. 제 말은 인생을 충분히 즐기

면서 백 살까지 산다는 뜻이에요. 그러니까 '신체 능력을 유지하면서'
말이죠. 이 배의 의사만 해도 올해 여든일곱 살이에요."

그 말에 나는 적잖게 놀랐다. 그 남자와 잠시 얘기를 나눈 적이 있는
데, 예순 살 정도로 보였기 때문이다.

"네 얘기대로라면 백 살 된 사람의 외모는…"

"일리 할아버지 같을 거예요." 넬리가 말했다.

나는 일흔다섯의 연세에도 장신에 꼿꼿하고 정정했던 외할아버지가
생각났다. 외할아버지의 눈은 맑고 걸음걸이는 단단하며 혈색은 장밋
빛이었다. 그 정도 미래면 나쁘지 않았다.

"그런 조건이라면 백 살까지 사는 것도 괜찮겠다." 내가 넬리에게 말
했다.

넬리는 날마다 이 세계에서 일어난 다양한 변화에 대해 내게 조금씩
말해줬고 새로운 지도를 보여줬으며 시사 잡지도 조금씩 읽도록 했다.

"내가 이곳을 떠날 때 시중에 잡지가 몇천 권 정도였다면 지금은 한
백만 권쯤 되는 것 같구나." 내가 말했다.

"아뇨. 오히려 더 줄었어요. 하지만 품질은 훨씬 더 좋아졌지요." 넬리
가 대답했다.

나는 손에 든 잡지 한 권을 넘겨보았다. 꽤 가볍고 얇았으며 쉽게 펼
쳐졌다. 종이와 인쇄 상태는 최고였고 가격은 25센트였다.

"이 잡지는 원래 가격이 싼 거니? 아니면 더 비쌌는데 할인하는 건

가?"

넬리가 말했다. "대중 잡지냐고 묻는 거라면 맞아요. 모든 잡지가 다 구독자가 백만 명이 넘거든요."

"종이하고 인쇄 상태 말고 또 뭐가 달라졌지?" 내가 물었다.

"사진이 훌륭해요."

나는 잡지를 다시 훑어보았다.

"그래, 아주 좋은데. 많이 나아졌어. 그래도 광고가 사라진 것 말고는 뭐가 특별한지 모르겠는걸."

넬리가 내 손에서 잡지를 가져가더니 쭉쭉 넘겼다.

"그냥 한번 읽어봐요. 이 이야기도 살펴보고 이 기사도, 저 글도 읽어 보세요."

내가 햇살 속에서 조용히 앉아 잡지를 읽는 동안 갈매기들은 예전처럼 상공을 빙그르르 돌다가 바다를 향해 비행했고, 드넓은 보랏빛 바다는 변덕스럽게 굴다가도 언제 그랬냐는 듯 출렁임 하나 없는 잔잔한 바다로 돌아갔다.

한 기사는 시에서 제공하는 서비스의 확대와 이전 단계에 대한 논평을 다루고 있었는데 그 논평을 통해 나는 많은 것을 깨달았다. 다른 기사는 최근의 교육심리학 이론에 관한 것이었는데 이 역시 현재의 진척 상황을 다룸으로써 내게 생각거리를 던져주었다. 이야기는 아주 독창적이었다. 정말 재미있었는데 두 번째 읽었을 때 그 이야기가 왠지 묘한 느낌을 주는 이유를 알았다. 그 이야기는 여자들, 그러니까 사업 파트너인 두 여자가 각자 또 함께 모험을 겪는 이야기였다.

나는 그 이야기를 세심하게 읽었다. 그들은 소녀도 아니었고 매력적인 외모의 소유자도 아니었으며 미혼이었다. 사실 그 이야기에는 그녀들이 결혼을 하는지, 안 하는지, 한 번이라도 결혼을 했었는지, 결혼을 원하기는 하는지에 대한 언급이 아예 없었다. 그래도 난 그 이야기가 재미있었다!

나는 담요를 덮은 무릎 위에 잡지를 놓고 명상에 잠겼다. 몸이 아니라 정신적으로 기분 나쁘게 메스꺼운 느낌이 나를 덮쳤다. 나는 그 잡지를 다시 살펴보았다. 잡지의 편집자도, 원고 기고자도 대부분 여자였지만 이 잡지는 내가 '여성 잡지'라고 부르던 그런 잡지가 아니었다. 나는 잡지에 등장한 모든 주제가 암시하는 것과 대상들에 관해 탐구하기 시작했다.

넬리가 내 상태를 살피기 위해 왔다. 나는 넬리가 다가오는 모습을 바라보았다. 활기차면서도 단단해 보이는 외모에 몸이 편하도록 딱 맞게 재단된 옷을 잘 차려입은 넬리는 내가 한때 보호하며 가르치면서 뿌듯해하던 늘씬하고 우아하며 순종적인 소녀와는 거리가 멀어 보였다.

"우리는 언제쯤 도착할까요, 매니저님?" 내가 넬리에게 물었다.

"내일모레요." 넬리는 알아보겠다거나, 누구에게든 물어보겠다는 말 한마디 없이 재빨리 내 물음에 대답했다.

"부인, 여기 앉아서 지금 얘기 좀 합시다. 무슨 일이 일어나고 있는 거죠? 아메리카 대륙에 남자는 전혀 없나요?"

넬리가 깔깔대며 웃었다.

"남자들이 없냐고요? 세상에! 여자만큼이나 많아요. 아니 좀 더 많을 거예요. 예전처럼 훨씬 많은 건 아니지만 여전히 좀 더 많아요. 오빠 때에는 남자가 백오십만 명 정도 더 많았지요."

내가 말했다. "남자들이 살 수 있는 세상이라니 다행이구나! 그럼 이게 가장 끔찍한데… 남자들 모두가 집안일을 하니?"

"오빠는 집안일을 가장 끔찍한 일이라고 부르는군요?" 넬리는 머리를 한쪽으로 기울인 채 애정 어린 말투로 짓궂게 물었다. "'가장 끔찍한' 일에 가까웠죠! 사실 남자들은 예전과 마찬가지로 여전히 많은 일을 하고 있어요."

나는 안도의 한숨을 내쉬고는 잡지를 의자 밑으로 던졌다.

"남자들이 하나도 없는 게 아닌가 생각하던 참이었어. 남자들은 여전히 바지를 입고 있겠지?"

넬리가 웃음을 터뜨렸다.

"그렇다마다요. 예전만큼이나 많이 입는답니다."

"그럼 여자들은 어떤 옷을 입니?" 나는 미심쩍다는 듯이 물었다.

"일하기 편한 옷을 입죠." 넬리가 대답했다.

"일이라고? 어떤 일을 하는데?"

"좋아하는 일이라면 뭐든지 하죠."

나는 신음 소리를 내며 눈을 감았다. 내가 떠난 세계에는 불만을 품은 사람보다는 삶에 만족하는 사람과 행복한 가정이 훨씬 많았다. 그런데 지금 나는 사내 같은 여자와 부드러운 사내가 있는 무시무시한 세상으로 향하고 있었다.

"이 배에는 어떻게 그런 사람이 하나도 없지?" 내가 물었다.

"어떤 사람들 말인가요?" 넬리가 물었다.

"신여성들이라고 해야 하나?"

"아니, 있어요. 탤벗 씨만 빼고는 모두 신여성들이죠. 탤벗 씨는 저보다 나이도 많고, 좀 보수적이에요."

탤벗 씨는 뻣뻣하고 독실하지만 속이 좁은 늙은 여자로, 난 배에 있는 사람 중에서 그녀가 마음에 들었다.

"그럼 저 아리따운 엑서터 씨가 신여성이라는 말이니?"

"엑서터 씨는 대형 상점의 소유주인데 직접 운영하고 있기도 해요. 오빠의 말뜻이 그거라면요."

"저쪽에 있는 보든 가 딸들은?"

"저들은 집 단장하는 일을 해요. 사업차 외국 출장 중이에요."

"그럼 그린 씨하고 샌드위치 양은?"

"한 명은 모자 디자이너이고 다른 한 명은 교사예요. 휴가가 거의 끝나서 집으로 돌아가는 길이죠."

"그럼 엘웰 양은?"

엘웰 양은 나의 과거 기억 속 다른 소녀처럼 승선한 여자 중 외모가 가장 뛰어난 탓에 관심을 독차지했다.

"엘웰 양은 토목기사예요." 여동생이 말했다.

"끔찍하구나. 몸서리치게 끔찍해! 다른 부류의 여자들은 없는 거니?"

넬리가 장난스럽게 말했다. "도커스 숙모님이 있잖아요. 사촌 드루실라도 있고요. 오빠, 드루실라 기억하죠?"

2

.

이틀 후라니! 이틀 후 나는 낯설고 새로우면서 혐오스러운 세계와 마주할 예정이었다.

여기저기에서 주워 모은 정보를 생각하면 할수록 내 앞에 펼쳐질 세계가 싫었다. 강렬한 빛처럼 되살아난 기억과 지식, 여동생과의 첫 만남에서 느낀 환희, 떠나온 집을 다시 볼 수 있다는 희망에 젖어 있던 나는, 낯선 이 풍경이 얼떨떨한 상태인 내게만 새로운 것인지 아니면 이 세계의 다른 사람에게도 그런 것인지 명확하게 구분하지 못했다. 그런데 이제 불균형과 비현실성으로 인한 기묘한 느낌이 나를 괴롭히기 시작했다.

머리가 맑아지고 그동안 쌓은 지식을 통해 향후 전망과 관계에 대한 감각이 생기자 내가 당면한 상황은 불길한 중요성을 띠기 시작했다.

변화는 유익한 것일지라도 누구에게든 충격으로 다가오기 마련이다. 지나치게 갑작스럽고 너무나 큰 변화라면 누구든 감당하기 힘들다. 하물며 전례 없는 경험을 앞둔 내가 느끼는 특별한 공포를 누가 이해할 수 있으랴.

모든 것이 서서히 분명해져갔다.

일단, 잃어버린 내 인생은 다시 되돌릴 수 없었다.

30년이라는 세월이, 실제로 산 30년이라는 세월이 내게서 영원히 사라져버린 것이다.

나는 확실히 강해졌고 충분히 건강하며, 희망 섞어 말하자면 예전의 그 활력 넘치는 모습으로 돌아왔지만 세상은 전과 같지 않았다.

30년을 감방에서 보낸 죄수라도 결국은 오랫동안 떠나 있던 똑같은 세상으로 돌아간다.

하지만 나는! 그저 잠이 든 것 같았는데, 그 사이에 내 세상을 도둑맞은 것이다.

나는 생각은 떨쳐버리고 몸으로 부딪쳐보기로 했다.

일단 내가 타고 있는 커다란 배, 이 작은 세상에 대해 말해보자. 나는 배에 대해 많은 걸 알게 됐다. 일단 이 배는 '증기선'이 아니고, 내가 모르는 이름으로 불렸다. 동력은 전기였다.

나는 배에 있는 각종 기계부품들을 살피면서 생각했다. '흠, 이쯤은 나도 예측할 수 있었을 거야. 우리가 1910년에 이룬 기술 진보가 30년 동안 이어졌다면 온갖 다양한 전기 모터를 개발하기에 충분하지.'

기관사는 쾌활한 신사로, 자신의 직업과 기관사들이 이룬 놀라운 기술적 진보에 대해 기꺼이 들려주었다. 배에는 확실히 선원이 많았다. 과거에 비하면 사람 손이 필요한 작업이 훨씬 줄었는데도 선원은 예전만 큰 많았다. 나는 항해사들은 물론 다른 남자들과도 안면을 트고 지냈는데 이들은 모두 정중하며 깍듯했다. 하지만 난 처음에는 사람들의 태도나 주변 상황이 새롭다는 사실을 알아차리지 못했다.

갑판으로 올라간 나는 배에 설치된 완벽한 환기장치, 음식 냄새나 바닥에 괸 더러운 물 냄새가 전혀 없는 점, 작지만 편리하고 적절한 외관까지 갖춘 의장품*과 비품들, 변함없이 부드러운 배의 속도 등 내가 관찰한 것들을 생각했다.

선원의 선실은 배의 어느 부분보다도 훌륭했다. 특히 선원 선실과 3등 선실은 내 기억과 아주 달랐다. 승선한 손님이 머무는 선실은 등급에 따라 크기와 내부 장식의 차이가 있긴 했지만 모두 깨끗하고 편안했다. 그리고 누구든 남자라면 불편함 없이 선원 선실에 머무를 수도 있었다. 실제로 많은 남자들이 그렇게 하고 있었다. 난 우연히 선원 한 명이 하버드 대학 출신이라는 사실을 알았다. 그 사실을 밝히는 데 전혀 거리낌이 없는 걸 보니 골칫덩어리는 아닌 모양이었다.

그는 왜 이 일을 택했을까?

아, 그는 경험을 원했던 것이다. 다른 직업을 갖는 경험은 인생의 폭을 넓혀준다.

그렇다면 그는 왜 항해사가 되지 않았을까?

---

* 艤裝品, 배의 출항에 필요해 배 안에 꾸려놓은 물건—옮긴이

선원 일을 오래 할 생각이 없었던 것이다. 이 일은 그에게 하나의 경력일 따름이었다.

나는 보거나 묻지 않고 추론했을 뿐인데도 다시 발 딛고 있는 땅이 약간 흔들리는 듯한 느낌이 들었다.

벨러미*가 책 속에서 꾼 오랜 꿈이 이곳에서 이루어진 것일까? 아니면 젊은 남자에게는 싫든 좋든 하인이나 할 법한 일만 시켰던 것일까?

젊은이들이 허드렛일을 하는 게 일반적인 관행은 아니었는지 몇몇 선원은 아주 나이가 많았고 오랫동안 이 일에 종사한 듯했다. 나는 깔끔한 외모와 쾌활한 성격과는 달리 예전에 갑판선원으로 일했음직한 60대 남성을 알게 됐다.

그렇다, 그는 어릴 적부터 바다를 쫓아다녔다. 그렇다, 그는 바다를 좋아했다. 언제나 바다를 좋아한 그는 어릴 때보다 지금 더 바다를 좋아했다.

그는 많은 변화를 목격했을까? 나는 대수롭지 않은 듯 질문을 던지면서 유심히 귀를 기울였다.

변화라! 그는 많은 변화를 겪은 것 같았다. 예를 들면 담배 품질이 더 좋아졌다. 나는 남자들이 여전히 담배를 피운다는 사실을 알고서 한시름 놓았는데, 이 남자와 나이 많은 항해사 한 명만 빼고 배에서 담배 피

---

* 미국의 소설가 에드워드 벨러미를 말한다. 그가 1888년 펴낸 유토피아 소설 『뒤돌아보며: 2000년에 1887년을』은 베스트셀러가 되었다.—옮긴이

우는 사람이 아예 눈에 띄지 않았다는 사실이 떠오르자 다시 불안감이 엄습했다.

"담배 품질이 더 좋아진 이유가 뭐라고 생각하십니까?" 내가 나이 많은 북부 남자에게 물었다.

그는 기분이 좋은 듯 활짝 웃었다.

"덜 팔리기 때문이겠지요. 젊은 친구들은 더 이상 담배를 피우지 않아요. 10년 전만 해도 죄다 담배를 씹고 있었는데 말이죠."

"품질도 좋아지고 가격도 내린 건가요?"

"그렇지 않아요. 빌어먹을 정도로 가격이 비싸요. 하긴 뭐 급료도 오르긴 했군요." 그는 마지못해 인정했다.

"담배도 좋아지고 급료도 올랐군요. 또 나아진 게 있습니까?"

"그럼요! 먹거리도 상상 이상으로 바뀌었어요. 집도, 옷도 다 좋아졌죠. 더 좋은 걸 만들고 있거든요."

"아하! 그렇군요!" 나는 되도록 싹싹하게 말했다. "그런 부분은 제 젊은 시절과 많이 다르네요. 저보다 나이 많은 사람들은 하나같이 모든 것에 불만이었거든요. 자기가 젊었을 때 모든 게 더 좋았고 물건 가격도 더 쌌다고들 말했지요."

"맞아요. 그랬지요." 그가 골똘히 생각에 잠긴 채 시인했다. "하지만 지금은 그렇지 않아요. 신발도 그렇고, 모든 게 더 나아졌어요. 이러다가 해가 서쪽에서 뜨는 것 아닌가요, 선생?"

그랬다. 난 그 섬이 마음에 늘지 않았다. 나는 나이 많은 선원과 헤어진 후 키플링의 고양이*처럼 혼자 걸어갔다.

나는 조바심을 내며 혼잣말을 했다. "당연하지, 당연하고말고! 60년 전과 비교하면 많은 게 발전한 거야 당연할 테고, 내 젊은 시절과 비교해도 어마어마하게 바뀌었겠지. 이런 종류의 발전은 가속도가 붙기 마련이니까. 세상은 변하고 있어. 그런데 사람들은…"

소름끼치도록 비현실감이 느껴진 건 바로 이 지점이었다.

처음에는 모든 게 아주 낯설었는데 내 감정과 상황에 따라 친절하고 사려 깊게, 세심하게 배려해준 여동생과 다른 주위 사람들 덕분에 나는 이 놀랄 만한 상황을 제대로 알아차리지 못했다. 이건 마치 선한 사람들이 연 집안 잔치에 와 있는 느낌이었다. 상냥하며 쾌활하고 공손한 사람들만 모여 있는지 나는 문득 이곳에는 불만스러운 얼굴도 없고 불쾌한 말도 들리지 않으며 겉으로는 예의를 차리지만 속으로는 못마땅해하는, 겉 다르고 속 다른 사람도 없다는 사실을 깨달았다.

그래도 내가 희망을 품고 있는 사람이 한 명 있었는데, 다소 딱딱한 표정을 짓고 있는 중년 여성인 탤벗 씨였다. 탤벗 씨를 찾아낸 나는 나이 든 여성이 좋아할 만한 관심을 드러내며 그녀의 환심을 사기 위해 애썼다.

탤벗 씨는 내 관심을 당연한 듯 받아들였고, 내 건강이 괜찮은지 꼬치

---

* 『정글북』으로 유명한 영국 작가 러디어드 키플링은 1902년에 「혼자 걷는 고양이」라는 단편을 쓰고 직접 삽화를 그렸다.—옮긴이

꼬치 캐물었는데, 그녀의 이런 질문은 문득 내가 더 이상 젊은이가 아니라는 사실을 상기시켰다.

탤벗 씨가 얘기하는 동안 나는 생각을 고쳐먹으려고 애썼으나 그건 고통스러울 만큼 힘들었다. 전혀 만끽하지도 못했는데 하룻밤 사이에 젊음이 사라지다니!

"주의를 집중하기가 힘드신가 보군요?" 탤벗 씨가 내 얼굴에 차가운 시선을 고정한 채 말했다.

"죄송합니다, 그런 것 같군요. 그러니까 말씀하신 내용이…"

"돌아가면 많은 변화를 보게 될 거라고 말하고 있었어요."

"이미 알고 있습니다, 탤벗 씨. 상당한 변화가 있었다지요. 너무 갑작스러운 것 같아요."

"그래요. 당신은 오랫동안 다른 곳에 있었다고 들었어요. 극동 지역에 머물렀다구요?"

탤벗 씨는 내게 질문을 한 첫 번째 사람이었다. 확실히 그녀는 지난 세대의 매너를 지니고 있었고, 나는 젊은 세대들의 매너가 한결 좋아졌음을 다시 한번 인정해야 했다.

아무튼 나는 구시대적 공격에 맞서는 구시대적 방어를 기억해냈다.

나는 선선히 대답했다. "꽤 오랜 기간이었지요. 꽤 길었어요. 당신은 많은 변화 중에서도 어떤 것이 제게 가장 인상 깊을 거라고 생각하시나요?"

"여자들이죠." 그녀는 망설임 없이 대답했다.

나는 한껏 예의 바른 미소를 짓고는 허리를 굽힌 채 대답했다.

"여성들은 여전히 매력적이던데요."

그녀의 굳은 얼굴에 만족스러운 미소가 번졌다.

탤벗 씨가 외쳤다. "당신은 저를 정말 즐겁게 해주시는군요. 그런 칭찬은 15년 만에 처음이에요."

"세상에, 부인! 우리 남자들은 대체 무슨 생각을 하는 걸까요?"

"그건 남자들 탓이 아니에요. 여자들 잘못이지요. 그런데 그들은 그 사실을 받아들이지 않아요."

"신여성들이 많은가요?"

"나 같은 늙은이 몇 명 빼고는 죄다 신여성들뿐이에요."

내가 서둘러 당신 같은 여자를 늙은이라고 칭해서는 안 된다고 말하자 탤벗 씨는 소녀처럼 흐뭇한 표정을 지었다.

안도한 나는 이내 실례한다고 말한 후 그녀 곁을 떠났다. 내가 좋아하는 유형의 여자라고 생각했는데 직접 만난 후 그 반대라는 걸 알게 되자 짜증이 치밀었다.

반대편 갑판에서 이번엔 혼자 있는 엘웰 양을 보았다. 난처한 표정으로 자리를 떠나는 모습이 홀로 남은 지 얼마 되지 않은 듯했다.

"제가 시간을 내어주시겠습니까, 엘웰 양?"

그녀가 내 제안을 수락했다. 우리는 잠시 말없이 서성거렸다.

그녀는 생기 넘치는 맑은 피부와 환하게 빛나는 눈을 가진 사랑스럽고 솔직한 매력의 소유자로 보고만 있어도 절로 기분이 좋아졌다. 나는 바다나 날씨 등 배에서 나눌 법한 이런저런 얘기를 했는데 그녀가 어찌나 친근하며 사랑스럽고 겸손하면서도 꾸밈없이 솔직한지 함께 있는 시간이 정말 즐겁게 느껴졌다.

엘웰 양이 토목기사라는 넬리의 말은 착각임에 분명했다. 엘웰 양은 기껏해야 대학생일 것이다. 그녀는 정말 아름다웠다.

나는 그녀와의 대화에 푹 빠졌다. 이윽고 엘웰 양이 자리를 떴는데 아마 누군가를 만나러 가는 것 같았다. 그때 문득 난 엘웰 양이 누군가와 함께 있는 걸 본 적이 없다는 사실이 떠올랐다.

내가 말했다. "넬리, 모든 걸 제발 솔직하게 말해줘. 너무 혼란스러워서 정신 착란이 일어날 지경이니까. 세상에 무슨 일이 일어난 거니? 도대체 멸종된 소설에 뭐라고 쓰여 있었는지 죄다 말해주렴. 난 다 감당할수 있으니까. 하지만 이 끔찍한 긴장감은 견딜 수가 없어. 그건 그렇고 소설이 이 세상에 아직 존재하긴 하는 거니?"

"소설이요? 물론 많아요. 그 어느 때보다도 좋은 책들이 많이 나왔어요. 오빠가 생활에 적응해 나가는 동안 읽을 만한 책들이 꽤 많을 거예요. 역사적인 배경 설명이 있는 책이 필요하세요?"

"그래, 대략적인 흐름, 말하자면 큰 제목만 알면 돼. 지나간 세계에 다시 적응하는 것도 쉽지 않은데 새로운 게 너무 많구나."

우리는 갑판 의자에 앉아 있었는데 점심 식사를 마친 많은 사람들이 졸고 있었다. 넬리는 두 손을 뻗더니 내 손을 꽉 잡았다. 영원히 사라진 과거와 앞으로 펼쳐질 불확실한 미래를 잇는, 생생하게 눈에 보이는 이 연결고리가 놀랍게도 내게 큰 위로가 되었다. 사실 넬리가 없었다면 그 머나먼 과거 역시 희미해서 과연 존재했었는지 의구심이 들 지경이었다.

나는 밖에서 무슨 일이 벌어지고 있는지 모른 채 물 밑에서 헤엄치고 있는 사람이 된 것 같았다. 어쨌든 넬리는 내가 디딜 수 있는 단단한 땅이 되어주었다. 그녀는 새로운 세상 속 자신의 위치에 개의치 않고 내게 기꺼이 과거 세계에 대한 이야기를 들려주었다.

길고 조용하고 평화로운 나날 동안 나는 넬리 덕분에 우리가 함께했던 즐거운 어린 시절의 추억을 되찾았다. 남부의 작은 집, 북부 출신의 차분한 어머니, 학교가 없는 지역에 살았던 우리가 어린 시절 어머니에게 받았던 훌륭한 가정교육, 멋진 외모와 정중하며 고매한 인격의 소유자였지만 완강하고 편협했던 아버지. 넬리의 다정한 안내 덕분에 오랫동안 사용하지 않았던 나의 기억세포들은 마치 비 맞은 나뭇잎처럼 되살아났고, 마침내 내 과거도 뚜렷한 모습을 드러냈다.

내 대학시절과 언젠가 우리 집을 방문한 오랜 친구 그레인저, 이웃과 친척들, 열 살 많은 게 무슨 벼슬인 양 꼬마라고 놀리고 못살게 굴기까지 했는데도 아시아로 떠날 때 내게 작별 키스를 해준 작고 호리호리한 사촌 드루실라까지.

넬리는 내가 기억해낸 것들에 대해서 이야기를 해주긴 했지만 어떻게 변했는지에 대해서는 애써 설명을 피하거나 언급하는 걸 조용히 거절했다.

나는 처음에는 넬리가 옳다고 생각했다.

내가 말했다. "다 말해봐! 우리는 사회주의를 받아들였니?" 나는 답변을 들을 마음의 준비를 했다.

"사회주의요? 아, 그럼요. 우리는 사회주의를 받아들였어요. 하지만 이미 20년 전 일이에요."

"그럼 지속되지 않았다는 거야? 사회주의가 실현 불가능한 바보 같은 생각이라는 걸 입증한 거야? 사람들은 사회주의를 폐기한 거야?"

한층 진지해진 나는 똑바로 앉았다.

넬리가 말했다. "세상에! 그렇지 않아요. 이런 새로운 사상을 낡은 언어로 설명하기는 아주 힘들어요. 우리는 사회주의를 넘어섰어요."

"사회주의를 넘어섰다고! 무정부 상태는 아니고?"

"세상에, 오빠, 절대 그렇지 않아요. 제 말은 우리가 사회주의가 의미하는 바를 더 잘 이해하게 됐다는 뜻이에요. 우리는 사회주의가 요구하는 것보다도 훨씬 더 많은 것을 성취했어요. 하지만 이 제도를 사회주의라고 부르지는 않아요."

나는 이해할 수 없었다.

넬리가 말했다. "말하자면 이런 거예요. 만약 오빠가 한 친구와 충만한 애정과 무한한 기쁨과 들뜬 기대감을 가지고 오랫동안 열렬히 우정을 나누던 중에 그 친구를 떠났다고 생각해봐요. 그 후 오빠가 다시 돌아와서 친구에게 '아직도 나와의 우정을 간직하고 있나?'라고 물었어요. 그때 친구가 '이보게, 난 결혼했네.'라고 대답한다고 해서 그가 우정을 저버린 것도 아니고, 그 말이 오랜 기간 우정을 간직하는 게 바보 같은 짓이라는 걸 증명하는 것도 아니에요. 그는 우정을 간직하고 있었어요. 다만, 우정을 넘어선 거예요."

"계속해봐. 비유를 이해하기 어렵구나."

넬리는 잠시 생각했다.

"그렇다면 단도직입적으로 말해볼게요. 18세기 당시 세계에는 민주주의의 바람이 거셌어요. 모든 사람을 위한 제도였지요. 사람들은 엄청난 투쟁 끝에 민주주의를 쟁취했고, 정착시켜 나갔어요. 민주주의는 훌륭한 제도였지만 시간이 필요했어요. 난관도 많았지요. 그래도 결국 발전했어요. 새로운 세기가 도래한 후 사람들은 민주주의를 이룬 훌륭한 성과에 대해 말하기보다 민주주의를 실현하기 위해 더 확고한 노력을 기울이고 있지요."

이 설명은 좀 더 분명했다.

나는 천천히 넬리의 말을 이해했다.

"그러니까 네 말은 사회주의를 받아들인 후 더욱 발전시켰다는 거구나?"

"정확해요, 오빠. '바로 그거야!' 예전엔 이렇게 말했었죠. 하지만 이마저도 가장 중요한 단계는 아니에요."

"아니라고? 또 뭐가 있는데?"

"새로운 종교죠."

나는 실망감을 드러냈다. 넬리는 조용히 내 얼굴을 쳐다보더니 웃음을 터뜨렸다. 그녀는 심지어 내게 가벼운 키스를 했다.

넬리가 말했다. "오빠, 오빠를 '멸종된 생각하는 종'이라며 심리학자에게 데려가면 전 큰돈을 벌 수도 있겠는 걸요! 오빠는 털매머드보다 더 큰 주목을 받을 거예요."

나는 쓴웃음을 지었다. 넬리가 내 손을 꼭 쥐었다. "농담으로라도 말하는 편이 나아요, 노친네 양반! 익숙해져야 하니까요. 이르면 이를수록 더 빨리 적응될 거예요!'

"좋아. 이번엔 새로운 종교에 대해 설명해다오."

넬리는 즐거운 추억을 회상하는 듯한 표정으로 다시 의자에 앉았다.

넬리가 말했다. "그러고보니 까맣게 잊고 있었어요. 우리는 종교에 대해서는 별 생각이 없었잖아요?"

"아버지는 달랐지." 내가 말했다.

"아니에요. 아버지나 다른 목사들도 종교를 단지… 뭐랄까… 아주 튼튼한 비상용 사다리 같은 거라고 여겼죠! 아무도 종교의 가치를 인정하지 않았어요!"

"사람들은 종교에 엄청난 시간과 돈을 들였어." 내가 말했다.

"그건 가치를 인정하는 게 아니에요!"

"이야기를 해보렴. 또 다른 예수가 나타나기라도 했니?"

"그렇게 부를 수도 있겠네요." 인정하는 넬리의 목소리가 사뭇 진지해졌다. "우리에겐 분명히 확실한 힘을 가진 사람이 있었어요."

이 이야기는 전혀 구미가 당기지 않았다. 감미로운 엄숙함이 감도는 표정으로 '새로운 종교'에 대해 이야기하는 넬리도 꼴보기 싫었다. 엄격하게 양육된 목사 아들의 자연스러운 반발 심리였는지 나는 종교라면 도통 관심이 없었다. 또한 학자로서 종교를 공부했지만 오래된 종교를 대하는 나의 태도는 새로 구획된 땅에서 밤 사이 우후죽순처럼 자라난 버섯이나 그 시절 나라를 휩쓸던 학설을 대할 때와 다를 바 없었다.

한참 있다가 넬리가 말했다. "오빠, 가까이에서 지켜봤는데 오빠는 정신적으로 상당히 노력할 수 있는 사람이에요. 오빠는 아예 모르니까 어떤 면에서는 더 쉬울 수도 있어요. 어쨌든 맞닥뜨려야 해요. 이 세상은 30년 전과 비교하면 천지개벽한 만큼 바뀌었어요. 지금부터 오빠가 마음속으로 뭘 하면 좋을지 말해줄게요. 오빠가 느끼는 반감이나 혐오감이 오직 오빠 개인의 생각이라는 사실을 자각해야 해요. 모든 게 더 좋아졌어요. 정신적으로 훨씬 편안하고 즐겁고 평화로워요. 사람들은 부유해졌고 성장도 빨라졌어요. 모든 면에서 더 행복한 삶을 누리고 있지요. 하지만 오빠 마음에는 들지 않겠지요. 왜냐하면…" 넬리는 가끔씩 통역하는 사람처럼 말을 주저했다. "오빠의 반응은 모두 예전 상황에 맞춰져 있으니까요. 만약 오빠가 그 사실을 이해한다면, 그래서 개인적인 태도를 내려놓고 변화를 바라본다면 오래지 않아 모든 게 좋아졌다는 지적인 인식과 함께 삶에 대한 기쁨을 확실히 느끼게 될 거예요."

내가 말했다. "잠깐만, 조금 더 생각해봐야겠다."

이윽고 내가 말했다. "그러니까 내가 술에 취해서 폭력을 일삼고 화를 잘 내는 무능한 부모님과 만날 다투기만 하는 이기적인 동생들이 우글대는 가난하고 더러운 집을 떠났는데 어느 날 아침 화려한 가구가 놓인 깨끗하고 아름다운 저택에서 눈을 뜨게 된 거야. 그곳은 천사들로 꽉 차 있고. 그런데 문제는 그 천사들이 모두 내가 모르는 얼굴이라는 거니?"

넬리가 외쳤다. "정확해요. 세상에! 오빠, 정말 딱 맞는 비유예요."

내가 말했다. "나는 싫어. 100년 후에나 꿈꿀 수 있는 웅장한 저택이나 상냥한 천사보다는 내 옛집과 내 가족이 훨씬 좋아."

넬리가 조용히 말했다. "어머니에게 뉴잉글랜드 출신 작가가 쓴 이야기책이 있었는데, 그 책 속에는 누군가가 '언제나 네가 선택할 수는 없어'라고 말한 구절이 있어요. 내가 원한 게 아니라고 불만을 터뜨릴 때마다 어머니는 내게 그 구절을 들려주셨지요. 오빠, 새로운 세상에서 사는 새로운 사람들은 그곳이 '집 같다'고 생각해요. 예전에 우리가 그랬던 것보다 훨씬 더 그곳을 사랑하지요. 오빠는 이상하겠지만 그들에게는 즐겁고 평범한 일상이에요. 마침내 우리는 행복한 게 자연스럽다는 사실을 깨달았답니다."

넬리는 말이 없었다. 나도 침묵하다가 그녀에게 질문을 건넸다. "네가 말한 새로운 종교는 뭐라고 부르니?"

"이름은 없어요." 넬리가 대답했다.

"이름이 없다고? 사람들이 뭐라고 부르는데? 신도들 말이야."

"신도들은 '생활'이나 '삶'이라고 부르지요. 그뿐이에요"

"흐음… 그 종교는 어떤 점이 특별하니?"

넬리가 살짝 웃었는데 그 웃음에서 약간의 연민과 다정함, 즐거움이 묻어났다.

"오빠하고 말하는 게 이렇게 힘들 줄 몰랐어요. 아무래도 오빠가 직접 보는 게 좋겠어요."

"계속해줘, 넬리. 난 괜찮을 테니. 무슨 일이 일어났는지 간략하게 말해주면 돼. 제발."

넬리가 천천히 말했다. "무슨 일이 일어났냐면, 세상이 살아났어요. 우리는 이제 모든 일을 즐겁게, 실용적인 방식으로 해나가고 있어요. 사실 예전에도 그럴 수 있었는데 그땐 할 수 있을 거라고 생각하지 못했지요. 진짜 변한 건 바로 우리 마음이었던 거예요. 오빠가 떠난 후 얼마 지나지 않았을 때였어요. 바로 그때였지요! 오빠가 그걸 놓치다니!" 넬리는 또다시 동정 어린 손길로 내 손을 꼭 쥐더니 말을 이어나갔다. "그 다음부터는 모든 게 시간 문제였어요. 세상의 변화에는 가속도가 붙었지요."

넬리의 설명은 맥이 빠졌고 실망스러웠다.

"지금까지 네가 말한 사실 중에 뭐가 대단한지 모르겠구나. 더 나은 행동을 요구하는 새로운 종교든 서서히 개선된 사회적 상황이든 간에 내가 떠난 다음에 일어난 일 모두 다 말이야."

넬리는 배려하는 시선으로 나를 바라보았다.

"오빠가 어떻게 받아들이는지 알겠어요. 우리가 젊었을 때는 더 나은 행동을 하는 게 그저 개인적인 차원의 일이라고 생각했어요. 능력 밖의 일을 하다가 눈물겨운 실패를 하든, 할 수 있는 일을 통해 위선적인 성공을 이루든 모두 다 개인의 문제였다고요!"

"선량한 행동을 하는 게 개인적인 차원의 문제가 아니면 뭐란 말이니?" 나는 가볍게 항의했다.

"전혀 그렇지 않아요!" 넬리가 단호하게 말했다. "그게 바로 우리가 별 볼 일 없는 형편없는 사람으로, 불쌍할 정도로 무능하고 좌절한 상태에 머물러 있었던 이유예요. 자신의 발전을 '개인적인 일'로 여기는 선의로 무장한 수많은 병사나, 개개인이 정확한 소리를 내면 결과가 완벽할 것이라고 애처롭게 항의하는 관현악단 단원들처럼 말이죠. 오빠! 절대 그렇지 않아요." 그녀는 강렬한 어조로 말을 이었다. "우리가 마음을 바꾼 게 바로 그 지점이에요. 인간애가 다시 살아난 거죠. 오빠에게 말하지만 우리는 우리 자신을 자랑스러워할 만한 이유가 있어요!"

고개를 꼿꼿이 든 넬리의 눈에는 종교적인 독실함과는 거리가 먼 의기양양한 표정이 가득했다. 넬리가 말했다. "결과는 알게 될 거예요. 오빠는 내 말보다 그 결과를 통해 분명히 알게 되겠지요. 그래도 미리 말해두자면, 우리는 이제 죽음을 두려워하지 않아요. 하물며 지옥은 믿지도 않고 '죄' 같은 것도 없지요. 이 세상에 하나 남은 감옥이 있다면 바로 '격리 생활'이에요. 이제 처벌은 존재하지 않아요. 단, 예전엔 상상하지도 못했을 만큼 철저한 방법으로 범죄를 예방하고 있지요. 문명화된 세상에는 가난도, 노동 문제도, 인종차별이나 성차별은 물론이고 질병이나 사고도 거의 없어요. 사실상 화재가 발생할 일이 없으니 세상은 다시 푸른 숲으로 가득 찼고, 토질도 개선됐어요. 우리는 더 좋은 물건을 더 많이 생산하지요. 사람들은 하루에 두 시간 이상 일할 필요가 없어요. 대부분 네 시간 동안 일하긴 하지만요. 상품 중에 불순물이 섞인 제품은 눈 씻고 찾아봐도 없어요. 원하지 않는 일을 하는 사람도 없고 범죄도 없답니다."

내가 말했다. "넬리야, 넌 여자고 내 동생이야. 미안하다만 난 네 말을 믿지 않아."

넬리가 말했다. "그럴 줄 알았어요." 여자들은 끝까지 자기 말만 한다.

3

고향 땅의 푸른 해안선은 언제나 가슴을 흥분시키는 법, 잊힌 망명자로 살아온 내 심장도 숨 막히게 뛰기 시작했다.

우리가 탄 느린 증기선은 편지나 기민한 여행자들이 하선하는 몬토크에도, 이민자들의 항구인 자메이카 항에도 정박하지 않았다.

우리가 화창하고 파도가 잔잔한 사우스쇼어를 따라 항해하는 동안 넬리는 척박하고 야만적인 엘리스 섬 대신 어떻게 롱아일랜드가 우리나라에 들어오려는 사람들의 '대기실'이 되었는지 말해주었다.

"해변은 여전히 여름 휴양지예요. 초창기에 가장 뚜렷한 발전이 시작된 곳이 바로 사우스쇼어예요. 수많은 컨트리클럽과 공원이 생겼지요. 롱아일랜드는 서쪽 끝까지 응용사회학의 실험장이 됐어요."

나는 빛나는 해안을 뚫어져라 쳐다보았다. 망원경을 통해 듬성듬성 서 있는 수많은 대형 건물이 보였다.

"저 시설늘이 사람늘 사는 주택단지를 망칠 것 같은데." 내가 말했다.

상냥하고 유쾌한 태도로 내 말에 귀를 기울이는 넬리의 모습은 마치 멀리 떨어져 있는 사람이 하는 말을 잘 듣기 위해 애쓰는 사람 같았다.

넬리가 이내 설명했다. "처음에는 그런 면이 있었지요. 하지만 그럴 때조차도 다른 사람들이 머무르는 주거지 역할을 했어요. 물론 지금은 훨씬 더 큰 의미가 있고요."

그녀는 잠시 주저하더니 단호하게 말했다.

"지금부터 오빠는 주로 교육적인 말을 듣게 될 거예요. 모두들 뭐든 설명하고 자랑하려 할 거라구요. 우리가 아직 나쁜 버릇을 버리지 못했 거든요. '이민 문제' 말인데요, 우리는 무엇보다도 워드가 말한 '민족 간 재통합'이 멈출 수 없는 사회학적 과정일 뿐 아니라 이 나라의 발전을 앞당기는 촉매가 될 거라는 사실을 깨달았어요. 그리고 바로 이 미국 안에서도 우리가 사는 이 땅이 특별하다는 걸 알게 됐지요. 이곳을 '용광로'라고 하잖아요."

물론 나는 그 말을 기억하고 있었고, 결코 좋아하지 않았다. 우리 가족은 순수 잉글랜드 혈통이며 당연히 그들의 후손임을 자랑스럽게 여겼다.

"넬리야, 네가 예언한 그 좋은 말이라는 걸 듣다보니 내 의견은 쭉 보류하는 게 지혜롭게 행동하는 길이라는 생각이 들기 시작하는구나."

넬리가 상냥하게 웃었다.

"오빠, 오빠는 항상 선견지명이 있었어요. 오빠가 좋아하건 말건 우리는 이민자들이 이 사회에서 할 만한 일을 찾아냈어요. 그들이 가진 힘을 깨달았던 거예요. 우리는 그들이 이 사회에 적응할 수 있게 도왔어요. 우리는 아무도 내치지 않아요. 예전에는 폐기물에 불과했던 콜타르를 활용할 수 있게 됐듯 쓸모없는 인간을 활용할 수 있는 많은 방법을 찾아냈거든요."

"바보나 범죄자를 말하는 건 아니지?" 내가 항변했다.

넬리가 부드럽게 대답했다. "바보들도, 희망 없이 살아가는 사람들도 더 이상 없어요. 이젠 그런 사람들은 굉장히 드물어요. 인류의 평균적인 수준은 꾸준히 올라가고 있지요. 그리고 우린 우리가 거기에 기여했다는 뿌듯한 만족감을 가지고 있어요. 우린 전국을 관할하는 상임기구인 '환영위원회'를 조직했어요. 하나는 이곳에, 또 하나는 캘리포니아에 두고 있지요. 누구든 미국으로 올 수 있어요. 하지만 일단 오면 우리의 처분을 따라야 해요."

"예전에는 신체검사를 했었잖아?"

"기본적인 검사였어요. 지금은 '의무적 사회화' 과정을 거쳐요."

나는 그녀를 응시했다.

"아, 알겠어요! 오빠는 지금 내 얘기가 사람들이 말한 지리적 진화 같은 거라고 생각하는군요. 오빠는 '인간의 본성은 바뀌지 않는다'고 생각하지요. 일단 인간의 본성은 바꿀 수 있어요. 둘째, 실제로 그렇게 하고 있어요. 셋째, 생각만큼 그리 큰 변화가 필요하지 않아요. 인간 본성은 꽤 선하니까요. 이민자는 누구든 일정한 기준에 도달할 때까지는 공동체 안에서 자유롭게 생활할 수 없어요. 그리고 아이들은 우리가 가르치

45

지요."

"항상 그렇게 했잖아?"

"항상 그렇게 했다구요? 세상에, 오빠, 오빠 시절에는 그게 뭘 뜻하는
지도 몰랐는걸요."

내가 장담했다. "나도 기꺼이 사회화 과정을 밟기로 하지. 내가 기억
하기로는 과거에도 교육은 나아지고 있었어. 학교를 보게 되다니 반갑
구나."

넬리가 말했다. "오빠가 봐도 모르는 게 좀 있을 거예요. 롱아일랜드
에는 농업 연구소와 산업 연구소가 있는데, 생각해보니 모두가 우습게
여겼던 몇몇 웨스턴 칼리지에 이들과 비슷한 연구소가 있었어요. 그리
고 모든 이민자들은 여러 등급으로 나뉜 주택에 거주하면서 현대적 편
의시설들을 이용하는 법을 익히지요."

"그 사람들이 배우려 하지 않을 것 같은데? 내 기억으로 그 사람들은
돼지처럼 사는 걸 더 좋아했어."

넬리는 또다시 내가 멀리 떨어진 곳에서 얘기하는 것처럼 나를 쳐다
봤다.

"그렇게 얘기했지요. 우리 중에 그렇게 생각한 사람들도 있었던 게
사실이에요. 하지만 이제 우리는 더 잘 알아요. 이 사람들은 강제로 우
리나라로 이주한 게 아니에요. 만약 미국에 온다면 이곳에서 뭘 해야 하
는지 잘 알고 있지요. 그리고 해야 할 일을 해요. 오빠는 아마 배에 삼등
칸이 없어진 걸 봤을 거예요."

나는 그 사실을 알고 있었다.

"이민자들은 배에 오르는 그 순간부터 훨씬 나은 환경에서 생활하게 돼요. 그러기 위해서는 승선하기 전에 자신의 몸은 물론 모든 소지품들까지 깨끗이 소독해야 해요."

"어마어마한 비용이 들겠구나!" 내가 조심스럽게 말했다.

"오빠, 오빠가 소를 키우고 있다고 가정해봐요. 오빠는 소를 살찌우는 방법도, 개체 수 늘리는 방법도 잘 알아요. 그런데 목장 안으로 들어오려는 주인 없는 동물로 주변이 가득한 상황이에요. 이런 상황에서 오빠는 목동 수를 늘리는 데 드는 돈을 비용이라고 부를 건가요?"

"사람들은 팔 수 없잖니."

"팔 수 없죠. 하지만 사람의 노동력으로 돈을 벌 수 있어요."

"옛날과 달라진 게 하나도 없구나. 너의 그 사회주의가 그런 생각에 종지부를 찍었을 거라고 생각했다만."

넬리가 대꾸했다. "사회주의라고 해서 부가 노동에서 온다는 사실을 바꿀 수는 없어요. 이민자들은 모두 다 일해요. 우리는 기회를 제공하고, 좀 더 효율적으로 일할 수 있도록 사람들을 훈련시키지요. 특히 아이들을요. 예전에 여자들이 유명인사를 환영하는 걸 도와달라는 청을 받고 자랑스러워했듯이, 우리들 중에서도 가장 훌륭하고 가장 지혜로운 사람들이 그곳에서 일하면서 뿌듯해하죠. 우리는 사람들을 환영해요. 그들을 미국에 소개하지요. 그들은 생산활동을 통해 훈련비용을 상쇄하고, 스스로 저축도 하고 있어요."

"그 사람들이 과거보다 생산성이 늘어난 건 분명하구나." 나는 건조한 말투로 말했다.

넬리가 말했다. "맞아요." 내가 말했다. "이 주제는 이쯤에서 끝내는 게 좋겠다. 이제 사람들이 이민에 대한 말을 꺼내면 난 지적인 면모를 풍기면서 '그 주제에 대해 알고 있어요. 그리고 난 정말 관심이 많아요.'라고 말하면 되겠어. 이민자들은 어떤 절차를 밟게 되니?"

"일단 자메이카 항에 들어오면 출입문이 달린 흰색 선창들이 보여요. 우리도 나중에 가서 볼 텐데 출입문은 아름다운 아치 형태로 위에는 마치 이민자들의 성공을 기념해 세운 것 같은 조각상 장식이 있어요. 그리고 독일, 스페인, 영국, 이탈리아 등 나라마다 출입문이 별도로 있어요. 거기에는 각 나라 말로 쓰여진 인사말과 영어 안내문이 있어요. 이민자들은 신체검사를 받게 되는데, 세세한 부분까지 철저한 검사가 이루어지고 위생 상태도 확인하지요. 이민자들이 일정 기준에 도달해야만 모든 과정이 끝나요."

"끝난다고?"

"네. 우리에겐 시민권의 기준이 있어요. 이민자들이 어떤 사람이어야 하는지, 어떤 교육을 받아야 하는지 명시되어 있지요. 맙소사, 오빠는 이런 것도 모르는군요."

"이민자들이 그 모든 검사를 버텨낼 것 같지 않은데."

"이 세상 어느 국가도 자국민에게 행복을 선사하지 않아요. 그런 나라는 지구 어디에도 없어요. 반면에 이곳에는 도움을 받을 수 있는 기회가 있어요. 실제로 과학적인 보살핌을 받을 수 있고 좋아하는 공부도 할 수 있고 지원도 받을 수 있어요! 사람들은 모두 훌륭해지고 싶어해요. 대부분이 기회만 주어진다면 좀 더 나은 사람이 될 거라고 생각하지요. 우리는 사람들에게 그 기회를 주는 거예요."

"너희들이 그 모든 걸 단번에 뚝딱 만들어낸다는 말 같구나."

"다른 나라의 인구가 줄어든다고요? 이민자들이 그 문제에 대해 분명히 할 말이 있을 거예요! 어쨌든 우리나라의 이민제도로 인해 모든 게 잘 풀리고 있어요. 일단 우리가 각국의 최하층 사람들을 받아들인다는 건 그 나라에는 평균적으로 조금 더 나은 사람들, 그러니까 뭐든 익히는 능력이 더 뛰어난 사람들이 남는다는 뜻이에요. 우리가 이민자들의 처우를 개선함으로써 인간의 본성이 원래 선하다는 걸 증명하자 이에 용기를 얻은 사람들이 더 나은 사람이 되기 위해 노력하기 시작했어요. 우리나라의 우수한 제도가 각 국가에 남아 있던 '하층계급'을 지속적으로 흡수하자 이젠 각국에 남은 사람들의 가치가 올라갔지요. 모국에 남은 사람들이 더 많은 급료와 더 나은 대우를 받게 됐다는 뜻이에요. 그리고 우리나라로 향하는 사람들이 늘어날수록 우려가 커진 각 나라에서 자국 국민들의 이민을 막기 위한 조치를 취하기 시작했어요. 이젠 많은 국가가 미국보다 더 좋은 정책을 펴고 있어요. 대부분의 사람들이 모국을 사랑해요. 오빠 말은 틀렸어요. 인구의 균형은 별로 깨지지 않았답니다."

"하지만 그런 하층민의 유입으로 넌 맬서스가 말한 급격한 인구 증가*의 문제에 봉착하게 됐어."

예의 그 특이한 표정으로 내 말을 듣던 넬리가 머리를 한쪽으로 기울였다.

넬리가 말했다. "과거 세대 사람들이 쓴 저서와 발언, 사상을 되새겨 봐야 해요. 맬서스의 이론에 따르면 인구 증가는 토끼의 번식처럼 이루어져서 식량 생산 속도를 앞지르게 되기 때문에 '일정 수준 이하로 인구가 유지'되려면 전쟁이나 전염병 등 가혹한 상황이 필연적으로 수반되죠. 그렇지 않은가요?"

나는 반색하며 넬리에게 큰소리쳤다. "넌 20년 전 얘기를 하고 있구나. 우리 사회에서 그 기간은 거의 지나갔고 지식인들 사이에서는 어느덧 출생률 저하가 우려되는 단계야. '토끼들처럼' 계속 늘어나는 건 최하층민들뿐이지. 그런데 너는 사회를 그런 사람들로 채우고 있는 것 같구나. 실제로 그 사람들이 평균을 갉아먹게 될 거야. 아니면 새로운 시스템을 통해 쓰레기 같은 인간들이 멀쩡한 사람으로 탈바꿈하기라도 했니?"

"그게 바로 우리가 해낸 거예요. 한방에 사람들도 개선하고 출생률도 낮췄지요."

"내가 떠날 즈음 사람들이 우생학을 얘기하기 시작했지."

---

* 영국 고전학파 경제학자 토머스 로버트 맬서스는 1798년에 펴낸 『인구론』에서 식량은 산술급수적으로 늘어나는 데 비해 인구는 기하급수적으로 늘어나므로 과잉인구로 인한 식량 부족은 피할 수 없다고 주장했다.―옮긴이

"우생학 분야에서도 물론 대단한 진보를 이루긴 했지만 이건 우생학은 아니에요. 이 변화에서 중요한 요소는 '개인화와 번식력은 반비례한다'는 보편적인 생물학 법칙이랍니다. 우리는 여자가 가진 개인 능력과 특징을 끌어냄으로써 그들을 개인화하고 있어요. 그 결과, 여자들은 아이를 덜 낳게 되었지요."

"남자들의 야만성을 제거하지 않는다면 아무 소용이 없을 텐데?"

"오빠, 남자들의 야만성 때문에 출생률이 올라가기는커녕 오히려 낮아졌어요! 남자가 성인군자라면 여자는 매해 아이를 낳았을 거예요.

"출산은 이제 한물갔다는 뜻이니?"

"아니요, 오빠, 조롱할 필요는 없어요. 우리 아이들은 과거에 태어난 그 어떤 아이들보다도 똑똑하니까요. 게다가 매년 더 나아지고 있는걸요. 어쨌든 우리는 균형 인구에 접근하고 있어요."

이 주제가 별로 마음에 들지 않았던 나는 멀리 떨어진 도시의 또렷한 스카이라인을 향해 고개를 돌렸다. 건물은 과거처럼 우뚝 솟아 있었지만 그렇게 빽빽하지는 않은 것 같았다. 검은 연기는 하나도 없었고 흰 연기도 아주 드물었다!

"매연 문제를 다 해결했나보구나. 잘됐어. 증기도 사용하지 않는 모양이지?"

넬리가 말했다. "이젠 모든 도시에 전기가 들어와요. 온 침실로 죽음의 가스를 흘려보내는 게, 누출과 화재, 폭발 위험이 있는 파이프로 도시를 촘촘히 연결하는 게 얼마나 바보 같은 생각인지 깨달았던 거지요.”

“문제가 있는 전기배선은 화재와 사망 사고의 원인이 되곤 했잖아?”

넬리가 인정했다. “그랬지요. 이제 더 이상 ‘문제’는 없어요.”

“석탄도 더 이상 사용하지 않니?”

“네. 광산에서 석탄을 태우긴 하는데, 이때 나오는 에너지 중 90퍼센트가 전기로 변환된답니다.”

“모두 다 뉴욕으로 공급되니?”

“아, 아니에요. 뉴욕은 수력발전만으로도 충분해요. 조수간만의 차이를 이용하는 수차만으로도 뉴욕 전 지역에 충분한 전기를 공급하고 있어요.”

“사람들이 수차 문제를 해결한 모양이구나?”

“네, 기계 분야도 헤아릴 수 없을 만큼 발전했어요. 오빠도 다 누릴 수 있을 거예요.”

거리가 꽤 가까워지자 도시가 또렷하게 눈에 들어왔다.

“정말 멋진 해변이야! 눈부시게 아름다워.” 내가 소리쳤다.

정말 그랬다. 굽이치는 파도와 드넓은 해변이 맑은 햇살 속에서 빛나고 있었다. 계단식 벌판이 아름다운 풍경을 이루는 스태튼 아일랜드가 우리 뒤에 있었고, 하늘을 뒤덮었던 더러운 매연 장막이 걷힌 저지 해안이 밝게 빛나고 있었다. 브루클린 제방은 그 자체가 궁전 같았고 우리 앞에 우뚝 솟아 있는 맨해튼 연안은 화강암으로 만들어진 폭넓은 잔교들과 이어져 있었다.

"반들반들한 화강암 제방이 끝없이 이어지죠! 널찍한 대리석 계단은 사람들을 물로 인도해요! 흰색 기둥이 떠받치는 잔교들은 또 어떻구요!" 넬리가 감탄하듯 말했다.

내가 돌연 외쳤다. "물 좀 봐! 깨끗한데!"

넬리가 웃으며 동의했다. "물론 깨끗하고말고요. 여기는 문명국이라고요."

나는 하염없이 바라보았다. 멀리 보이는 물은 선명한 파란색인 데 반해 우리 밑으로 보이는 물은 맑고 연한 녹색이었다. 수면 위로 뛰어오르는 물고기가 보였다.

내가 말했다. "지금까지 본 바로는 확실히 대단한 도약을 이뤄냈구나. 마치 기적 같아. 뉴욕 항이 깨끗해지다니! 세관은 어떻게 됐니?" 우리가 항구로 접근할 때 내가 물었다.

"없어졌어요. 바보 같은 수많은 제도들과 함께 깨끗하게 잊혔어요. 비행선으로 세관 문제를 해결했지요. 몇백 킬로미터에 이르는 해안 상공에 세관 건물을 세울 수는 없는 노릇이잖아요."

나는 해안가를 바라보았다. 주변에는 많은 사람들이 있었는데 신기하게도 모두 화사하고 밝은 색깔 옷을 입고 있었다. 오락 공간으로 사용되는 잔교가 보였는데 그중 일부는 체육관 용도로 쓰이는지 몇몇 잔교에서 춤을 추는 사람들이 있었다. 온갖 다양한 전동차들이 소리 없이 빠르게 달리고 있었다. 크고 작은 비행선들은 대부분 북쪽과 서쪽으로 향했고, 유람선들이 물 위를 수놓고 있었다. 노랫소리와 음악 소리가 들려왔다.

"새로 지정한 공휴일이라도 되는 건가?" 내가 조심스럽게 물었다.

"전혀요. 오후잖아요." 여동생이 말했다.

넬리가 의아한 듯 나를 쳐다보았다.

넬리가 반복해서 말했다. "오후잖아요. 그냥 받아들여요."

서서히 이해가 됐다.

"네 말은 오후가 되면 아무도 일을 안 한단 말이니?"

"네. 오전에 쉰 사람 빼고요. 물론 어떤 일은 멈춰서는 안 되죠. 하지만 대부분은 그래도 돼요. 전에 얘기했잖아요. 누구도 하루에 두 시간 이상 일할 필요가 없어요. 하지만 대부분의 사람들이 네 시간씩 일하죠. 왜요?" 넬리가 미심쩍어하는 내 시선을 바라보았다. "그렇게 하고 싶으니까요. 우리에겐 야심이 있거든요. 우리가 '문명화된 세계'에서 얻은 이윤에 대해 오빠에게 말한 적이 있죠. 모든 곳이 문명화된 건 아니에요. 우리는 여전히 선교사인 셈이지요. 이 땅에 도움이 필요한 곳이 있는 한 사람들은 대부분 잔업을 해요. 이윤은 공적 자본으로 비축되고 있어요. 대규모 프로젝트를 기획하고 있거든요. 그리고 우리에게 쉴 수 있는 여유를 주기도 하지요."

나는 막연하게나마 피곤하지 않고 강요하지 않으며 죽어라 일할 필요도 없는 세계에 대해, 두 시간만 일해도 되는 사람들에 대해, 네 시간만 일하는 사람들에 대해 생각했다. 그런데도 부가 증가했다는 증거가 여기저기 넘쳐났다.

갑자기 넬리가 즐거운 듯 소리를 질렀다.

"세상에, 오언이에요!" 그녀가 자신의 베일을 흔들어댔다. "제럴드하고 핼리어도 있어요." 넬리는 기쁨에 몸을 들썩였다.

흥분해 있는 엇비슷한 사람들 속에서 미친 듯이 모자를 흔들고 있는 회색 옷을 입은 큰 체구의 남자와 껑충껑충 뛰며 손수건을 흔들어대는 두 젊은이가 눈에 띄었다.

넬리가 외쳤다. "정말 고맙기 짝이 없어요. 식구들이 마중 나오리라고는 꿈도 꾸지 않았는데!"

나는 정색하고 말했다. "넬리야, 결혼했다는 말 안 했잖아."

넬리는 천진난만한 표정으로 물었다. "제가 왜 말해야 하죠? 오빠가 묻지 않았는걸요."

물론 난 묻지 않았다. 난 넬리가 자신의 이름을 '엘런 로버트슨'이라고 적는 것을 보았고, 그녀가 대학총장이라는 사실을 알고 있었다. 그러니 무슨 수로 넬리가 결혼했으리라고 짐작할 수 있었겠는가. 넬리의 결혼은 의심할 여지가 없었는데, 회색 코트를 입은 거구의 남자가 그녀를 얼싸안고 둘 위로 키 큰 아들과 딸의 팔이 더해진 그 순간 오랫동안 연락이 끊겼던 오빠라는 존재는 잠시나마 넬리의 머릿속에서 지워지고 말았던 것이다.

하지만 그것도 잠시, 새 식구의 형제애 넘치는 악수와 다정하고 살가운 조카들의 포옹과 키스는 뜻밖에도 경험하지 못했던 귀향의 기쁨을 안겨주었다.

이들은 정말 따뜻하고 친절하고 명랑한 진짜 사람들이었고, 분명한 선의로 나를 맞았다.

나는 순식간에 '존 삼촌'이 되었는데, 특히 헬리어가 내게 큰 관심을 보였다.

헬리어가 말했다. "지금쯤 생활에 많이 적응하셨을 테고, 앞으로 펼쳐질 놀랄 만한 사태에 대해서 마음의 준비도 하셨을 테죠. 그건 그렇고 엄마는 삼촌이 얼마나 잘생겼는지 이야기한 적이 없어요!"

"새가 보는 앞에서 올가미를 쳐봐야 별 소용없을 텐데." 제럴드가 장난스럽게 중얼거렸다.

"오빠 말은 한 귀로 흘리세요, 삼촌! 제 말은 정말 진심이니까요." 몸을 기대며 다시 엄마와 포옹을 나눈 헬리어가 신뢰를 담은 미소를 지은 채 내게 몸을 돌리며 항변했다.

"내가 왜 그런 현명한 판단에 의심을 품겠니?" 내가 말했다. 그러자 헬리어는 내 손 안에 자신의 손을 밀어 넣더니 꼭 쥐었다. 앉아 있는 넬리의 표정에는 뿌듯함과 행복함, 어머니다운 원숙함이 넘쳤다. 나는 심장에서 무언가 무거운 게 떨어져 나가는 것 같았다. 어쨌든 과거 세상에 속한 것 중에 변치 않은 것들도 있었다.

우리는 넓고 탁 트인 거리를 따라 순조롭게 이동하면서 당장 뭘 할지 신나게 떠들었다. 일단 헬리어의 아파트로 가기로 정했다. 그때 나는 새로 얻은 조카가 이미 결혼했다는 생각에 이상하게도 상실감이 느껴졌다.

"정말 조용하구나! 역시 오후라서 그런 건가?" 이내 내가 말했다.

그들이 장담했다. "아, 아니에요. 지금은 예전만큼 시끄럽지 않아요."

오언이 말했다. "이 아이들은 과거에 우리가 뭘 견디며 살았는지 하나도 몰라요. 시끄러운 뉴욕을 경험한 적이 없거든요. 보세요, 말이 아예 없어요. 지상으로 다니는 차량은 모두 고무 타이어로 되어 있지요. 크기가 작은 건 공압 방식으로 운송돼요. 화물은 죄다 지하로 다니는 조용한 모노레일로 운송되지요"

우리 앞에 펼쳐진 커다란 도시는, 내가 기억하는 것에 비유하자면, 거실 바닥처럼 깨끗하고 시골의 작은 읍처럼 한산했다. 물론 거리는 오가는 사람들의 웅성거림으로 가득하긴 했다. 우리가 지나치거나 우리와 마주친 사람들은 모두 행복하고 풍요로워 보였는데, 경험 없는 내 눈에도 옷차림이 각양각색이었다.

"가장무도회가 열리고 있는 건 아니겠지?" 내가 물었다.

"맙소사, 그럴 리가요. 우리 모두 언제나 입고 싶은 대로 입어요. 그뿐이에요. 마음에 들지 않으세요?" 넬리가 물었다.

많은 사람들이 내가 배로 여행할 때 입으면 안성맞춤이라고 생각했던 깔끔한 숏 스커트를 입고 있었다. 여기저기에서 다마스크 직물로 길고 풍성하게 제작된 피렌체 스타일 드레스도 눈에 띄었는데 가끔 그리스식 휘장을 늘어뜨린 이들도 있었다. 남자는 대부분 무릎까지 내려오는 헐렁한 바지 차림이었다. 보는 눈이 즐거웠다는 사실을 부인할 수는 없겠지만 조금 걱정도 됐다.

넬리가 언제나 그렇듯 조용히 나를 지켜보며 말했다. "서두를 것 없어요, 오빠. 어떤 건 그냥 익숙해져야 할 거예요."

"갑작스럽게 생긴 매제를 가족으로 받아들이기 전에 이름이나 듣자 꾸나."

"몬트로즈라고 합니다. 오언 몬트로즈예요." 그가 멋지게 다듬은 머리를 숙이며 말했다. "그리고 제럴드 몬트로즈와 헬리어 로버트슨이에요!"

"이런, 세상에! 그렇게 된 거야?" 내가 투덜거렸다.

넬리가 쾌활하게 응수했다. "그렇게 된 거예요. 그래도 우리는 여전히 서로를 사랑해요! 그리고 이게 끝이 아니에요. 사람들은 부모의 성 (姓)을 거부하자는 운동을 진행하고 있어요."

나는 신음 소리를 냈다. "인류애의 이름으로 지금보다 더 심한 얘긴 삼가해줘!"

허드슨 강이 보이는 헬리어의 아파트는 주택 지구 끝자락에 위치한 큰 건물이었다.

"삼촌, 저는 일 때문에 일 년 중 아홉 달을 도심에서 살아야 해요." 헬리어가 약간 변명하듯 설명했다.

"헬리어는 공무원이에요. 그 사실을 무척 자랑스러워하죠." 제럴드가 여봐란듯이 소곤댔다.

"오빠는 고작 음악가예요. 게다가 그걸 자랑스러워하는 척해요." 그녀가 쏘아붙였다. 그러자 제럴드는 우격다짐으로 헬리어를 끌어당기더니 볼에 입을 맞췄다.

이 오누이는 사이가 특별히 다정하다는 점 말고는 내가 알던 사람들과 특별히 다른 점을 찾을 수 없었다.

아파트는 크고 아름다웠다. 앞창은 허드슨 강을 향하고 있고, 뒷창을 열자 전혀 예기치 못한 매력적인 풍경이 펼쳐졌다. 지붕이 있는 커다란 정원과 정원을 에워싼 벽, 벽을 타고 올라가는 울창한 덩굴식물과 나무 몇 그루, 조용한 분수대, 아름다운 돌 의자와 굽은 산책로, 만발한 꽃과 노래하는 새들까지 모든 게 보는 이들의 눈을 기쁨으로 채워주었다.

"우리 때는 수고양이 노래밖에 들리지 않았잖아. 카나리아와 지내도록 고양이를 길들인 거야? 아니면 다 죽인 거야?"

"도시에 새 말고 다른 동물은 이제 없어요. 그리고 새들은 와서…"

"참새가 대부분이겠구나?"

오언이 대답했다. "그렇지 않아요. 말이 없어지니까 참새도 같이 없어졌고, 파리와 바퀴벌레는 부엌과 함께 사라졌지요."

나는 절망의 몸짓과 함께 몸을 돌렸다.

"집이 사라졌다고?"

"'집'이라고 하지 않았어요. '부엌'이라고 했지요."

"기운 내십시오, 형님! 우린 여전히 먹고 살고 있으니까요. 쫄쫄 굶던 젊은 시절에 비하면 형님이 꿈도 꾸지 못할 만큼 훌륭한 음식을 먹고 있어요."

넬리가 제안했다. "이야기가 길어요. 오빠를 그만 귀찮게 해야겠어요. 씻고 조금 쉬었다가 당신이 자랑하는 그 음식들을 좀 먹도록 하자구

요."

그들은 내게 강이 보이는 창이 있는 방을 내주었고, 나는 깨끗하게 변한 넓은 강줄기와 여전히 변함없는 팰리세이즈 협곡을 바라보았다.

변함없는? 흠칫 놀란 나는 조용히 여행용 망원경 손잡이를 잡았다.

북쪽으로 깎아지른 듯한 절벽들이 이어져 있었는데 간간이 보이는 건물 사이에는 여전히 나무가 우거져 있었다. 하지만 도심 반대쪽 잘린 부분이야말로 놀랍도록 아름다운 한 폭의 그림이었다.

해변에는 초록색 공원이 잘 조성되어 있었고 하얀색 잔교가 설치되어 있었으며 가장자리는 거대한 제방으로 둘러싸여 있었다. 잘린 경사면은 계단을 형성하고 있었는데 아름다운 단풍이 화환처럼 해변을 두르고 있었다. 하얀색 오두막과 큰 건물이 햇살이 내리쬐는 경사면에 자리 잡은 것이 마치 카프리 섬 절벽 같았다. 멀더라도 찾아가서 보고 싶은 풍경이었다.

나는 가까운 해변으로 눈길을 돌렸다. 역시 공원과 대로, 멋진 건축 양식의 우아한 윤곽선이 눈에 들어왔다.

풍경은 부인할 수 없을 만큼 아름다웠지만 내겐 낯선 세상이었다. 나는 연극 속에 들어와 있는 느낌이 들었다. 꾸밈없이 평범한 미국 풍경이 연극 무대의 커튼일 리 없는데 말이다!

4

·

그들은 저녁 식사를 하자며 나를 불렀다. "우리는 점심을 가장 푸짐하게 먹어요." 여동생이 말했다.

매제가 덧붙였다. "이것저것 물어볼 게 많으니 피곤하시죠, 보통 남자는 아침에 일을 해요. 매일 두 시간은 일해야 하는데 보통 네 시간 동안 일하지요. 모든 사람들은 일하는 날이면 여덟 시에서 열두 시까지 또는 아홉 시에서 한 시까지 근무합니다. 그리고 퇴근해서 씻고 휴식을 취하지요. 그리고… 형님, 식사를 하시지요."

소박한 식사가 굶주린 내 시각과 후각을 자극했다. 특히 반짝이는 큰 그릇은 뚜껑이 덮여 있었는데, 뚜껑을 열자 올라오는 김에서 풍기는 냄새가 얼마나 구미를 돋우는지 입에 침이 고였다. 바삭하고 맛있는 빵이 내 접시에 담겼다. 식구들이 깔깔거리며 이름을 알려주는 걸 거부한 뜨거운 음료는 입맛에 꼭 맞았다. 이어서 부드럽고 차가운 샐러드가 나왔고, 과일―어떤 건 처음 보는 과일이었다―과 고급스러운 케이크를 마지막으로 식사를 마쳤다.

그들은 좀 더 먹으라는 말 말고는 내게 아무 얘기도 하지 않았고, 난 잠자코 그들 말을 따랐다. 나는 그 큰 그릇에 담긴 음식을 기꺼이 세 번 쯤 덜어 먹은 후에야 나 말고는 아무도 그 음식에 손도 대지 않았다는 걸 깨달았다.

평상시 눈치 빠른 넬리가 내 시선을 쫓았다. "네, 이게 다예요. 하지만 얼른 음식을 좀 더 가져오라고 할게요. 어느 걸 더 먹고 싶어요?"

나는 의자에 등을 기대고는 원망 섞인 눈초리로 넬리를 쳐다보았다. "저 샐러드를 좀 더 먹고 싶구나, 많이는 말고! 그리고 저 버뱅크식 요리 랑 갈색 케이크 한 조각도. 내 배 속에 더 들어갈 수만 있다면 말이야."

넬리가 점잖게 미소 지으며 부드럽게 말했다. "아! 우리가 먹는 저녁 이 양이 적다보니 오빠에게 부족할 거라고 생각하긴 했어요."

나는 넬리를 쏘아보며 응수했다. "나는 칭찬 따위는 입 밖에 내뱉지 않을 거야. 아예 못마땅한 것처럼 보이려고 애쓸 거라고." 나는 진짜 그 런 척했지만 그들은 그저 웃음을 터뜨렸다.

"소용없어요, 삼촌. 삼촌이 그거 드시는 걸 다 봤는걸요." 어여쁜 조카 가 외쳤다.

"그건 그래. 계속 손이 가는 그 음식은 대체 뭘로 만든 거지?"

오언이 대꾸했다. "존경하는 형님, 우리끼리 형님의 경우에 대해 의 논을 해봤는데요, 당분간은 형님 식사를 저희가 준비할 텐데 손님 접대 관례상 차려진 음식을 드시되 제발 먹은 음식에 대해 묻지 말아달라고 부탁드립니다. 만약 형님 식욕이 줄어서 얼굴도 창백해지고 눈도 쑥 들어갈 정도로 야위면 그때 다시 의논하기로 해요. 일단 형님이 식품에 대해 전반적으로 궁금해하는 부분과 일부 개별적인 것까지 다 말씀드리지요. 다만 현 시점에서 제공되는 음식은 언제나 논외랍니다."

헬리어가 시작했다. "그럼 제가 아는 정보를 말씀드릴게요. 전 식품 검사 기관에서 일하고 있거든요."

"헬리어가 삼촌을 이리로 모셔온 건 순전히 삼촌에게 식사를 대접하고서 음식에 대해 말씀드리기 위해서였어요." 제럴드가 진지하게 말했다. 헬리어는 제럴드를 향해 얼굴을 찡그리고는 이야기를 이어나갔다.

"우리는 대단한 생산 및 배급 시스템을 갖추고 있어요. 그리고 육류 사용은 가급적 줄여나가고 있지요."

"이게 다 채식주의자를 위한 식단이었어?" 내가 힘없는 목소리로 물었다.

"대부분은요. 하지만 삼촌이 원하면 고기를 드실 수도 있어요. 물론 예전 것보다 훨씬 좋은 고기로요."

"냉동육을 말하는 거니?"

"그렇지 않아요. 냉동육은 유통이 중단된 지 한참 됐어요. 우리가 육류를 다루는 방식은 이래요. 우선 좋은 환경에서 식용 동물을 적당한 비율로 사육해요. 녀석들은 건강하고 행복하게 지내다가 의식하지 못하는 사이에 도살되지요. 도살된 고기는 절대로 특정 시간 이상 보관하지 않아요." 헬리어가 말을 멈췄는데, 잠깐이지만 꼭 자신의 엄마처럼 보였다. "식품사업 전반이 바뀌었어요. 삼촌은 모르시겠지만."

"얼른 말해줘. 모두 다. 지금 난 왕이 된 것처럼 편안하거든. 식사는 정말 만족스러웠어."

"삼촌, 삼촌을 찾게 되어 정말 기뻐요. 정말로요. 저는 삼촌이 정말 좋아요." 제럴드가 말했다.

여느 매력적인 소녀처럼 이브닝드레스를 차려입은 어여쁜 조카가 자신의 전공을 설명하려는데 넬리가 양해를 구하더니 잠깐 말을 끊었다. "삼촌에게 과거 상황에 대해 몇 가지 상기해드려야 할 게 있어. 너는 거의 모르는 것들이지. 오빠, 어렸을 때 우리는 좋은 식품이란 게 도대체 뭔지 전혀 몰랐어요. 그 사실을 잊지 마세요."

내가 이의를 제기하려고 했지만 넬리가 내게 손가락을 흔들어 보였다.

"아뇨, 우리는 몰랐어요, 오빠. 영화 속 사람들도 말하다시피 우리는 기껏해야 '좋아하는 것'이 뭔지 아는 정도였지요. 그래봐야 나아지는 건 하나도 없었어요. 식품도, 우리도 마찬가지였어요. 세상 사람들은 영양실조에 시달렸어요. 모든 식품이 수준 이하였으니까요. 대부분이 몸에 해로웠고 어떤 건 아예 건강에 치명적이었어요. 1910년에 사람들은 식품이라는 미명하에 독을 팔았어요. 그 사실을 잊으면 안 돼요! 기억하겠지만 식품에 대한 의견 대립이 시작된 건 그 즈음이었어요."

당시 특별히 내 관심을 끈 건 아니었지만 그런 일이 있었다는 게 기억나긴 했다.

"논쟁이 계속되면서 점점 격화되었고 여자들이 각성하기 시작했어

요."

"넬리야, 우리가 만난 다음 넌 그 얘기를 골백번은 한 것 같다. 식품 논쟁은 잠시 미뤄두기로 하고 언제, 어떻게, 왜 여자들이 각성하게 됐는 지 좀 말해다오."

넬리는 약간 어리둥절한 표정이었고, 오언은 껄껄 웃음을 터뜨렸다.

"잘하고 계십니다, 형님!" 오언이 일어서서 내 어깨를 탁 치며 말했 다. "다른 방으로 가서 얘기를 계속하지요. 이게 우리 팔자니까요."

제럴드가 말했다. "우리가 가사 노동 하는 걸 보실 수 있게 삼촌을 잠 깐 잡고 계세요." 내가 서서 보는 동안 그들은 우리가 비운 그릇들—알 고보니 그 수는 굉장히 적었다—을 재빨리 탁자 위에 놓인 깔끔한 정사 각형 통 속에 집어넣었다. 모든 게 시야에서 사라졌다. 같은 통에서 꺼 낸 후 반짝거리는 식탁을 닦은 종이 냅킨도. 정사각형 통은 부드럽게 작 동하는 식기용 승강기 속으로 사라졌다.

"이게 바로 가사 노동이에요." 넬리가 장난스럽게 말했다.

"전혀 인상적이지 않군! 각설하고 본론으로 돌아가자고. 집 안에 있 는 저 매끈한 기계에 대해서는 나중에 적절한 때에 얘기해도 돼."

우리는 넓고 쾌적한 거실에 느긋하게 앉았다. 우리 앞으로 흐르는 넓 은 강을 따라 별처럼 빛나는 가로등이 서 있었고, 강물은 사방에 떠 있 는 작은 유람선 불빛, 휘황찬란한 빛을 내며 가끔씩 오가는 커다란 배와 그 주위에 일렁이는 파도로 반짝였다. 기분 좋은 행복감이 느껴졌다. 나 는 푸짐하게, 정말 푸짐하게 먹었지만 불쾌할 정도는 아니었다. 새로 얻은 가족들도 좋았다. 소음 없는 방은 색감이 아름답고 균형미가 넘쳤는데, 찬찬히 둘러보니 가구는 얼마 없었지만 조화롭게 배치된 덕분에 평화로움과 공간의 여유로움이 느껴졌다.

공기는 달콤했다. 당시에는 몰랐고, 나중에 알게 됐지만 도시 전체에 달콤한 공기가 흐르고 있었다. 적어도 예전 도시와 비교하면 확실히 그랬다. 어디에선가 귀를 간지르는 부드러운 음악 소리가 들려왔다. 나는 늘어지게 기지개를 켰다.

"자, 넬리, 여자들이 깨어났다며. 그 이야기를 마저 해야지."

"감히 말하건대 오빠는 전혀 눈치채지 못했겠지만 오빠가 떠나기 전에 이미 각성한 여자들도 있었어요. 이 깨달음은 여자들 사이에서 마른 장작에 붙은 불길처럼 걷잡을 수 없을 만큼 퍼지더니 결국 거의 모든 여자가 세상사에 대해 눈을 뜨게 됐어요. 물론 세상의 흐름과 동떨어진 노친네들도 있긴 했지만요!"

"그래서… 눈을 떠서?" 내가 조용히 말했다.

"그래서 그들이 눈을 떠서…" 넬리가 적당한 말을 찾기 위해 잠시 말을 멈춘 사이에 제럴드의 부드럽고 낮은 목소리가 끼어들었다. "자신들의 의무를 깨닫고는 그 의무를 수행한 거예요."

"정확해." 넬리는 뿌듯한 듯 아들을 애정 어린 눈길로 바라보면서 동의했다. "여자들이 한 일이 바로 그거예요! 예를 들어 식품사업과 관련해서 여자들은 세상 사람들을 먹이는 게 자신들이 할 일인데, 당시 사람들의 식생활에 문제가 많다는 사실을 깨달은 거예요. 여자들은 주도적으로 상황을 개선해나가기 시작했어요."

"엄마, 이제부터 제 분야예요." 헬리어가 끼어들었다.

"할 수 있는 말이 이거밖에 없으니 어떻게 거기에 우리가 토를 달겠어?" 제럴드가 중얼거렸지만 헬리어는 무시하고 말을 이어갔다.

"우리, 그러니까 대부분의 여자들과 일부 남자들은 식품 문제를 위생과 경제적 관점에서 진지하게 연구하기 시작했어요. 삼촌, 30년간 해온 작업을 1분 만에 말씀드릴 수는 없지만, 우리는 지금 이런 식으로 하고 있어요. 우리는 사람들이 먹지 말아야 할 식품에 대해 확실히 알게 되었고, 부적절한 식품을 파는 행위는 처벌이 가능할 뿐 아니라 처벌받아야 할 범죄 행위라는 사실을 깨달았어요."

"부적절한 식품이 뭔지 사람들이 어떻게 알지?" 내가 조심스럽게 물었다.

"사람들은 모든 걸 알 필요가 없어요. 식품은 전부 전문가들이 철저히 살피고 검사하거든요. 시장에 유통되는 식품은 문제가 없는 식품이에요. 전부 다."

"이를테면 내 조카처럼 완벽하고 천사 같은 전문가들이?"

헬리어는 나를 향해 고개를 흔들었다. "만약 식품에 문제가 있다면 소비자들이 단번에 눈치챌 거예요. 삼촌, 우리 식품 공급을 좌지우지하는 주부 수백만 명은 더 이상 순진한 바보가 아니에요. 노하우가 있는 사람들이 식품을 구매하고 준비한다는 뜻이지요. 주부들은 전문가들이 어떤 검사를 하는지 다 꿰뚫고 있어요."

"하지만 소비자도 사람이니 실수를 할 수 있을 텐데?"

핼리어는 동정하는 눈빛으로 나를 쳐다봤고, 이번에는 그녀의 아버지가 토론에 끼어들었다.

"형님도 알다시피 과거에는 상인 대부분이 가난했던 터라 적은 돈이라도 벌기 위해 싸구려 물건을 마구잡이로 팔아댔어요. 살기 어려웠던 소비자들은 저렴하고 질 낮은 물건을 살 수밖에 없었고요. 자금난에 시달린 대형 제조업체들도 이익을 내기 위해 소비자를 기만했어요. 혹은 그래야 한다고 생각했어요. 그 후 검사관 제도가 생기긴 했지만 생활이 고달프긴 그들도 마찬가지였기에 검사관 제도는 한동안 유명무실했지요. 가장 크게 바뀐 건 이 부분이에요. 지금은 아무도 가난하지 않아요."

내가 대꾸했다. "글쎄… 잘 이해가 되질 않는걸. 모든 재산을 나눠 갖기라도 했나?"

넬리가 외쳤다. "존 로버트슨 씨, 부끄럽기 짝이 없군요! 아무것도 모르던 1910년대 사람들도 오빠보다는 나았다구요."

오언이 말했다. "그럴 필요가 없었어요. 바람직하지도 않고요. 우리가 이룬 성과를 말씀드리지요. 일단 우리는 1인당 생산량을 늘렸어요. 둘째로 드디어 천연자원을 제대로 이용할 수 있게 됐지요. 셋째는 모든 부문에서 폐기물이 나오지 않도록 관리한다는 점이에요. 이 세상의 부는 엄청나게 증가했어요. 이른바 재산을 '평등하게 분배'한 게 아니라 모두가 충분히 소유하게 된 거예요. 이제 경제적 위험은 사라졌어요. 경제적 평화만 있을 뿐이지요."

"그럼 경제적 자유는?" 내가 날카롭게 물었다.

"경제적 자유 또한 얻었어요. 사람들은 해야 할 일이 아닌 가장 좋아하는 일을 선택해서 자유롭게 일하니까요."

난 그 점을 곰곰이 생각했다. "아, 하지만 사람들은 일을 해야 하지 않소, 노동은 의무요."

오언이 싱긋 웃었다. "그렇죠. 노동은 의무예요. 만고의 진리지요. 지금은 모두가 일을 해야 해요. 하지만 과거 세상에는 일하지 않는 인간이 두 종류 있었어요. 빈민과 게으른 부자들이었지요. 이제 그런 계급은 더 이상 존재하지 않아요. 모두가 바쁘죠."

"하지만 개인의 자유는…" 나는 집요하게 물고 늘어졌다.

오언이 말을 이었다. 자신의 전문 분야로 진입한 게 분명했다. "형님, 사회는 원할 때마다 개인의 자유를 제한했어요. 죽이거나 가두거나 벌금을 물렸지요. 사회에는 법과 규범이 있어요. 사회는 사람들에게 옷을 입으라고 하면서 정작 입을 옷은 주지 않았어요. 사회에게 인간의 목숨을 빼앗을 권리가 있는데 왜 삶의 질을 향상시킬 권리는 없는 건가요? 사회는 우리 위에서 군림하는 누군가가 아니에요. 사회는 우리를 보살펴야 하는 바로 우리 자신이에요."

내가 아무런 이의를 제기하지 않자 오언이 말을 이어나갔다. "우리가 젊었을 때 사회는 자가중독 상태였어요. 스스로 독을 생산하고 다시 흡수함으로써 평화롭게 천천히 죽어갔지요. 지금은 불가능한 일이지만 아무에게나 저질 식품 파는 걸 허용한다고 생각해봐요!"

"그들이 판 것 중에 저질인 건 식품만이 아니었소." 내가 말했다.

"불행하게도 형님 말이 맞아요. 이걸 좀 보세요." 오언은 벽에 설치된 유리판을 밀더니 책을 한 권 꺼냈다.

"영리한데. 붙박이 책장이라니!" 내가 만족스러운 표정으로 말했다.

넬리가 말했다. "맞아요, 이제 없는 곳이 없죠. 책들은, 특히 몇몇 책은 사람들의 필수품이 됐어요. 모든 가정의 거의 모든 방에 붙박이장이 설치되어 있는데 방진, 방충 효과가 커요. 콘크리트로 건물을 짓게 되면서 가능해진 것들이지요."

다시 자리에 앉은 오언은 경멸조로 자신이 젊었을 때 일이라고 말하더니 당시 세상을 퇴보시키는 데 일조한 불량품 목록을 내 앞에서 읊어댔다. 나는 오언이 '우리가 젊었을 때!'라고 말하는 걸 듣고 반가운 마음이 들었다.

오언은 비꼬듯 말했다. "아무리 큰돈을 주고 산 물건이라도 불순물이 섞이지 않았다는 확신이 없었어요. 오랜 시간 동안 우리가 얼마나 분노했는지 몰라요. 이 문제는 20년 전부터 비로소 사람들 입에 오르내리기 시작했는데, 말을 꺼낸 주체 대부분이 여자들이었어요."

"아하! '여자들이 깨어난 때'로군!" 내가 외쳤다.

"그래요. 맞아요. 사실 대부분의 여자들은 그저 주부거나 재봉사라는 점에서 핸디캡을 안고 있었어요. 하지만 여자라서 직접적으로 유리한 점도 있었지요. 여자는 거의 대부분이 생산자가 아닌 소비자였잖아요. 제조업체가 돈을 벌든 말든 아무런 관심도 없었지만 자신의 주머닛돈이 나가거나 건강에 해롭다는 말에는 신경을 곤두세웠지요." 그는 추억에 잠긴 듯한 미소를 지었다. "이 문제가 논의되는 동안 사회는 후끈 달아올랐어요. 아무튼 우리는 새로운 식품 관리 시스템을 도입함으로써 큰 성공을 거뒀지요."

헬리어가 소리쳤다. "저 좀 얘기하면 안 돼요? 존 삼촌을 구슬려서 이리로 모시고 오고 푸짐한 식사까지 대접한 건 바로 저예요. 삼촌은 완전히 제가 모시고 있는데 왜 엄마 아빠가 불쑥 끼어들어서 대화를 독차지하세요?"

"그러게, 동생아! 네 말이 백 퍼센트 맞아!" 제럴드가 공감했다.

"삼촌, 제한하고 예방하고 처벌하는 게 한 가지 방법이라면 더 나은 것으로 대체하는 방법도 있어요."

"유치원에서 쓰는 방법 같은데?" 내가 조심스럽게 말했다.

"네, 맞아요. 여자들은 아이들을 키우면서 터득한 이 방식을 어른의 세계에도 적용하기 시작한 거예요. 나이만 좀 더 많다 뿐이지 어른도 어차피 아이니까요. 그 어느 때보다 많은 사람들이 식품 사업에 대해 갑론을박했고 글도 썼어요. 그리고 마침내 그중 일부가 모여서 실제로 사업을 시작했지요."

"협동조합 제도 같은 것 말이니?" 말을 꺼내려던 나는 나를 향한 여자들의 동정과 경멸 섞인 시선을 보고는 황급히 입을 다물었다.

넬리가 내뱉듯 말했다. "그렇진 않아요. 물론 방법이 낡았던 탓에 어려움이 가중되면서 자연스럽게 협동조합 제도로 귀결된 측면도 있어요. 하지만 협동조합은 완전히 잘못된 방식이었지요. 새롭게 깃발을 올린 식품 사업이야말로 진짜 사업이었고 큰 성공을 거뒀어요. 첫 번째 회사는 1912년이나 1913년에 설립됐던 것 같아요. 사업적인 감각과 충분한 자본을 가진 여자들이 주도했지요. 그들은 현명하게도 아파트 단지야말로 자신들이 사업을 펼칠 수 있는 딱 맞는 터전이고, 일하는 여자들이 단골손님이 될 거라고 판단했어요."

오언이 말을 잘랐다. "일을 하지 않는 여자든, 아니면 당신 말대로 직장에서 일하는 여자든, 여자들은 가사 일을 함으로써 자존심을 지켰소. 정직하게 얘기해봐요. 여자들이 살면서 가사 일을 빼면 뭘 했소?"

헬리어가 말했다. "제가 말할게요. 엄마! 홈서비스컴퍼니라는 회사를 소개하려고요. 이 회사는 굉장히 매력적인 아파트들을 건설했어요. 여자들 마음을 사로잡기 위해 여자들이 직접 기획했죠. 이 단지는 그 회사가 지은 건축물 중에서도 디자인이 가장 멋진 곳이에요. 역시 여자들이 디자인했어요."

"누가 눈을 떴다는 건지…" 제럴드가 아무도 모르게 혼잣말을 했다.

"건설회사는 그 아파트 단지가 직장에 다니는 여자들을 위해 특별히 디자인되었다고 대놓고 광고했어요. 소비자들은 아파트를 보고는 마음에 들어서 그리로 이사를 했구요. 교사도 있었고 의사들도 많았어요. 변호사와 재단사들도 있었어요. 모두 일하는 여자들이었어요."

"수녀원하고 비슷했겠네?" 내가 물었다.

넬리가 외쳤다. "오빠, 설마 오빠가 젊었을 때 직업이 있었던 여자들이 다 고아에 노처녀였을 거라고 생각하는 건가요? 그 당시 자립한 여자들에게는 보통 부양할 가족이 있었어요. 많은 여자들이 기혼이었고, 애 딸린 과부도 많았지요. 심지어 부양할 형제, 자매가 있는 미혼녀들도 있었어요."

헬리어가 말했다. "일하는 여자들이 그 아파트 단지로 몰려들었어요. 그곳은 아름다웠고 즐길 거리도 많았거든요. 중앙에는 멋진 정원도 있었어요."

내가 끼어들었다. "여기 이 정원하고 비슷한? 여기 뜰이 아주 멋진데. 사람들은 어떻게 이 공간을 만들어낸 거지?"

"뉴욕 시 블록들은 잘 구획된 공간이 아니었어요. 그런데 주민들이 이곳을 가로 60미터, 세로 250미터의 직사각형 모양으로 나누면 좋겠다는 생각을 하게 됐고, 결국 그 아이디어가 현실이 된 거예요. 그래서 오래된 길 사이에 나무 그늘이 있는 넓고 쾌적한 길이 생겨났고 남은 블록들은 사실상 사각형 모양을 띠게 됐지요."

제럴드가 물었다. "삼촌, 이리로 오는 길에 잔디와 관목림이 들쭉날쭉하게 자란 길가 보셨어요? 우리한테는 익숙하다보니 말씀드리는 걸 잊었어요."

나는 그제야 우리가 단조로운 돌 표면의 깎아지른 협곡이 아닌 다양한 건물들이 멋진 스카이라인을 형성하고 있는 해안가와 녹음이 우거진 거리를 지나왔다는 사실이 떠올랐다.

오언이 말했다. "형님은 여기에 살지 않았기 때문에 기억하지 못하겠지만 업타운 쪽 건물은 전형적으로 가늘고 긴 블록의 평평한 땅에 지어 졌는데, 건물은 견고하고 보도 끝까지 툭 튀어나와 있었어요. 일렬로 쭉 늘어선 단독주택들은 어두운 색깔 돌로 덮인 구역과 경계를 이뤘는데, 그 주택들은 온갖 쓰레기통으로 장식되어 있다고 해도 과언이 아니었 지요. 거리 끝에 들어선 고층 아파트의 저층에 육류, 생선, 야채, 과일 등 을 파는 작은 식료품점이 있다 보니 그 앞으로 가게를 오가는 사람들의 행렬이 끊이지 않았고, 주변은 쓰레기와 파리가 들끓었어요. 지금 주거 지역 주변은 정말 아름다워요. 주민들에게 꼭 필요한 가게만 계획해서 유지하는데, 가게들 외관이 아주 훌륭해요. 파리가 들끓는 정육점 같은 건 더 이상 없어요."

"내가 얘기할래요!" 핼리어가 어찌나 하소연을 하던지 우리는 모두 웃음을 터뜨리며 그녀 말에 귀를 기울였다.

"제가 삼촌에게 제일 먼저 말씀드릴 곳은 굉장히 멋지고 매력적인 공 간이에요. 건물의 꼭대기 층에 어린이집과 아이들을 위한 정원이 마련 되어 있어요. 옥상은 하루 종일 아이들에게 열려 있지만 저녁엔 어른들 차지가 되지요. 회사는 이곳이 아이들에게 최고의 공간이 되도록 심혈 을 기울였어요.

회의나 연회를 열 수 있는 큰 방도 있어요. 당구, 볼링, 수영을 즐길 수 있는 곳도 있지요. 이곳은 마치 여름 호텔처럼 사람들이 마음껏 즐길 수 있도록 설계되었답니다."

"그런데 여기는 여자들을 위해 지어진 곳이라고 네가 말한 것 같은

데." 나는 경솔한 발언을 하고 말았다.

"세상에, 존 삼촌! 삼촌은 여자도 인생을 즐기길 원할 거라는 생각을 못 하세요? 아니면 직장에 다니는 여자들에게는 남자 친척도 남자 친구도 없을 거라고 생각하시는 거예요? 그 아파트에는 남자도 많이 거주할 뿐 아니라 많이 찾아오기도 해요. 남자들 눈에도 그 아파트는 멋진 곳이니까요. 그래도 가장 큰 장점은 음식과 서비스예요. 이 회사는 높은 급료를 주고 일류 가사 노동자를 고용했어요. 주민들이 시간당 수당을 지급하지요. 그들은 가정이나 하숙집에서는 꿈도 꿀 수 없는 식사를 제공해요."

"너희 직장 여성들 모두 백만장자였나보구나." 내가 온화하게 말했다.

"삼촌, 삼촌이 식품 사업을 제대로 모르기 때문에 그렇게 생각하시는 거예요. 그 당시에는 아무도 모르긴 했지요. 예전엔 각 가정이 가정부를 고용했어요. 범죄나 다를 바 없는 낭비였죠. 게다가 가정부들이 일하는 수준은 형편없었어요. 한결같이 맛없는 식당 밥과 바가지 가격에 익숙해진 우리는 식당 사업으로 얼마나 이익을 낼 수 있는지 계산할 생각은 아예 하지도 못했어요. 선견지명이 있었던 그 여자들이 선구자들이었던 거죠. 성공이 얼마 못 가긴 했지만요! 초기에 '우먼스 클럽'이 그랬던 것처럼 이제는 수십 개의 회사가 저마다 자기들이 1등이라고 주장하는 형국이에요.

우먼스 클럽은 저쪽 블록에 식사를 제공하는 회사를 설립했는데 서비스 품질과 가격 모두가 정말 경이로웠어요. 그리고 사람들이 그걸 배우기 시작했지요."

나는 대단하다고 생각하면서도 확신이 서지 않았는데 핼리어가 그 점을 눈치챈 것 같았다.

"여기 보세요, 삼촌, 사실 전 말이 통하지 않는 사람에게 숫자로 얘기하는 건 딱 질색인데 삼촌 때문에 어쩔 수가 없네요."

그러고는 책장으로 가더니 자신이 한 말의 증거를 내놓았는데, 그 양이 얼마 안 되긴 했지만 효과적이었다. 핼리어는 사람들이 각자 가사 노동자를 고용할 때 드는 비용과 한 서비스 회사를 단골로 이용할 때 드는 비용 차이면 단골 고객들은 충분히 비용을 절감하고 회사도 큰 수익을 올릴 수 있다는 점을 내게 보여줬다.

오언은 내가 모르는 부분을 설명하려는 듯 쳐다보았다.

오언이 말했다. "형님은 집을 소유한 적도 없고 집에 대해 별로 생각해본 적도 없을 거예요. 그래도 충분히 쉽게 이해할 수 있을 겁니다. 자, 여기 100가구가 있는데 한 가구당 가족이 다섯 명씩 총 500명이 있다고 해봅시다. 이 사람들이 조리사 100명을 고용했어요. 그리고 한 주에 6달러 내외로 지불했어요. 평균 잡아 5달러라고 한다면 조리사에게만 한 주에 500달러가 들어요. 1년이면 무려 2만 6천 달러지요!

유식한 우리 딸에게 배운 사실인데, 사실 500명에게는 조리사 열 명이면 충분하니 같은 비용을 지불한다 치면 1년에 2,600달러가 들어요!"

핼리어가 말했다. "열 명도 너무 많아요. 아무튼 우리는 조리사에게 충분한 급여를 지급하고 있어요. 주방장 한 명에게 3천 달러, 보조 주방장 두 명에게는 각각 2천 달러를 지불하니까 총 4천 달러가 나가요. 그 다음 둘에게는 1천 달러씩 2천 달러, 그다음 다섯 명에게는 800달러씩 총 4천 달러가 들어요. 다 합치면 1만 3천 달러인데, 비용은 예전에 우리가 지불했던 비용의 절반 수준인 반면 서비스는 주방 아줌마에서 체계를 갖춘 기술자 수준으로 변모한 거죠."

오언이 말을 이었다. "급료를 50퍼센트나 절감했는데 기술 차이로 인한 능률이 500퍼센트나 늘어난 셈이에요. 게다가 지금 당장 연료와 시설 쪽에서 각각 90퍼센트, 조리도구 쪽에서 50퍼센트를 절감할 수 있어요. 헬리어, 재료에서 얼마나 비용을 아낄 수 있다고 했지?"

헬리어의 표정에 뿌듯함이 묻어났다.

"사람들이 처음 사업을 시작했을 때만 해도 음식이 터무니없이 비쌌을 뿐 아니라 온갖 검사를 해야 했기 때문에 다 합쳐봐야 60퍼센트 정도 비용이 절감됐어요. 하지만 지금은 무려 80퍼센트나 절감됐어요."

제럴드가 내게 종이 한 장을 내밀면서 조용히 말했다. "삼촌, 모두 합치면 꽤 많아요. 덕분에 수익이 나는 거죠."

나는 속절없이 숫자와 헬리어를 번갈아 쳐다보았다.

"이렇게 재촉하는 건 유감이지만 삼촌이 이 문제를 빨리 이해할수록 좋아요. 지금은 이렇게 훌륭한 식품 공급 회사들이 전국에 걸쳐 있어요. 그리고 요리에 필요한 채소를 기르는 밭과 낙농장까지 직접 운영하고 있죠. 각 도시에는 식품국이 있고 국립식품국은 해외 기관과 긴밀한 관계를 맺고 있어요. 영양에 대해 연구하고 낡은 재료를 개선할 뿐만 아니라 새로운 재료를 개발하는 데 최고급 과학 지식이 사용되고 있고 그 결과 어마어마한 성공을 거두고 있어요."

"하지만… 사람들은 정부가 이끄는 방향으로 갈 수밖에 없는 거니? 원하는 게 있으면 직접 가서 살 수는 없는 거야?"

식구들 모두가 일제히 자리를 박차고 일어났다. 제럴드가 내 손을 와락 붙잡았다.

"가시죠, 삼촌! 지금이 식품조리부를 볼 수 있는 가장 좋은 타이밍이에요. 우습게 생각하실지 모르겠지만 가보면 놀라실걸요." 그가 외쳤다.

엘리베이터를 타고 내려간 나는 별 저항 없이 이들이 안내하는 대로 반짝이는 근대 문물 사이로 이끌려 갔다.

오언이 표면이 유리로 된 보도 아래로 날 듯이 지나가는 깨끗한 지하철과 연결된 지하 공급실을 보여주며 말했다. "이곳이 공급원이에요. 얼음도 만들고 물도 증류하고 연료도 공급하지요. 식자재는 이곳으로 와요. 이른 시간에 내려오면 끊임없이 흐르는 도시의 동맥을 볼 수 있을 거예요.

"우유와 꿀을 싣고 말이죠." 제럴드가 끼어들었다.

"우유 화물열차, 육류 화물열차, 채소 화물열차 등이 다니지요."

"그 전에 주문한 것들인가요?" 내가 물었다.

"맞아요. 무슨 버섯을 좋아하는지 등을 자정 전까지 아래로 알려주면 돼요. 추가비용은 없어요. 낮에도 주문할 수 있지만 더 비싸요. 많이는 아니지만. 주민 대부분은 무엇보다도 요리를 제공하는 매니저에 대한 만족도가 크지요. 요리는 언제든 집에서 고를 수 있어요. 목록은 위층에 있고 이곳에는 요리가 진열되어 있지요."

그 시각, 큰 시설인데도 이쪽에는 관리인이 거의 없었다. 그래도 우리가 들어서자 흰색 리넨 옷차림에 학구적인 외모를 지닌 사람이 무언가를 읽던 걸 멈추고 예의 바른 태도로 이곳저곳을 보여주었다. 그들은 나를 도서관 속 책처럼 죽 늘어서 있는 유리 진열장 사이로 데려가더니 오늘 만든 빵과 올해 들어 담은 잼, 하루 이틀 전에 수확했지만 여전히 색과 향이 진한 청과를 보여주었다.

"산지 딸기가 익기 전까지는 '오늘의 딸기'는 안 들어와요." 제럴드가 우리에게 말했다.

"이건 어제 건데 아직까진 꽤 싱싱해요."

"죄송합니다만 저 딸기들은 방금 온 거예요. 메릴랜드에서 오늘 아침에 수확한 거랍니다." 흰색 리넨 옷을 입은 사람이 말했다.

친절하게도 시식을 허락해준 덕분에 나는 딸기를 맛봤다. 진열되어 있는 케이크와 쿠키들이 눈길을 사로잡았는데, 과거부터 사람들의 입맛을 사로잡아온 케이크와 쿠키 외에 눈길을 끄는 새로운 디저트들도 있었다. 유리문으로 분리된 냉동실에는 육류와 생선, 우유와 버터가 보관되어 있었다.

"사람들이 이리로 와서 필요한 걸 가져가기도 하니?" 나는 의기양양하게 물었다.

여동생이 설명했다. "그렇게 할 수 있고 종종 그렇게 하기도 해요. 하지만 오빠, 시간이 조금 더 지나면 음식에 대한 사람들의 태도가 달라졌다는 걸 알게 될 거예요. 우리는 충분히 잘 먹을뿐더러 아주 현명하게 먹기 때문에 뭔가가 더 필요하다는 생각은 거의 하지 않아요. 만약 더 필요한 게 있으면 위층에서 주문을 하거나 식당에 내려와서 주문을 해도 돼요. 주문한 음식 재료가 흔한 게 아니라면 주문을 대형 창고로 보내기도 하고 이렇게 직접 올 수도 있어요. 단골 구매자들에게는 사실상 무료에요."

"이방인은 어떻게 되는 거야? 여기 살지 않는 사람은?"

"이 땅에 있는 어느 도시든 식당에 들어가기만 하면 여기처럼 품질도 좋고 가격도 싼 음식을 만날 수 있어요." 핼리어가 의기양양하게 말했다.

5

아래층에 머무는 동안 식구들은 위에서 봤을 때 아주 아름다워 보였던 안마당으로 나를 안내했다. 멋진 곳이었다. 하늘을 유영하는 달이 정원을 밝게 비췄다. 조각 분수대에서 치솟은 가느다란 물줄기가 희미하게 빛났다. 남쪽을 향한 담벼락은 보라색 꽃봉오리가 맺힌 등나무 줄기로 덮여 있었고 제비꽃 화단에서 풍기는 그윽한 향기가 공기를 가득 채웠다.

사람들이 여기저기서 산책을 하고 있었고, 어두컴컴한 구석에는 행복해 보이는 젊은 연인들이 앉아 있었다.

"저 사람들 중에 네가 이름을 아는 사람은 한 명도 없을 것 같은데." 내가 말했다.

핼리어가 대꾸했다. "삼촌 말씀과는 달리 거의 다 알아요. 이 아파트에 사는 사람들 대부분이 서로 친구이거나 친분이 있거든요. 정원과 옥상은 공동으로 사용하는 공간이고 열람실과 무도회장도 있죠. 처음 만났을 때 친구가 되는 것도 좋겠지만 그렇지 못하더라도 나중에 대부분 친구로 지내게 되지요."

"그래도 세상에는 분명히 무례한 사람들이 남아 있어."

"물론이에요. 하지만 여름 휴양지에서도 그랬듯 세상에는 마음이 맞는 사람들끼리 즐길 수 있는 사교 생활이 훨씬 많아요." 넬리가 끼어들었다.

오언이 말했다. "형님, 요즘 세상에는 따분하거나 바보 같은 사람들이 예전처럼 많지 않아요. 우리 자식들은 더 좋은 사람이 됐어요. 심지어 노인들도 나아졌다니까요. 이제 인생은 즐겁고 흥미롭지요."

"우린 모두 훨씬 건강해요, 삼촌. 더 잘 먹으니까요. 그래서 그런지 성격도 더 쾌활해요.

세상에는 우리를 행복하게 해주는 기술들이 많아졌어요. 그런데 헬리어는 사람들 성격이 더 쾌활해진 게 다 자기가 끊임없이 제공하는 빵과 버터 덕분이라고 생각해요. 지금 저 소리 좀 들어보세요!"

달빛이 비치는 저 위 발코니에서 유쾌한 선율 한 줄기가 흘러나왔다. 기타에 맞춰 노래 부르는 두 목소리에 이어 다른 창과 정원 한쪽 구석, 옥상에서 각각 후렴이 이어졌는데 모두가 부드러운 하모니를 이뤘다.

"이곳 사람들은 다들 가수인 모양이구나." 내가 말했다. 조카 제럴드가 그런 것은 아니지만 지금은 좋은 음악도 흔하고 모두가 수준 높은 음악 교육을 받다보니 평범한 사람이라도 취향이나 연주 수준이 훌륭하다고 대답했다.

우리는 늦은 밤까지 앉아 있었다. 나의 새로운 가족들이 시간 가는 줄 모르고 얘기하는 동안 내 마음은 설명은 고사하고 믿기조차 힘든 이 새로운 환경에 대한 혼란스러운 느낌으로 가득 찼다.

나는 가족들이 입에 침이 마르게 설명한 탁월한 면면이 일상다반사라는 사실을 받아들일 수 없었는데, 내 말과 침묵에 이런 생각이 드러났는지 곧 넬리가 단호한 태도로 말했다.

"오늘은 이쯤에서 멈춰야겠어요. 오빠는 누군가가 억지로 먹여주는 것처럼 느끼나봐요. 좀 쉬는 게 좋겠어요. 그리고 내일 오언에게 오빠를 모시고 여기저기 다녀오라고 할게요. 그럼 상황 정리가 좀 될 거예요. 오빠가 곰곰이 생각해봐야 할 뚜렷한 움직임 두 가지가 있어요. 하나는 어쨌든 30년 동안 자연스럽게 이루어진 진보이고, 다른 하나는 '삶을 개척하는 사람들'이 의도적으로 채택한 조치들인데, 이게 좀 혼란스러워요. 집에 오는 내내 내가 오빠에게 장황하게 설명한 것들이지요. 오언의 설명이 도움이 될 거예요."

오언은 체격이 컸고 강하고 건강해 보이는 얼굴에는 특유의 짓궂은 미소를 띠고 있었다. 다음 날 오언과 나는 날랜 모터보트를 타고 강을 거슬러 올라갔는데, 퉁퉁거리는 둔탁한 보트의 엔진음이 대기의 고요를 깨뜨렸던 과거와 달리 우리가 탄 보트는 화창한 봄볕을 받으며 미끄러지듯 팰리세이드 파크로 향했다.

그가 말했다. "우리는 이곳의 아름다운 풍경을 하나도 빼놓지 않고 보존해봤어요. 이곳은 풀도 나무도 과거와 똑같으니까 형님 마음이 좀 편할 거예요. 그리고 해설자 한 명을 상대하는 게 한꺼번에 네 명을 상대하는 것보다는 편할 겁니다. 자, 제가 시작할까요? 아니면 형님이 질문하겠습니까?"

"내가 먼저 몇 가지 물어볼 테니 그다음엔 몇 시간이고 자세한 설명 좀 부탁하겠소. '여자들이 깨어났다'라는 명제에 대해 간략하게 설명 좀 해줘요. 그 말이 남자에게 어떤 뜻인 거요?"

오언은 한동안 자신의 턱을 쓰다듬더니 입을 열었다. "남자가 잃는 건 없어요. 적어도 얻은 걸 상쇄할 만큼 손해 볼 일은 없다는 뜻이에요. 우리가 젊었을 때 등장해서 힘을 얻기 시작한 성(性)의 상대적 위치와 관련한 새로운 생물학 이론을 기억하세요?"

나는 고개를 끄덕였다. "워드의 이론 말이오? 물론 기억하지요. 들은 적이 있어요. 설득력은 꽤 떨어졌던 것 같소만."

"설득력도 떨어지고 입증하기도 힘들지만 모두가 사실이에요. 형님은 그 사실을 받아들여야 할 거예요. 여자는 특정한 종족(race type)이고 남자는 여자의 조력자예요. 의심이 필요 없는 사실이에요."

나는 골똘히 생각에 잠긴 채 오언을 쳐다보았다. 오언은 단순히 조력자가 아닌 진짜 남자인 양 행복하고 뿌듯한 표정을 짓고 있었다. 제럴드를 생각했다. 제럴드는 주눅이라는 단어와는 전혀 어울리지 않는 사람이었다. 배에서 만난 직원과 다른 남자들, 거리에서 본 남자들도 떠올려보았다.

"이 이론은 예전에 태어난 사람들에게도 적용되는 거요?" 내가 말했다.

"평생 옳았어요. 예전이나 지금이나 사실이에요."

"그 말뜻은 여자들이 모든 걸 운영하고 남자들은 보조에 불과하다는 건가?"

"아, 아니에요. 인생에 관해 얘기한 게 아니라 오로지 성(性)에 대해 얘기한 거예요. 사업체를 운영하는 일은 성과는 아무 관련이 없어요. 물론 기업을 경영하는 여자들도 있어요. 실질적으로 모든 여자가 일을 하고 있어요. 하지만 아직도 남자들이 세상 일 대부분을 하고 있어요. 결국 자연적으로 분업이 이루어지니까요."

이 말에 나는 기분이 좋아졌는데 그는 내 희망을 단숨에 짓밟았다.

"남자들은 주로 땅을 파거나 뭔가 자르거나 망치로 치는 등 단순하지만 힘을 필요로 하는 일을 해요. 반면에 여자들은 전체적으로 관리직이나 건설적인 업무를 선호하지요. 하지만 이 모든 게 정해진 건 아니고 점차 정리가 되어가는 중이에요. 남자와 여자는 어디서든 일하고 있어요. 넬리가 항상 얘기하는 거대한 변화란, 여자들이 자신들 역시 사람이라는 사실을 깨닫게 되었다는 뜻이에요."

"그전에는 뭐였다는 거요?"

"그저 여성이라는 존재였던 거죠."

"당연히 여성도 사람이잖소." 내가 말했다.

"맞아요. 하지만 제대로 사람다운 대우를 받지 못했어요. 지금은 그늘도 엄연한 사람이에요. 이게 가장 큰 변화지요."

"이해할 수가 없소. 여자들은 아내도 엄마도 아니란 말이오?"

"여전히 엄마지요. 사실 예전보다 더욱 모성애가 넘치는 엄마랍니다. 하지만 아내 부분은… 차이가 있어요."

나는 불쾌함을 숨기지 않았다.

"일부다처제나 일처다부제, 아니면 계약결혼 뭐 그런 걸 말하는 거요?"

날 바라보는 오언의 표정이 넬리의 그것과 닮아 있었다.

오언이 말했다. "그렇군요. 형님은 여자를 남자와의 관계 속에서만 생각하는군요. 결혼관계가 단순히 다른 형태로 바뀌었을 거라고 생각하는 거예요. 달라진 건 정도의 차이일 뿐이에요. 우리는 여전히 일부일처제를 유지하고 있어요. 30년 전과 비교하면 도덕적으로 훨씬 더 순수하고 오래 지속되는 관계예요. 하지만 '아내'라는 단어는 예전과는 다른 뜻으로 쓰이고 있어요."

"계속해봐요. 난 도저히 이해할 수가 없소만."

"'아내'란 소유하는 존재였어요. '내 사람이 되어주시겠습니까?' 연인은 이렇게 물었고, 아내는 남편의 것이 되었지요."

"흐음, 그럼 지금 아내는 누구 거란 말이오?" 내가 날카롭게 물었다.

"아내는 그 낡은 의미대로라면 누구에게도 속하지 않아요. 여자들이 남편의 아내가 된다는 건 남편의 진실한 연인이라는 뜻이고, 그들의 결혼이 법적으로 유효하다는 의미예요. 여자 인생이나 여자가 하는 일까지 남자에게 속한다는 뜻은 아니에요. 남편은 더 이상 아내에게 '가사노동'을 요구할 권리가 없어요. 예를 들어 핼리어처럼 자기 일이 있는 여자들은 결혼해도 일을 포기하지 않아요."

내가 그의 말을 막았다. "잠깐만! 핼리어는 결혼한 게 아니오?"

"아뇨, 아직 안 했어요."

"하지만… 저 아파트는 핼리어 소유잖소?"

그가 나를 향해 웃음을 터뜨렸다. "맞아요. 그러면 안 되나요? 형님에게는 여자도 자기 집을 소유할 수 있다는 사실이 상상조차 안 되는군요. 핼리어는 스물셋이에요. 아마도 몇 년간은 독신으로 지낼 거예요. 하지만 핼리어는 직장이 있고 자신의 일을 아주 잘 해내고 있어요. 별로 대수롭지 않은 검사관 일이긴 하지만 그 일을 좋아해요. 제 딸이 집을 소유해서는 안 되는 이유라도 있나요?"

"핼리어는 왜 저 아파트를 부모와 함께 쓰지 않는 거요?"

"그건 제가 아내와 같이 살고 싶어서예요. 넬리와 제 직장은 미시간에 있어요. 반면에 핼리어의 직장은 뉴욕에 있지요."

"결혼 후에도 핼리어는 검사관 일을 계속 한다는 거요?" 내가 의문을 제기했다.

"그렇고말고요. 이런 젊은 여자와 결혼하는 남자는 정말 행복할 겁니다. 다만 남편은 아내를 '소유'하지 않고, 아내는 더 이상 남편의 '몸종'이 아니에요. 핼리어가 남편의 양말을 꿰매거나 남편 식사를 차릴 일은 없을 거예요. 여자가 왜 그래야 해요?"

"여자들은 이제 남편 자식들도 키우지 않을 작정인 거요?"

"아뇨, 핼리어는 자기 아이들을 키울 거예요. 남편 자식이 아니라 부부의 자식이니까요."

"그러면서 검사관 일을 계속 한다?"

"매일 네 시간 동안 검사관으로 근무할 거예요. 그 일은 2교대로 돌아가지요. 요리보다 더 힘들 것도 없어요."

"하지만 아이들과 같이 있지 못할 텐데?"

"핼리어가 원하기만 한다면 하루 스물네 시간 중에 스무 시간은 아이와 함께 보낼 수 있어요. 하지만 핼리어는 아이를 능숙하게 돌보진 못해요. 형님, 이제 여자들은 엄마가 하는 일 중 자신이 잘할 수 있는 일에 집중한답니다."

오언은 과거에 비해 능률적인 육아와 가사노동에 대한 관심이 얼마나 늘어났는지 꽤 긴 시간을 할애해서 설명했다. 그뿐만 아니라 육아와 가사가 적성에 맞는 여자들이 열정적으로 자신의 일에 헌신하는 인생을 살아감으로써 '후마니컬처(Humaniculture)'라는 새로운 학문 분야가 탄생했으며, 이젠 능력을 증명하지 못하면 엄마라 할지라도 자신의 아이를 돌볼 수 없다고 말했다.

"누가 그걸 막는다는 거요?" 내가 말을 잘랐다.

"정부 산하의 아동양육부 소속 여자들이지요."

"그럼 아빠들은? 그 말을 고분고분 따른단 말이오?"

"따르다뿐인가요? 아빠들은 기꺼이 정부 결정에 공감하고 지지를 보내고 있어요. 우리는 어린 시절의 중요성을 새롭게 인식하게 된 것이 무엇보다도 중요하다고 생각해요. 지금 우리는 아이들을 더 나은 사람으로 키우고 있어요."

나는 풀을 한 움큼 잡아 뜯은 다음 일일이 잘게 끊을 뿐 한동안 아무 말도 하지 않았다.

한참 있다가 내가 말을 꺼냈다. "내가 기억하기로는 우생학에 대한 논의가 활발했는데, 대체 그게 뭡니까? 엄마로서의 자질 유무를 따지는 거요?"

오언이 설명했다. "네, 남자들이 하는 말이죠. 형님, 아시겠지만 과거에 우리는 여자의 한쪽 면만 봤어요. 우리와의 잠자리가 중요했지요. 아무래도 우리는 수컷이니까요. 남자들은 자식을 잘 키우는 게 여자의 발전이라고 여겼어요. 여자가 자신의 모든 삶을 자식에게 헌신하는 것이 남자가 생각하는 모성애였던 거지요. 수많은 망상을 쏟아내서 당대에 큰 파문을 일으켰던 잉글랜드 작가 웰스는 '나는 전적으로 여성주의자다'라고 말했는데 그 말은 사실이었어요! 여자를 그저 여성으로 바라보았고, 여자가 전통적으로 가졌던 자질을 갖춰야 한다고 말했으니까요. 여자를 인간으로 바라보지도, 여자에게 자기 자신을 돌볼 능력이 있다고도 생각하지 않았던 거예요.

이제 자신들도 진정한 인간이라는 인식을 갖기 시작한 여자들은 새롭게 효율적으로 일을 하기 시작했어요. 그들은 일단 요식업을 전문적으로 연구했어요. 요식업의 중요성을 강조한 핼리어의 눈이 정확했던 거지요. 그리고 유아산업도 공부하기 시작했어요. 모든 여자가 아이를 갖기를 원하지만 아이를 돌보고 싶으면 학위를 따야 해요."

나는 오언을 쳐다보았다. 나는 마음에 들지 않았다. 하지만 내 마음에 들지 않는다고 뭐가 달라진단 말인가? 난 30년 전에 죽은 거나 다름없었다.

"엄마가 되기 위한 학위라!" 내가 자신의 말을 반복하자 오언이 내 말을 정정했다.

"그런 뜻이 아니에요. 정상적인 여자라면 누구나 엄마가 될 수 있어요. 단지 아이를 양육하려면 학위가 필요하다는 말이에요. 완전히 다른 문제지요."

"뭐가 다른지 모르겠소만."

그가 말했다. "저 역시 몰랐어요, 처음에는. 엄마라면 누구나 아이를 '양육'할 능력이 있어야 하는 거잖아요. 그런데 우리가 아이들을 어떻게 키웠는지 한번 보세요. 우리는 이제야 배우기 시작한 거예요. 그렇다고 지금 우리 상태가 완벽하다고 생각하지는 마세요. 그 어느 때보다도 논의해야 할 새로운 과제가 넘치니까요. 이제야 한 발 내딛었을 뿐이에요. 지금까지는 결과도 굉장히 좋고, 향후를 준비하기 위한 논의도 계속되고 있어요."

내가 말했다. "여자들 얘기를 계속해주시오. 가장 끔찍한 얘기를 듣고 나면 모든 걸 단념하고 싶어질지도 모르지."

그가 쾌활하게 말을 이어갔다. "별 거 없어요. 여아가 태어나더라도 모든 면에서 남아와 똑같이 대해요. 성장 과정에서 남녀에게 나타나는 생리적 차이를 솔직하게 가르치는 걸 빼면 남자와 여자 사이에 어떤 차이가 있다는 식의 언급은 일절 하지 않아요. 모든 청소년은 완전히 똑같은 환경에서 어른으로 커가지요. 물론 가장 진보적인 사람들이 그렇다는 거예요. 아직 뒤처진 사람들도 많아요. 할 일이 태산이지요.

성장하는 소녀들은 엄마가 되었을 때 자신들이 어떤 위치를 차지하게 되는지, 어떤 힘을 갖게 되는지 배워요. 그들은 아주 높은 이상을 지녔어요. 그리고 여자들의 높은 이상이 남자들의 수준을 높이는 데 큰 역할을 했지요."

흥미가 발동한 내가 얼굴을 들고 말했다. "이 모든 일에서 외유내강의 향기가 풍기는군. 그래서 그들이 뭘 했다는 거요?"

오언의 표정이 잠깐 어두워졌다.

"가장 어려웠던 시기는 20년에서 25년 전으로 거슬러 올라가요. 그 시기를 거친 남자들은 이제 대부분 다 세상을 떠났지요. 새롭게 일어난 종교운동이 사회 윤리적 의식을 고쳐시켰어요. 여자들이 주체가 된 정치운동 역시 같은 시기에 시작됐어요. 여자들은 사회 개선을 위한 여러 방안을 주창했지요. 이 정치운동이 교회 설교와 문학을 통해 일파만파 퍼져나가면서 새로운 사실과 사상, 감정이 모든 공동체를 환하게 비췄지요. 건강, 즉 신체의 순결이 현실적인 이상으로 받아들여졌어요. 매독과 임질을 앓고 있는 남자들의 비율을 알게 된 젊은 여자들은 그런 남자와 결혼하는 건 옳지 않다고 생각하게 되었어요. 그걸로 충분했어요. 여자들은 신체에 아무런 결격사유가 없다는 건강증명서를 결혼증명서에

반드시 첨부해야 한다는 법안을 모든 주에서 통과시켰거든요. 질환이 있는 남자는 결혼도 못 하고 죽을 수밖에 없었어요."

"아니, 남자들은 그런 법을 그대로 따랐단 말이오?" 내가 항변했다.

"왜요? 종족의 보존을 위해, 다시 말하면 가족들, 즉 여자와 아이들을 보호하기 위해 명백히 필요한 법이었어요. 당연히 여자들은 만장일치로 그 법을 지지했고 건강한 남자들 역시 여자들과 뜻을 함께했어요. 그 법을 반대하는 건 죄를 고백하는 행위와 다르지 않았고, 남자들의 결혼 기회를 빼앗는 행위였지요."

"남자라면 누구든지 결혼할 여자를 찾을 수 있다고들 했었는데…" 나는 생각에 잠긴 채 중얼거렸다.

"한때는 그럴 수 있었겠지요. 지금은 절대 그럴 수 없어요. 천연두 같은 질병을 하나라도 앓고 있는 남자들은 모두 다 기록이 되니까요. 게다가 우생학부에서 질병이 있는 남자들 명단을 관리하고 있어요. 모든 의사들은 환자 목록을 제출해야 해요. 처녀라면 누구나 그 목록을 열람할 수 있지요."

"결혼 안 한 여자들의 비율이 상당하겠군."

"처음에는 그랬어요. 그런데 처녀들 수가 늘어난 게 오히려 결과적으로 이 세상에 대단히 긍정적인 효과를 낳았어요. 현명하고 성실하며 강한 여자들이 자신의 능력을 사회복지 사업에 쏟아부었거든요. 결혼을 하지 않은 많은 여자들이 아동 양육 분야에 진출했어요. 자신들이 가진 모성애를 그런 방식으로 사용한 거예요. 쉬운 일은 아니었어요. 물론 총각으로 남은 남자들 역시 쉽지 않았지요!"

"매춘이 창궐했겠군요." 내가 말했다.

오언은 고개를 젓더니 나를 의아한 듯 바라보았다.

"그랬다면 최악의 상황이었겠지요. 하지만 매춘부는 눈 씻고 찾아봐도 없는걸요."

나는 몸을 일으켜 앉았다가 일어서서는 이리저리 왔다 갔다 했다. "매춘부가 아예 없다고! 믿을 수 없군. 매춘은 사회적으로 필요한 직업이오. 그 역사가 니네베*만큼이나 오래됐단 말이오."

오언이 껄껄 웃었다. "때늦은 이야기예요, 형님. 잊으세요. 물론 남자들은 그렇게 생각했어요. 형님 말대로 우리는 매춘이 사회적으로 필요하다고 말했지요. 자, 그럼 매춘이 여자들에게 무슨 소용이 있는지 제게 얘기 좀 해주세요."

나는 왔다 갔다 하던 걸 멈추고 오언을 쳐다보았다.

오언이 말을 반복했다. "여자들에게 매춘이 왜 필요했지요? 도대체 매춘이 여자들에게 무슨 득이 됐을까요?"

"아니… 저… 여자들은 매춘으로 생계를 꾸렸잖소." 나는 설득력이 떨어지는 목소리로 말했다.

"그래요. 그래서 여자들은 아주 멋지고 명예롭고 즐겁고 건강하게 살았겠군요? 예전과 달리 여자들 모두 큰돈을 벌고 있어요. 매춘에 대해

---

* 고대 아시리아의 수도—옮긴이

철저한 교육을 받은 결과 여자들은 몸을 팔던 여자들이 얼마나 처참하게 죽어갔는지 뼈저리게 알게 됐지요. 이제 여자들은 성욕 넘치는 암컷이 아닌 인간으로 키워지고 있어요. 원한다면 자기 뜻대로 결혼도 할 수 있지요. 이런 여자들 중 몇 명이나 과연 그런 일을 하려 들까요?

남자는 여자의 선택을 기다린 적이 없어요. 여자들을 바보 취급하고, 속여서 끌고 갔어요. 어쩔 수 없이 몸을 팔도록 만들었지요. 여자들을 노예나 죄인 취급했다고요. 여자들은 마음껏 인생을 누리지 못했어요. 형님도 그 사실을 알 거예요. 우리 요구를 들어줄 필요도 없는데 이제 여자들이 왜 그런 일을 하겠어요?"

"당신 말은 음탕한 여자가 하나도 없단 뜻이오?" 내가 물었다.

"아뇨, 그런 뜻은 전혀 아니에요. 남자도 마찬가지지만 여자 중에도 발달이 과하거나 병적인 사람이 있어요. 문제는 이 사회가 그런 사람들을 아직 완전히 걸러내질 못한다는 점이죠. 아무튼 그 부분은 병리적인 문제지요. 의학적 치료나 수술이 필요한 환자들이란 뜻이에요. 게다가 음탕함과 매춘은 달라요. 매춘은 최악의 사회범죄예요. 매춘보다 더 해로운 건 없어요. 여자들은 매춘을 뿌리 뽑았어요."

"법으로 우리를 성인군자로 만든 게 바로 여자요?" 내가 냉소적으로 물었다.

"법률이 제정되면서 많은 일이 가능해졌어요. 교육을 통해 더 많은 일이 가능해졌지요. 제일 큰 역할을 한 건 새로운 종교예요. 사회 여론 역시 큰 도움이 되었어요. 형님도 기억하겠지만 우리 남자들은 매춘 금지를 법제화하려는 노력을 하지 않았어요. 오히려 매춘이 계속 남아 있기를 바랐지요."

"무슨 말이오. 소용없었다뿐이지 남자들이 분명히 매춘을 법으로 금지시켰단 말이오!" 내가 항변했다.

"아니요. 남자들은 여자들을 처벌하는 법을 만들었지요. 하지만 남자를 처벌하거나 매춘 자체를 금지시키지는 않았어요. 우리는 여자들을 심사하고, 여자들에게 벌금을 물리고, 여자들의 매춘을 허가했어요. 그러면서 남자들은 누릴 건 다 누렸지요. 하지만 여자 법률가들은 아예 다른 조치를 취했어요."

나는 재빨리 인정했다. "아마도 세상의 선을 위한 일이었겠지. 하지만…"

"형님은 아무래도 착하게 살아야 한다는 남자들의 이 바뀐 처지에 대해 인정하고 싶지 않은가 보군요!"

"솔직히 그렇소. 착하게 살기야 하겠지만 아무런 선택을 할 수 없는 처지는 마음에 들지 않는단 말이오."

"자, 생각해보세요. 솔직히 말하면, 우리는 남자에게 좋다는 것만 좇아서, 우리 마음대로 살았어요. 도덕적으로 그리고 육체적으로 욕구를 억제하고, 내 한 몸 희생해서 깨끗하고 자족하는 삶을 살기는커녕 의도적으로 여자들을 처참한 삶으로, 끔찍한 죽음으로 내몰았지요. 이 나라 사람들의 피를 오염시켰구요. 윤리뿐 아니라 건강을 대하는 여자들의 태도는 명확했어요. 우리가 제정한 새로운 법에서 타인에게 매독을 감염시키는 행위는 독약을 사용하는 것만큼이나 중대한 범죄예요."

"넬리는 이제 범죄는 없다고 말하던데."

"아, 넬리는 낙관주의자예요. 제 생각에 넬리는 과거에 범죄라고 불렀던 행위를 말한 것 같아요. 우리는 더 이상 그런 행위를 '범죄'라고 부르지 않으니까요. 과거와 비교하면 위법행위가 백분의 일로 줄었을 거예요. 우리를 미혹하는 것들을 더 잘 알게 되면서 유혹에 빠지는 일도 줄었지요."

우리는 잠시 동안 침묵했다. 나는 파란 물 위를 미끄러지듯 선회하는 갈매기를 바라보았다. 큰 비행선들이 한 방향으로 끊임없이 날고 있었다. 작은 비행선들은 사방팔방으로 둥둥 떠다니고 있었다.

비행선 한 대가 우리 머리 위로 빠르게 지나가더니 탁 트인 곳에 부드럽게 착륙하면서 불빛을 밝혔다.

"예전에는 비행선들 소음이 심했던 것 같은데?" 내가 오언에게 물었다.

"그렇다마다요. 처음 개발됐을 때 귀청이 떨어질 것처럼 쾅쾅대던 모터보트하고 똑같았지요. 우리는 이제 과거와는 달리 불필요한 소음은 참지 않아요."

"소음을 어떻게 막아요? 개인 권리 침해일 텐데?"

"공권(公權)에 대한 인식이 커졌거든요. 불쾌한 소음은 악취와 마찬가지로 일종의 방해 행위지요. 사실 남자들은 별로 개의치 않았지만 여자들은 아니었어요. 지금은 여자들이 원하는 건 뭐든지 감안해야 하는 세상이에요."

머리끝까지 화가 치민 내가 말을 끊었다. "항상 감안했소! 이 땅에 사는 여자들은 죄다 버르장머리가 없다니까. 너무 애지중지 대한 탓이오. 남자들이 여자들에게 모든 걸 넘겨줘버렸으니."

"집 안에서는 그랬는지 몰라도 밖에서는 아니었어요. 이 도시나 주가 운영되는 방식은 여자들과는 전혀 맞지 않았어요."

"왜 그래야 하는지 모르겠군. 여자가 속한 곳은 가정이오. 만약 남자들 세계로 진출하고 싶다면 결과에 책임을 져야 할 거요."

오언은 자신의 긴 다리를 쭉 펴더니 우리 위로 보이는 은은하면서도 눈부신 파란 하늘을 바라보았다.

"형님은 왜 이 세계를 남자 것이라고 하는 겁니까?" 오언이 물었다.

"세상은 남자들 소유였소. 지금도 그래야만 하지. 여자가 있어야 할 곳은 가정이오. 아마도 당신에겐 호랑이가 담배 피우던 시절 얘기처럼 들리겠지만." 나는 약간 겸연쩍게 웃었다.

"그런 견해는 힘을 잃었어요."

"형님," 오언은 신중하게 말을 시작하다가 이내 웃음을 터뜨렸다. "소용없군요. 우리가 어떤 식으로 말하든 형님에겐 모든 게 충격일 테니. 이 세상 사람들의 생각이 변했어요. 형님이 따라잡아야 해요!"

"내가 거부한다면? 내가 그러지 못하겠다면 어떻게 되는 거요?"

오언이 명랑한 어조로 말했다. "지금 당장 그렇게 단정할 필요는 없어요. 생각은 멈춰 있는 게 아니니까요. 일단 형님의 머릿속에 있는 생각은 지워버리고 새로운 생각을 집어넣으세요. 우리와 마찬가지로 여자도 인간이에요. 그건 사실이에요. 친애하는 형님, 그 사실을 받아들여야 할 겁니다."

"남자도 인간으로 받아들여지는 건가?" 내가 침울하게 물었다.

"물론이죠! 인간으로서 남자의 자리를 위협하는 건 아무것도 없어요. 우리가 잃은 건 우월한 지위뿐이에요."

"지금 이 상태가 좋소?" 내가 따지듯 물었다.

"처음에는 몇몇 남자들의 저항이 심했어요. 구닥다리 사고방식을 가진 사람도 많았고, 정말 별의별 사람들이 많았지요. 하지만 현대인이라면 적어도 남자들 처지를 염려하지 않아요. 제 말을 들어보세요, 형님. 형님이 이해하지 못한 게 있어요. 과거에 비해 여자들은 훨씬 더 유쾌해졌다니까요."

나는 어이가 없어서 그를 쳐다보았다.

오언이 말했다. "사실이라니까요! 당연한 말이지만 우리는 우리 어머니나 딸, 여동생 모두를 사랑했어요. 가족의 외모나 행실을 따질 이유가 없잖아요. 그리고 사랑에 빠졌을 때 '사랑하는 대상'에게 찬사를 아끼지 않았어요. 그런데도 형님이나 제가 알다시피 과거에 여자들은 매사가 성에 차지 않았어요."

나는 시인할 생각이 없었지만 오언은 침착하게 이야기를 이어나갔다.

"'아내이자 어머니'였던 여자들은 늘 집안일에 시달렸기에 항상 피곤하고 신경질적이었어요. 그러다보니 얼마 지나지 않아 아름다움은 물론 생기와 매력, 영감까지 모두 잃고 말았지요. 남자들은 아름답고 성적 매력이 흘러넘치는 젊은 처녀들을 끊임없이 찾아다녔고, 사랑이라는 미명 아래 남자들에게 시달리던 여자들은 아름다움을 잃고 시들어갔어요. 반면에 남자들 손길이 닿지 않은 여자들은 여전히 매력적이고 생기가 넘쳤어요. 형님, 지난 시절 우리의 태도는 여자들에게 최악이었어요. (물론 우리에게도 좋은 건 아니었지만요.) 우리 때문에 여자들 버릇이 나빠진 거예요. 모든 인간사에서 여자는 남자의 경쟁 상대조차 되지 못했어요. 여자는 가정을 돌보았지만 남자는 세상을 지배했어요. 두 부류 사이에 진실한 우정은 거의 찾아보기 힘들었지요.

지금 여자들은 지적이고 경험도 풍부할뿐더러 잘 훈련된 시민이에요. 무슨 일을 하든 남자와 똑같이 대우받고 있고 남자들처럼 세상 곳곳에서 일하고 있어요. 세상은 완전히 달라졌어요!"

"'여성 우월주의자' 천지가 됐겠지!" 내가 툴툴거렸다.

"전혀 그렇지 않아요. 사실 지금까지는 줄곧 남성 우월주의자들의 세상이었어요. 하지만 이젠 인간들의 세상일 뿐이에요. 그리고 보세요. 과거에 비해 여자들은 훨씬 더 큰 매력을 발산하고 있어요."

나는 오언이 가리키는 곳을 응시했지만, 믿기지 않았다.

"사실이라니까요! 여자들은 건강해요. 사람들은 새로운 기준으로 신체의 아름다움을 판단하기 시작했어요. 고대 그리스 시절 미의 기준과 비슷하달까요. 형님도 키가 크고 활기가 넘치고 피부 빛깔도 선명하고 걸음걸이도 자유로운 소녀들을 이미 많이 봤을 거예요."

관찰할 수 있는 시간은 얼마 없었지만 내 눈에도 많이 띄었다.

"저들은 완벽한 육체와 성숙한 내면, 우수한 도덕관념을 지니고 있어요. 형님, 그런 표정을 지을 필요는 없잖아요! 우리가 강조한 바로 그 덕목을 여자들이 지켜왔기에 우리는 그들을 '도덕적 우월주의자들'이라고 불렀어요. 하지만 다른 덕목을 갖추지 못했다는 사실은 몰랐지요. 반면에 오늘날 여자들은 진실하고 용감하며 정직하고 관대할 뿐 아니라 자제할 줄도 알아요. 과거보다 쾌활하고 합리적이고 다정하지요."

나는 마지못해 시인했다. "흐음, 그렇다니 다행이오. 여자들 매력이 다 사라졌을까봐 걱정했는데…"

"맞아요. 남자들은 그런 식으로 생각했어요. 기억나요. 참 우습기 짝이 없어요! 우리는 한편으로는 예나 지금이나 여자들에겐 여자다움밖에 없다고 확신하면서도 다른 한편으로는 여자가 다른 데에 관심을 돌리는 그 순간 그 여자다움이 사라져버릴까봐 안절부절못하잖아요. 제가 확신하는데, 남자들은 자기 여자는 물론이고 여자라는 존재 자체도 예전보다 훨씬 더 사랑할 거예요."

나는 곰곰이 생각했다. "그런데… 당신 가정 생활은 어떻소?"

"과거에 '행복한 집'이 어땠는지 잠깐 떠올려보세요. 남자는 바깥일은 물론이고 여자들에게 생소한 집안일까지 다 책임졌어요. 여자는 가사노동을 전담했지요. 육체노동으로 때워야 할 게 수도 없이 많았고 무엇이든 감내해야 했어요. 남녀 모두 서로의 일에는 문외한일 수밖에 없었지요.

남자는 집에 오면 바깥일에 대한 생각을 죄다 내려놔야 했어요. 여자도 마찬가지였지요. 물론 여자는 집안일을 하다가 부족한 게 있으면 남자에게 하소연했고 때때로 남자 역시 그랬어요. 그들은 서로를 동정하고 위로했어요. 하지만 도울 수는 없었어요.

결혼 생활은 힘들 수밖에 없었지요. 많은 부부에게 결혼 생활은 살아 있는 지옥이었어요. 부부임에도 자식과 사회적인 관심사 말고는 공유할 수 있는 게 없었거든요.

요즘에는 일단 돈 걱정하는 사람이 없어요. (이건 나중에 설명할게요.) 여자들은 사랑이 없는 결혼은 하지 않아요. 사실 현명한 판단이기도 해요. 여자들 모두 과거보다 성적 매력이 흘러넘쳐요. 남자들은 그런 여자들과 결혼하고 싶어 하죠. 그 욕망이 남자들을 나아지게 만든 거예요! 사실 천성적으로 남자의 인생에서 여자보다 중요한 건 없어요. 남자들은 그 사실을 잘 알죠! 그리고 그 욕망이야말로 남자가 딛고 올라가는 사다리인 셈이에요. 금연도 이런 식으로 가능했지요."

"그 말뜻은 여자들이 임의로 흡연을 금지했다는 말이오?" 나는 담배를 피우진 않았지만 화가 치밀었다.

"아뇨, 그렇지 않아요, 형님. 전혀요. 누구든 원하면 담배를 피울 수 있어요."

"그런데 왜 피우지 않는 거요?"

"여자들이 좋아하지 않기 때문이지요."

"그 사실과 무슨 상관이 있단 말이오? 여자들이 싫어하면 남자들은 하고 싶은 것도 할 수 없다는 말인가?"

"아니요, 할 수 있어요. 하지만 비용이 너무 커요. 남자들은 담배를 피우고 싶어 해요. 하지만 사랑을 더 원하죠."

"금연이 결혼을 위한 법적 요건 중 하나요?"

"아뇨, 법과는 아무 상관없어요. 하지만 여자는 담배 피우는 연인이나, 남편, 아빠를 원하지 않아요. 지나친 흡연이 몸에 해롭다는 사실을 알기에 골초와의 결혼을 피하는 거죠. 아무튼 요점은 여자는 담배 냄새도, 담배를 피우는 남자들의 체취도 좋아하지 않는다는 점이에요. 대부분의 여자들이 그래요."

"그래서 대체 뭐가 달라진다는 거요? 과거에도 여자들 대부분은 흡연자라면 질색이었지. 하지만 남자에게는 권리가 있소."

오언이 말을 잘랐다. "자신의 아내가 혐오하는 대상이 될 권리 말인가요? 그래요. 그럴 권리가 있죠. 우리에게는 주석 냄비를 팅팅 두드릴 권리도 있고 미친 듯이 과속을 할 권리도 있어요. 하지만 그런 사람이 인기를 얻긴 힘들걸요."

"그건 횡포요!" 내가 항변했다.

오언이 냉정하게 말했다. "그렇지 않아요. 우리는 과거에 남자들이 얼마나 성가신 존재였는지 몰랐던 거예요. 아니면 여자들이 얼마나 싫어하는 것들을 견디며 살았는지 몰랐던 거죠. 제가 총각이었을 때 한 여자에게 담배 피우는 남자가 싫으냐고 물어본 적이 있었는데, 담배를 피우지 않는 남자와 키스할 때 훨씬 기분이 좋다고 솔직하게 말하더군요.

남편과 사별했는데 굉장히 매력적인 여자였지요. 고백하건대 그녀의 말은 제가 이 문제를 골똘히 생각하는 계기가 되었어요."

"술도 마찬가지이겠군요? 이 기회에 죄다 얘기해봅시다."

"맞아요, 정도는 더 심했어요. 알코올 중독은 최악 중에서도 최악이니까요. 우리가 어떻게 그렇게 오랫동안 참아왔는지 상상조차 안 돼요."

"당신들이 추구하는 완벽한 세계란 견고한 금주동맹을 의미하는 모양이오."

"실질적으로 그런 셈이지요. 우리는 여전히 도수가 낮은 와인이나 증류주를 조금씩 마시긴 해요. 어쩌다 마시지요. 최소한 이 나라에선 그래요. 유럽은 상황이 훨씬 나아졌어요.

아무튼 알코올 중독은 다른 문제보다 훨씬 심각한 문제였어요. 단순히 결혼을 회피하는 문제가 아니었지요. 여자들은 알코올 중독을 해결하기 위해 온갖 방법을 다 동원했어요. 아, 이런! 저녁식사에 늦겠는데요. 적어도 저녁식사 시간은 아직은 기쁨이에요, 형님."

6

.

 각종 책과 출판물에서 얻은 정보 외에도 새로운 가족들과 유쾌한 친구들로부터 수집한 방대한 정보에 시달리던 나는 나 자신의 생각을 정리하기 위해서라도 정보의 요약본을 만들 필요성을 느꼈다. 나는 이 요약본을 어느 정도 수정한 후 내 의견을 부연한 다음 넬리와 오언, 지인 한두 명에게 건넸다. 그리고 지금까지 일어난 일에 대해 내 나름대로 일관성 있는 관점을 정립했다.

 일단, 오언이 반복해서 내게 확언했듯이 끝난 것은 아무것도 없었다. 더 이상 움직이지 않는 완벽한 상태에 도달한 게 아니었다.

 오언이 기분 좋게 말했다. "30년은 그리 긴 시간이 아니에요. 형님이 여기에 쭉 머물렀다면 우리가 이뤄낸 것들을 대단하다고 생각하지 않았을 거예요. 우리는 불필요한 병폐를 제거하고 새로운 시작을 위한 기틀을 마련했을 뿐이에요. 그래도 우리가 하는 일은 다 신나요.

 형님은 우리가 가난에 고통받지 않는 게 굉장히 놀랍다고 생각하죠.

하지만 우리는 정신이 어느 정도 온전한 사람들이 그렇게 오랜 시간 가난을 견딜 수 있었다는 게 훨씬 더 놀랍다고 생각해요."

우리는 자연스럽게 이 부분에 대해 많은 논의를 했고, 그들은 내 이해를 돕기 위해 몇몇 새로운 경제학자를 소개했는데, 사회학자인 하크니스 박사, 생산부의 앨프리드 브라운 씨, 운송국의 앨러튼 여사와 내게 아주 유용했던 '30년 동안의 뚜렷한 변화'에 대한 소책자를 집필한 파이크라는 젊은 친구가 바로 그들이었다.

"결국 아주 단순한 문제였어요." 사회학자 하크니스 박사는 교실에서 강의하듯 내게 상냥하게 설명했다.

"선생께서 어느 빈곤한 가족, 고립된 한 가족에 대해 생각한다고 해봅시다. 이 가족이 궁핍하다면 그건 개인이나 환경의 한계 때문일 겁니다. 개인의 한계는 비효율성이나 일에 대한 잘못된 이론, 비효율적인 분업, 형편없는 생산 체계와 제품의 오용 문제를 포함하지요. 환경의 한계는 물론 기후와 토양, 천연자원 등과 관계됩니다. 이 세계와 완전히 고립되어 있었다면 아이슬란드인들이 아무리 건강하고 지적으로 뛰어나고 도덕적으로 훌륭하더라도 아이슬란드는 부유해질 수 없었을 거예요. 환경의 제약이 극심한 잉글랜드도 그 점은 마찬가지였을 겁니다.

이 나라에서 우리는 천연자원을 이용하는 데 아무런 불만도 없어요. 국토는 이 거대한 인구를 능히 유지할 만해요. 이제 우리는 고립된 가족에게서 찾아낸 문제를 일반 국민에게 적용시키되, 개인의 한계만 고려하면 되는 겁니다.

자, 우린 뭘 알 수 있을까요? 제가 이미 모든 한계를 나열했지요. 먼저 비효율성이에요. 교육 수준이 형편없었던 건 차치하고라도 지난 세대 거의 모든 사람들의 작업 능률은 평균 이하였어요. 일자리에 대한 잘못된 이론들이 만연했어요. 좋은 일자리와 그렇지 않은 일자리에 대한 우리 생각은 다 틀렸어요. 급료에 대한 생각은 더 멍청했지요. 그중에서도 가장 바보 같은 생각은 일을 저주로 여겼다는 점이에요! 저런! 저런! 우리는 도대체 얼마나 무지몽매했던 건가요!

분업 방식도 거의 모든 부문이 잘못됐어요. 예를 들어볼까요. 세상 노동자의 거의 절반이 오직 한 분야의 노동에 투입되었어요. 산업 중에서 가장 질이 낮고 힘든 분야였지요."

넬리가 덧붙였다. "하크니스 박사님은 집안일 하는 여자들을 말하는 거랍니다, 오빠. 우리는 이게 경제적 문제라는 점을 완전히 간과했어요."

브라운 씨가 논의에 끼어들려는 낌새를 보이자 하크니스 교수가 재빨리 기선을 제압하며 말을 이었다. "이건 굉장히 심각한 부분이었어요. 물론 다른 부분도 많았지요. 개인이 잘할 수 있는 일을 하는 게 분명히 효율이 높다는 점도 우리는 간과했어요. 우리의 생산 시스템은 완전히 구식이었어요. 시스템이라고 할 만한 게 실질적으로 없었으니까요."

브라운 씨가 주장했다. "과일 신품종을 들여온 부분이나 재고 관리가 개선된 부분에 대해서는 농업부의 공을 인정해야 해요."

하크니스 박사가 동의했다. "예, 물론이지요. 물론 기초는 닦여 있었어요. 하지만 체계적인 생산성에 대한 진정한 이해가 없었지요. 제품의 오용에 대해서도 이야기해볼까요. 로버트슨 씨, 그 당시 죄악시될 만큼 자원을 낭비했던 점을 고려하면 먹고사는 데 걱정이 없는 사람이 있었다는 게 참 신기하죠.

로버트슨 씨, 진짜 전환점을 한 가지만 꼽는다면 말이죠. 대다수가 빈곤의 폐단과 어리석음을 알게 됐고, 그 빈곤을 만들어낸 게 우리 자신이라는 사실을 인식하게 됐다는 점이에요. 우리는 빈곤층이 계속 증가한다는 사실을 알았어요. 빈곤층의 비율은 어마어마하게 늘었어요. 결국 1913년인지 14년인지 잘 기억은 안 나지만 임시로 국민능력증진위원회라는 기구를 설립했지요."

"13년입니다." 거만한 태도를 감춘 채 앉아서 하크니스 박사의 말에 귀 기울이던 파이크 씨가 끼어들었다.

저명한 사회학자 하크니스 박사가 공손하게 말했다. "감사합니다. 요즘 젊은 친구들은 모르는 게 없다니까요, 로버트슨 씨. 과거에 비하면 교육도 확실히 진화했어요. 말씀드린 대로 우리는 국민능력증진위원회를 설립했어요."

앨러튼 여사가 조용한 목소리로 말했다. "새로운 세기가 도래한 후 첫 10년 동안 우리가 도입한 '과학적 경영'이라는 개념을 기억할 거예요. 시간이 흐른 후 그 개념을 우리 자신에게 적용해야겠다는 아이디어가 떠올랐고 우리는 실천에 옮겼어요."

하크니스 박사가 말했다. "위원회는 사람들 대부분의 육아 방식에 문제가 많고, 그 결과 노동 효율이 충격적일 정도로 낮은 수준이라는 사실을 밝혀냈어요. 그 손실은 개인뿐 아니라 공동체에도 큰 영향을 미쳤지요. 결국 사회는 개인의 영역이었던 후마니컬처 업무를 직접 떠맡기로 했어요. 인간의 수준을 향상시키기 위한 조치였던 셈이지요.

당장 그 개념을 세세한 부분까지 설명해서 당신을 부담스럽게 하지는 않겠습니다. 그 논의는 빈곤의 여러 원인 중 한 가지만 다뤘으니까요. 그다음으로 바뀐 건 일에 관한 잘못된 이론이에요. 선견지명을 가진 몇몇 사람들이 지면에서 직업을 자연스러운 사회적 기능으로 언급했습니다만, 그 생각이 빠르게 확산된 건 새로운 종교 덕분이었습니다."

"그리고 새로 등장한 유권자들 덕분이었지요, 하크니스 박사님." 넬리가 덧붙였다.

하크니스 박사가 넬리를 향해 호의적인 미소를 지어 보였다. 그는 체구가 크고 수염이 덥수룩하며 장밋빛 피부를 가진 노신사로, 자신의 현재 일에 큰 즐거움을 느끼고 있는 게 분명했다.

"물론 새로운 유권자들을 절대 잊으면 안 되겠지요. 로버트슨 씨, 여자들은 더 이상 자신들을 새로운 유권자라고 생각하지 않았어요. 인간은 일단 조건이 확립되면 굉장히 쉽게 받아들이는 경향이 있지 않습니까. 새로운 종교는 정상적이면서 각자에게 맞는 일을 하는 것이 삶의 의무라고, 삶 그 자체라고 주장했어요. 새로운 유권자들 모두가 그 생각을 받아들였지요.

여자들은 모두가 지겹고 하기 싫은 일을 했어요. 그런데 좋아하는 일을 할 수 있는 기회가 생기자, 좀 더 큰 의무감을 느끼면서도 대체로 환영하는 분위기였지요."

"제가 분명히 기억하는데, 여자들 대다수는 일을 전혀 하지 않았어요. 이른바 '사교적 의무'라면 모를까 여자들은 그 어떤 의무도 지지 않았어요." 내가 다소 불쾌한 내색을 보이며 말했다. 그러자 앨러튼 여사가 얼굴이 벌게져서 응수했다.

"맞아요. 특히 대도시에 그런 여자들이 아주 많았지요. 그런데 1910년부터 이미 그런 여자들에 대한 반대 여론이 득세하기 시작했어요. 일단 진보적인 여자들이 그들을 향해 비판의 목소리를 높였고, 남자들도 여론에 힘을 보탰어요. 사람들은 이 '애완동물'을 값만 비싸지 아무 쓸모가 없을 뿐 아니라 해롭고 비합리적인 존재라고 생각했어요." 그녀는 생각에 잠긴 채 말을 이어나갔다. "우리는 어떻게 여론이 변하는지, 그 여론의 변화가 얼마나 중요한지 인식하지 못했지요. 우리는 단순하고 아주 당연하면서 명백한 생각을 실천에 옮김으로써 수많은 걸 성취했어요. 만약 우리가 50년 전에 단순하고 당연한 그 생각을 떠올렸다면 세상의 진보가 50년 앞당겨졌을 거예요."

"바로 그 점이에요!" 내내 자제하던 파이크 씨가 더 이상 참지 못하고 자신의 의견을 쏟아냈다.

"세상 사람들의 생각이 변한 것, 바로 이 점이 우리가 이뤄낸 변화 중에서 가장 대단하고 가장 뜻밖이면서도 가장 중요한 점이에요. 생각이야말로 진짜거든요, 선생! 벽돌과 모르타르라고요? 젠장! 우리는 벽돌이나 모르타르로 어떤 형태든 만들 수 있어요. 그러려면 뭘 만들지 일단 선택을 해야만 하죠. 구세계의 발전을 저해하는 건 사실도, 조건도, 어떤 물질적 제약이나 정신적 제약도 아니에요. 우리에게는 인간의 행복에 필요한 모든 구성 요소가 있었어요. 단 그 요소들을 조합할 수 있는 생각이 없었을 뿐이죠. 진보의 물길은 선사시대에나 통용됐던 사상이라는 침전물에 가로막혀 있었어요. 우리가 물길과 항구를 온갖 쓰레기로 막아버렸듯이 아이들의 마음을 이 정신적 쓰레기로 막아버렸던 겁니다."

하크니스 씨는 여전히 미소를 짓고 있었다. 그는 온화한 어조로 말했다. "파이크 군은 10년 전에 내 수업을 들었지요. 난 파이크 군이야말로 내 학생 중에 가장 총명한 젊은이라고 말하곤 했어요. 우리는 파이크 군이 정말 자랑스러워요."

파이크 씨는 이 대화에 별 감흥이 없어 보였고, 노신사는 말을 이어갔다.

"파이크 군 말이 전적으로 옳아요. 결국 바보 같은 사상과 이론이 빈곤의 가장 큰 원인이었어요. 경제학을 '침울한 학문'이 아닌 진정한 사회경제학으로 바라보는 새로운 시각, 옳고 그름을 밝혀준 신흥종교의 광휘, 새로운 유권자로 불쑥 등장해서 새로운 신념을 실천에 옮긴 여자들. 모두가 세상의 변화를 가져온 주인공들이에요! 이로써 간략하게나마 제가 할 말은 다 한 것 같군요. 로버트슨 씨."

"우리 학생들은 언제나 쉽게 일반화하는 하크니스 박사님의 능력을 존경하곤 했죠. 그래도 만약 묻고 싶은 부분이 있다면, 로버트슨 씨, 제가 몇 가지 점을 해명할 수 있을 것 같습니다."

하크니스 박사가 매우 유쾌하다는 듯 웃으며 예전 제자의 등을 두드렸다.

"자네에게 발언권이 있네, 파이크 군. 나도 정신을 바짝 차리고 귀를 기울이도록 하지."

그 청년은 하크니스 박사의 농담에 약간 수줍어하면서도 쾌활하게 말을 이어갔다.

"우리가 취한 첫 번째 조치는… 아니 우리는 마치 지네처럼 불굴의 의지를 가지고 한 발 한 발 나아갔으니 첫 번째 조치 중 하나라고 해야 할 텐데, 바로 질병이 있는 환자와 사회 부적응자의 출생을 확인하는 것이었어요. 특정 부류의 범죄자나 변태 성욕자들은 더 이상 임신, 출산을 할 수 없게 되었지요. 젊은 세대에게 해로운 질병에 대해서는 철저한 조치를 취했어요. 자신의 병을 아내나 아이에게 고의로 감염시키는 행위는 중죄에 해당됐고 우연한 감염도 경범죄에 해당됐지요. 의사들은 모든 전염병 환자를 신고해야 했고, 여자들은 전염병에 걸린 사람과 결혼하면 어떻게 되는지 똑똑히 깨달았어요. 그 결과 결혼율은 급격하게 감소했어요. 반면에 유아 사망률이 줄어들면서 인구가 늘어났다는 사실이 처음에는 알려지지 않았다가 나중에 전해졌어요. 결국 지난 20년 동안 인구는 원래 수준을 거의 회복했지요. 지금 인구 증가 속도가 상당히 빠른 편이지만 전 세계의 자원이 고갈되기 훨씬 전에 인구 증가율은 안정되리라 기대하고 있어요."

브라운 씨는 잠시 말을 멈추더니 세계의 자원 역시 크게 늘어났으며, 여전히 증가하고 있다고 말했다.

"파이크 군은 잠시 숨을 고르도록 해요." 그 주제에 흥미를 느낀 브라운 씨가 말했다. "이 땅의 생산성이 매년 증가했다는 점을 로버트슨 씨에게 말하고 싶군요. 여기에 우리 모두를 먹여 살리는 땅이 있다고 가정합시다. 이를테면 황금 달걀을 낳는 닭과 같은 땅이에요. 과거의 우리는 닭의 배를 갈라 그 달걀을 얻었어요. 땅은 다 죽었지요. 전부 다! 이제 사람들은 제 어미를 해칠 생각을 안 하듯 인간을 먹여 살리는 땅을 고갈시킬 생각 따윈 하지 않아요. 우리는 지속적으로 토질을 개선하고 있어요. 종자 품질도 좋아지고 재배 방식도 향상되고 있지요. 모든 게 나아지고 있답니다."

앨러튼 여사가 갑자기 끼어들었다. "로버트슨 씨, 교통수단도 염두에 두도록 하세요. 과거에 우리는 노동과 시간을 어마어마하게 낭비하는 우를 범했어요. 제철 아닌 식품을 섭취하려는 끊임없는 욕망 때문이었지요. 이제 우리는 진짜 좋은 식사의 진정한 의미를 깨달았어요. 시들시들한 아스파라거스를 좋아하는 사람은 한 명도 없어요. 닷새에서 열흘 사이에 수확한 아스파라거스는 품질이 떨어져요. 필요 이상으로 운송하는 일도 없어요. 운송은 빠르고 쉽고 경제적이에요. 느리게 가도 되는 화물은 가능한 한 수로를 이용해요. 이 나라 전반에 실핏줄처럼 뻗어 있는 '전체 수로'를 보세요. 아직 도로도 못 보셨겠군요. 우리 도로는 단연코 세계 제일이에요."

"우리 도로 사정은 세계 꼴찌 아니었나요?" 내가 묻자 파이크 씨가 재빨리 대답했다.

"사실 그랬죠, 선생님. 그런데 도로 정비의 필요성이 제기되면서 빈곤 퇴치를 위한 두 번째 단계로 이행하는 게 훨씬 수월해졌어요. 노동에 대한 사회적 수요도 컸고 일자리가 필요한 남자들도 굉장히 많았지요. 구닥다리 같은 사고방식 덕에 우리는 도로 건설에 필요한 노동 수요를 충분히 만족시킬 만한 인력을 계속 공급할 수 있었어요."

"우리는 이미 상당량의 가치 있는 정보를 축적한 상태였고, 시민과 정치인들의 새로운 이상으로 충만한 이 나라에서 수요와 공급을 결합하는 데에는 오랜 시간이 걸리지 않았어요."

여동생이 덧붙였다. "우리는 여자를 위한 일자리도 공급했어요. 전국적으로 '사회사업조합'이 결성됐지요. 이건 새로운 종교의 일부였어요. 모든 마을에 남자들과 여자들로 구성된 사회사업조합이 들어섰어요. 십자군과 선교사로 발 벗고 나서도록 시민들을 고양시켰던 그 정신이 이번에는 사람들을 열정적인 노동자로 변화시킨 거지요."

"사람들에게 노동에 대한 열정을 어떻게 고취시켰는지 아직도 모르겠는걸." 내가 말했다.

넬리가 설명했다. "노동은 원래 자신을 위한 일이 아니에요. 그런데 스스로를 위해 일하다보니 노동 자체가 치사한 행위가 된 거예요. 우리는 진심으로 스스로를 위해서 일한다고 믿었어요. 새로운 사상은 그 생각의 단순성과 진실성 측면에서 압도적이었어요. 노동은 사회적 서비스예요. 사회적 서비스는 종교와 같아요."

하크니스 씨가 덧붙였다. "그뿐이 아니었어요. 이 새로운 사상은 세 가지 장점이 있는데 첫째는 전통적인 종교의 시각에서 노동의 장점을 드러냈고, 둘째는 노동에 대한 새롭고 지적인 접근을 가능케 했으며, 마지막으로 노동의 가치와 장점을 모든 사람에게 전파했다는 점이에요.

이 세상에 제공된 어떤 사상이 모든 사회적 본성의 공감을 얻는다는 건 그 사상이 상식에 부합하고, 궁극적인 과학적 권위에 의해 정립됐으며, 종교의 절대적인 지지를 얻었다는 뜻이에요. 세상 사람들은 이런 과정을 거쳐 새로운 사상을 흡수하게 되지요."

"하지만 사람들에게 노동은 분명히 자연스러운 게 아니에요. 더군다나 일하는 걸 좋아하는 건 굉장히 비정상적이에요!" 내가 항변했다.

파이크 씨가 진지하게 설명했다. "그 점이 변했어요. 우리는 사람들이 일하는 걸 싫어한다고 생각했어요. 하지만 결코 그렇지 않았어요. 사람들이 기피한 건 죽을 것처럼 힘든 노동과 자신과 맞지 않아 고문처럼 느껴지는 노동, 부당한 조건 아래에서 이루어지는 병폐 같은 노동, 타인의 경멸과 멸시로 인한 극심한 사회적 고통이 뒤따르는 노동, 먹고살기도 힘들 만큼 낮은 급료를 주는 노동이었던 겁니다.

로버트슨 씨, 그 당시 사람들이 도대체 왜 지금은 상상도 할 수 없을 만큼 어리석은 행동을 했는지 설명할 수 있다면 당신에게 진심으로 감사할 것 같습니다. 선생이 젊었을 때 세상 사람들의 생활, 사람들이 누린 편안함과 번영, 진보 등은 모두 노동에 의존했겠지요?"

"물론이죠. 경제적인 측면에서 보면 그건 물어보나 마나 분명한 사실이지요." 내가 대답했다.

"그렇다면 왜 노동자들은 노동을 제공한다는 이유로 처벌을 받았습니까?"

"처벌을 받다니요? 무슨 말입니까?"

"말 그대로예요. 우리는 범죄자를 처벌하듯 노동자를 처벌했어요. 사람들은 감금된 채 중노동을 했지요. 수많은 사람들이 잔인할 만큼 긴 시간 동안 어두컴컴하고 혐오스러운 작업장에서 노동을 해야 했어요. 그런 게 바로 처벌이 아니고 뭡니까?"

내가 분개해서 말했다. "전혀 그렇지 않아요. 절이 싫으면 중이 떠나면 되는 겁니다."

"작업장을 떠나면 노동자들은 무슨 대안이 있지요?"

"다른 일을 하면 됩니다." 나는 말하면서도 내 대답이 시원찮다는 생각이 들었다.

"그렇습니다. 똑같이 끔찍한 조건의 또 다른 작업장에서 일하게 되겠지요. 빈자리가 있다면 말이죠. 그렇지 않으면 굶어 죽을 테니까요. 그게 그들의 자유였어요."

내가 물었다. "당신은 어떻게 했을 것 같습니까? 사람은 살려면 일을 해야 해요."

하크니스 박사가 말했다. "로버트슨 씨, 경제적인 측면에서 볼 때 뻔한 사실이라고 했던 당신 말을 기억하시지요. 세상 사람들의 생활, 사람들이 누리는 편안함과 번영, 진보는 노동 없이는 불가능해요. 즉, 사람들은 자신의 삶을 위해 일한 게 아니라 이 세계 사람들의 삶을 위해 일한 겁니다."

"그 말은 굉장히 감상적인데요." 내가 다시 말을 시작하려 했다. 하지만 반짝거리는 그의 눈은 그렇지 않다고 말하고 있었다.

파이크 씨가 진지하게 반복해서 말했다. "변화는 거기서 시작되었어요. 인간이라면 자신을 위해 일해야 한다는 그 생각 때문에 우리는 노동이 전적으로 사회적 서비스라는 사실을 잊었어요. 사람들은 세상을 위해 일하는데 이 세상은 노동자들을 부끄럽게 여겼고, 그 결과 노동자들이 생산한 결과물의 품질은 엉망진창이 된 거예요. 그리고 우리는 이 모든 사실을 까맣게 잊고 있었던 거예요."

브라운 씨가 말했다. "로버트슨 씨, 앞으로 선생은 우리가 만들어낸 결과물이 얼마나 향상됐는지 보면서 끊임없이 놀라게 될 겁니다. 제품에는 종류를 막론하고 만드는 기준이 있어요. 요구되는 기준이 있지요. 내용물과 다른 라벨을 붙이는 건 경범죄로 처벌됩니다."

넬리가 끼어들었다. "오빠, 기억할지 모르겠지만 식품에 화학물 첨가 반대 운동이 시작된 게 바로 그때예요. '사과 과즙 99.9퍼센트의 사과 주스와 함께해요!'라는 광고도 있었지요."

브라운 씨가 말을 이었다. "이제 '모직 100퍼센트'는 말 그대로 모직 100퍼센트를 의미해요. 그렇지 않다면 판매상은 구속될 수 있어요. 실크라고 쓰여 있으면 실크예요, 지금은. 크림이라고 하면 진짜 크림이지

요."

"매수자 부담 원칙은 이제 사문화된 모양이군요?"

"그래요. 지금은 매도자 부담 원칙이 적용됩니다. 판매 행위는 공공 서비스거든요."

"선생께서는 공공 서비스란 말을 제가 기억하는 의미와 상당히 다르게 사용하는군요." 내가 말했다.

넬리가 공감했다. "처음에는 선한 정치력이라는 뜻으로 쓰였어요. 그 후 다양한 박애주의적 노력과 광범위한 정부 활동을 뜻하는 말로 널리 쓰이다가 지금은 어떤 종류든 사회적 일을 뜻해요."

이 설명이 내게 별 감흥을 주지 못했다는 걸 깨달은 넬리가 덧붙였다. "오빠, 어떤 종류든 인간이 하는 일을 말하는 거예요. 자신의 모든 시간을 바쳐서 생산한 걸 자신이 소비하지 않는다면 그 사람은 사회적 일, 공공 서비스를 한 것이죠."

브라운 씨가 설명했다. "만약 어떤 사람이 자신의 노동력으로 자신이 먹기 위해 뭔가를 재배한다면 그건 자신을 위해 일하는 겁니다. 하지만 자신이 소비하는 것보다 더 많은 양을 재배한다면 인류를 위해 봉사하는 거예요."

내가 주장했다. "그걸 거저 주는 건 아니잖아요. 그 사람은 돈을 받아요."

"선생은 선생 자식의 생명을 구한 의사에게 돈을 지불하지요. 그럼에도 불구하고 그 의사가 한 일은 공공 서비스예요. 교사도 마찬가지예요.

누구든 똑같아요."

"그 사람들이 한 일은 인류에게 유익한 일들이잖아요."

"맞아요. 그럼 식품은 인류에게 유익한 게 아닌가요? 신발이나 옷, 집을 만드는 건요? 오빠, 제발 정신 좀 차려요!" 넬리가 처음으로 나를 다그쳤다. 그때 매제가 내게 구원의 손길을 내밀었다.

"넬리, 형님을 재촉하지 말아요. 형님도 결국 어느 순간에 모든 걸 깨닫게 될 거예요. 모든 게 어처구니없을 정도로 분명한데도 당신과 나 역시 모르고 지낸 세월이 있었잖아요."

약간 실쭉한 나는 내 공책을 꺼냈다. "그러니까 별안간 모든 것에 대한 사람들의 생각이 통째로 바뀐 후 당신들이 말하는 수십 년의 시간이 뒤따랐다는 거군요."

앨러튼 여사가 말했다. "그렇게 말할 수 있으면 좋겠어요. 지금 당장 우리 앞에 놓인 문제와 어려움에 대한 얘기는 아직 시작도 하지 않았어요. 로버트슨 씨, 우린 그저 가장 확실하고 명백하게 불필요한 장애물을 제거했을 뿐이에요. 가난은 가장 큰 장애물이었지요.

다소 혼란스럽게 말한 것 같아 유감스럽지만, 우리는 아이들이 건강하게 태어나도록 돕고, 모든 아이들에게 더 나은 환경과 더 좋은 교육을 제공하기 위한 방안을 수립했어요. 그 결과 사람들의 수준이 향상됐고 효율성도 증가했어요. 그리고 모든 사람들에게 좋은 환경에서 일할 수 있는 일자리를 제공했어요. 우리는 한꺼번에 두 가지 방법으로 이 세상을 개선해나간 셈이에요."

"이 모든 노동자들에게 누가 급료를 지불하나요?" 내가 물었다.

"전에는 누가 지불했지요?" 그녀가 재빨리 되물었다.

"물론 고용주지요."

"고용주겠지요? 고용주는 자신의 안주머니에서 돈을 꺼내 줬을까요? 그랬다면 손실이 컸겠군요."

나는 약간 짜증이 나서 대답했다. "물론 그렇지 않죠. 회사에서 난 이익으로 충당했지요."

"그 '회사'는 노동자들의 노동으로 굴러갔겠네요?"

"천만에요! 고용주가 직접 운영했지요. 노동자들은 그저 노동을 제공했을 뿐이에요."

"고용주는 노동자들 없이 혼자 회사를 운영할 수 있나요? 고용주는 자신의 사업과 무관하게 단순히 선의로 노동자들을 고용한 건가요? 아, 로버트슨 씨, 노동이 고용주에게 이익을 가져다주지 않는다면 노동자는 고용의 기회를 얻지 못하리라는 건 분명한 사실이에요. '노동'의 대가는 그 이익에서 지불되는 거예요. 노동자들은 자기 자신에게 돈을 지불하고 있어요. 지금도 그렇게 하고 있어요. 다만 대가가 좀 더 비싸졌지요."

나는 엄연한 사실에 기반한 이 영리한 말장난에 슬며시 부아가 치밀었다.

"그 말씀은 상당히 설득력이 있군요. 앨러튼 부인. 하지만 불행히도 고려하지 않은 몇 가지 요인이 있어요. 물론 노동자들은 물건을 만들 수 있어요. 하지만 팔지는 못하지요. 팔아야 이익이 나는데 말이죠. 만약 물건을 팔 수 없다면, 물건을 그저 쌓아두는 게 노동자들에게 무슨 이득이 될까요?"

"팔 물건이 없다면 팔 수 있는 능력이 무슨 소용일까요? 저 역시 운송의 중요성을 잘 알고 있어요. 제가 연구하는 분야니까요. 하지만 중요한 건 운반할 무엇인가가 있어야만 한다는 사실이에요. 먼 옛날 사도 바울이 살던 시절, 손은 발에게 '난 네가 없어도 돼'라고 말하면 안 된다고 했다지요."

하크니스 씨가 설명했다. "로버트슨 씨, 효율적인 운송을 위해 전국 방방곡곡에 고용국이 설치됐다는 사실을 선생의 요약본에 추가하는 게 좋겠어요. 초기에는 개인의 주도로 설치됐지만 몇 년 후 모두 정부 소관으로 넘어갔어요. 그러면서 전국적으로 신속하고 종합적인 개선이 이루어졌지요. 도로는 전 세계의 귀감이 되었고, 항구는 입출항이 원활해졌으며, 운하 건설과 도시 재개발, 재조림 사업 등을 통해 국유재산 가치는 두 배, 세 배로 증가했어요. 모든 게 그때까지도 소외되었던 노동자들 덕분이었어요. 전반적으로 증가한 부에서 노동자들이 자신들의 몫을 챙겼음은 물론이지요. 사람들 모두가 좋은 급료를 받고 일할 수만 있다면 빈곤은 더 이상 발붙일 곳이 없어요. 명약관화한 사실입니다."

7

곳곳에 예스러운 아름다움이 더해진 시골 역시 내게 도시만큼이나 충격적이었다. 식구들과 나는 자동차와 모터보트, 비행선을 타기도 하고, 말을 타기도 하고, 또 걷기도 하면서 여기저기 돌아다녔다. (이제 말은 교외 지역에나 나가야 찾아볼 수 있다.) 말 얘기가 나와서 말인데, 개나 고양이 역시 시골에나 가야 볼 수 있을뿐더러 막상 시골에 가도 수가 그리 많지 않다는 사실도 덧붙여야겠다.

넬리가 말했다. "반려동물이나 가축에 대한 시각 역시 달라졌어요. 이제 우리에게 허용되는 건 가축밖에 없어요. 헬리어가 오빠에게 말했듯 육식은 이제 날이 갈수록 줄고 있어요. 그래도 식용동물을 관리하거나 처리하는 방식은 아주 빠르게 개선되고 있지요. 도시마다 시 차원에서 관리하는 목초지와 낙농장이 있어요. 각 마을과 주택단지가 관리하는 곳도 있지요. 오빠의 이해를 돕기 위해 주택단지에서 관리하는 곳 한군데를 오빠에게 보여주는 것이 좋겠어요."

우리는 사람들이 흔히 이용하는 조용하고 부드럽게 움직이는 비행선을 타고 이동했는데, 이 여정을 통해 나는 새로운 기쁨의 세계를 경험했다. 비행선 한 대에 두 사람이 비행사와 함께 탑승했다. 나는 사고는 없었는지 물었고, 반갑게도 30년의 경험을 토대로 모든 위험 요인을 없앴고, 많은 비행사들을 육성했다는 사실을 알게 됐다.

여동생 넬리가 설명했다. "오늘날 우리가 세운 교육 계획 속에서 아이들은 모두 완벽하게 자신의 신체를 성장시키고 제어하는 능력을 갖게 됐어요. 여기서 다시 여자들 얘기로 돌아가야겠군요. 엄마들 말이에요. 일종의 그리스의 부흥이랄까, 우리도 아테네 거리를 거닐던 아름다운 인간을 만들어낼 수 있다는 인식을 갖게 됐지요. 남자의 선택적 차별주의라는 편견에서 완전히 벗어난 여자들은 스스로 교육을 받을 자격이 있음을 입증했고, 꾸밈없는 자신의 외모를 부끄러워하지 않게 됐어요. 인간의 몸을 제대로 알게 된 우리는 아이들을 그림이나 조각상, 새로운 이야기 속에 등장하는 자연스럽고 건강한 체형과 피부를 가진 아이로 키우기 시작했지요. 아! 오빠에게 이 얘긴 아직 한마디도 안 했지요?"

내가 말했다. "응, 그리고 하지 않는 게 좋겠다. 시골하고, 뭔지 잘 모르겠다만 네가 자랑하는 최신식 '주거집단'을 이제야 둘러보기 시작했어. 지금 내 마음을 교육과 관련된 정보로 채우고 싶지 않아. 학교 원정은 다음으로 미루자꾸나."

넬리가 동의했다. "알겠어요. 그렇다면 오빠 마음을 어지럽히지 않는 선에서 동물에 대해 좀 더 얘기할게요. 우선 우리는 동물원을 다 없앴어요."

내가 외쳤다. "뭐라고? 동물원을 다 없앴다고! 어이가 없구나! 동물원은 교육적인 곳이고, 아이들은 물론이고 다른 사람들에게도 큰 즐거움을 주는 곳이었는데."

넬리가 대꾸했다. "교육을 바라보는 우리 시각이 변했거든요. 동물과 인간의 관계를 파악하는 시각도 바뀌었구요. 그뿐만 아니라 즐거움에 대한 생각도 변했어요. 사람들은 이제 고통스러워하는 동물들을 보면서 즐겁다고 생각하지 않아요."

"갈수록 어이가 없구나! 도대체 동물들이 무슨 고통을 겪었다는 거야? 야생에서 살 때보다 훨씬 좋은 대접을 받았는데." 화가 치민 내가 응수했다.

넬리가 말했다. "갇혀 있는 한 절대 즐거움을 느낄 수 없어요. 가두는 건 가혹한 형벌이에요. 동물원은 감옥에 불과해요. 범죄를 저지른 죄수를 벌하는 곳이 아니라 극도로 미개한 충동에 탐닉하는 인간을 만족시키는 곳이지요. 아동기는 야만성이 커지는 성장 시기인데, 사람들에게 덤비지 못하는 거대한 적과 무기력하기 짝이 없는 작은 피해자, 그리고 이들이 도망치지 못하는 모습을 보면서 아이들은 조상들이 느꼈을 법한 만족감을 가졌지요. 하지만 그런 만족감은 인간에게 아무런 도움이 되질 않았어요."

"그 '피해자들'을 연구하는 건 어때? 과학적 가치가 있지 않니?"

"물론 인간이나 동물에게 꼭 필요한 연구를 진행하는 몇몇 실험실에는 동물이 좀 있어요. 아니면 학생이 직접 서식지에 가서 동물들의 진짜 습성을 연구하기도 해요"

"녀석들 배 속을 볼 수 있는 것도 아니고, 야생 호랑이를 쫓아다녀서 배우는 게 얼마나 될까?"

"오빠, 인류가 동물원 호랑이를 연구해서 얻은 정보 중에 가치 있는 게 하나라도 있나요? 실질적으로 지금 그런 건 전혀 남아 있질 않아요. 전 그러길 바라고요."

"그러니까 지금 너희의 그 새로운 휴머니즘이 동물을 모조리 없애버렸다는 말이니?"

"그러면 어때서요? 만약 회색늑대가 잉글랜드 곳곳을 활개치고 다닌다면 오빠는 좋겠어요? 우리는 가능하면 빨리 이 세상을 안전한 곳으로, 어느 곳이든 사람이 살 만한 곳으로 만들기 위해 노력하고 있어요."

"그럼 사냥은? 큰 사냥감들은 어디 있니?"

"사냥은 야만의 또 다른 유물이에요. 사자 같은 커다란 사냥감은 거의 남아 있지 않아요. 사냥도 거의 하지 않죠."

나는 할 말을 잃고 그녀를 노려보았다. 난 사냥꾼인 적도 없었고 사냥꾼이 되고 싶었던 적도 없었지만 그렇게 멋지고 남자다운 유희를 완전히 금지시키다니 격분하지 않을 수 없었다.

"역시 여자들 작품인가보군." 내가 가까스로 말했다.

넬리는 쾌활하게 그 사실을 시인했다. "맞아요. 우리가 그랬어요. 오빠, 입에 풀칠할 목적으로 하는 사냥은 사사로운 집안일보다도 저급해요. 문명화된 세계에서 허용하기엔 너무나 소모적이고 돈도 많이 들어요. 여자들이 동물 가죽과 털 사용을 중단하자 그쪽 산업은 큰 타격을 입었지요. 여자들은 스포츠로서의 사냥에 대단한 감탄을 보낸 적이 단 한 번도 없어요. 재미 삼아 동물을 죽이는 남자들만의 유희에 불과한걸요. 여자들은 힘을 갖게 되자 즉시 사냥을 바람직하지 않은 행위 중 하나로 규정했어요."

나는 속으로 신음 소리를 냈다. "지금 내게 사냥 금지법을 도입했고, 그 법을 시행할 수단을 찾았다고 말할 셈이구나?"

"오빠, 우린 법을 만들지 않고도 사냥을 막을 수 있는 방법을 찾아냈어요."

"예를 들면?"

"예를 들면 아이들에게 사냥이 얼마나 원시적이고 잔인한 행위인지 알려주면 돼요. 이 지점에서 새로운 이야기책이 등장해요. 도대체 우리는 왜 아이들에게 천 년도 지난 어리석고 잔인한 이야기를 읽어줬을까요? 그저 아이들이 좋아했으니까? 전 이해할 수가 없어요. 어른들은 아이들 생각에 만날 토를 달면서 이 부분에는 왜 그렇게 관대했을까요? 지금 우리에게는 훌륭한 작가가 아주 많아요. 아이들을 위해 완전히 새로운 문학작품을 탄생시킬 일류 작가들이죠."

"이야기책 얘기는 여기서 빼자. 넌 가공할 만한 힘을 가진 너희 여자들이 어떻게 남자들로 하여금 사냥을 포기하도록 했는지 얘기하고 있었어."

"끊임없이, 그리고 변함없이 반감을 표시했어요."

이건 담배와 관련해서 오언이 언급한 것과 똑같았다. 나는 마음에 들지 않았다. 마치 차오르는 밀물에 몸이 서서히 잠기듯 으스스한 느낌이 들었다. "넬리, 네 말뜻은 지금 여자들이 남자들을 자기들 입맛에 맞게 바꾸고 있다는 거야?"

"맞아요. 그러면 안 되나요? 수천 년 동안 남자들도 여자들에게 똑같이 했잖아요? 자신들의 취향에 맞게 여자들을 키우고 가르쳤잖아요. 남자들은 작고, 여리고, 겁 많고, 무지하고, 예쁜 여자들을 좋아했어요. 여자들을 '예쁜이'라고 불렀잖아요. 자기들 마음에 들지 않는 건 모두 지워버렸지요."

"어떤 식으로 남자를 바꾸는 거야?"

"지금까지 사용한 방식대로 똑같이 해요. 그런 남자들과의 결혼을 거부하는 거죠. 그런 생각을 가진 남자들은 더 이상 없어요."

"네 말은 틀렸어, 넬리. 네 말은 터무니없어. 여자들은 천성적으로 그래. 여자들은 원래 여자다웠고, 남자들은 당연히 그런 여자들을 선호한 거야."

"오빠는 여자들이 특별한 교육이나 남자들의 편견에 따른 선택, 온갖 제약이나 불이익이 없었어도 '천성적으로' 여자다웠을 거라는 걸 어떻게 알죠? 지금까지 타고난 그대로 자랄 수 있는 여자가 한 명이라도 있었나요?"

나는 입을 다문 채 시무룩한 표정으로 아래 펼쳐진 아름다운 초록색 들판과 숲을 바라보았다. 내가 물었다. "여자들은 개들도 다 없앴니?"

"아직은 아니에요. 개들은 꽤 많이 남아 있어요. 하지만 더 이상 인위 적으로 개체 수를 늘리지 않아요."

"고양이들은 모두 살려뒀겠지. 여자들이 좋아하니까."

넬리가 웃었다. "아니에요. 거의 없어요. 고양이들이 새를 잡아먹는 데, 농장과 정원에는 새가 필요하거든요. 새들이 해충을 잡아먹잖아요."

"고양이가 쥐들도 잡아먹니?"

"부엉이와 쏙독새가 잡아먹어요. 쥐는 우리가 직접 처리했어요. 콘크리트로 건물을 짓고 부엌을 없애자 쥐들도 없어지더라고요. 우리는 이제 식품 창고 같은 곳에서 살지 않아요. 저기 좀 봐요! 웨스트홈 파크에 거의 다 왔어요. 가장 초기에 생긴 공원이랍니다."

내 발 밑으로 아름답게 펼쳐진 그 커다란 공원은 주위를 두텁게 감싸고 있는 나무 띠로 인해 더욱 멋지게 보였다.

우리를 태운 기구가 천천히 공원 위로 활공하는 동안 넬리가 몇 가지를 언급했다. "공원 넓이는 120만 제곱미터 정도 돼요. 나무가 우거진 부분과 비어 있는 부분이 보이죠? 모두 다 저절로 형성된 곳들이에요. 저기 커다란 땅은 목초지예요. 사람들이 양과 소를 키우죠. 정원과 초원도 있어요. 위쪽 모서리에는 아이들을 위한 놀이터랑 수영장 등이 있어요. 여기에는 어른을 위한 공간과 호수가 있고요. 이쪽에 넓게 펼쳐진 곳에는 게스트하우스도 있고 연회장과 당구, 볼링 등을 즐길 수 있는 공간도 있지요. 그 뒤에는 온갖 제품을 생산하는 공장이 있어요. 급수탑은 착륙하면 더 잘 보일 거예요. 주변에 집들이 보이죠. 각 가구는 4천 제곱미터(1에이커) 정도의 땅을 소유하고 있어요."

부드럽게 하륙장에 내린 우리는 공원으로 향했다. 작은 자동차를 타고 잠시 달리는 동안 눈에 들어온 도로는 아치 모양으로 우거진 나무 그늘에 덮여 있었고, 사방에는 온갖 다양한 방식으로 배열된 화초와 유실수가 끝없이 이어져 있었다.

"이곳은 대단히 훌륭한 조경 전문가가 디자인한 것 같구나." 내가 말했다.

"맞아요. 가장 뛰어난 사람 중 한 명이 했어요."

"주위 풍경이 굉장히 아름다운 게 마치 최고급 여름 호텔 같구나."

넬리가 공감했다. "맞아요. 이곳을 디자인할 때 우리는 마음속으로 최고의 여름 휴양지를 생각했어요. 여름이 오면 평온하고 즐거운 삶을 누리길 원하는 사람들이 모든 게 갖춰져 있는 곳에서 즐거운 시간을 보내기 위해 큰돈을 지불하고는 하잖아요. 우리는 아예 그런 곳에서 살면 어떨까 하는 생각을 하게 된 거예요."

"도대체 어떤 사람이 여름 호텔에서 내내 살고 싶겠니? 말이 되는 소리를 하렴."

"물론 그런 사람들은 없겠죠. 이곳 사람들은 거의 모두가 자신들 땅에 지은 '집'에서 살아요. 결혼을 하지 않았거나 진짜 호텔을 좋아하는 사람들만 호텔에 머물죠. 물론 단기간 동안 체류하는 거예요. 저쪽으로

가 볼까요. 아는 가족이 있어요."

넬리가 내게 메이슨 씨를 소개해주었는데, 체구가 아담한 그녀는 상냥하고 자애로운 여성으로 포도나무 그늘이 드리워진 현관에서 팔에 안은 아기를 가볍게 흔들고 있었다. 메이슨 씨는 다른 사람들과 마찬가지로 내게 이런저런 얘기를 의욕적으로 해주었다.

"로버트슨 씨, 사실 저는 시대의 흐름을 거스르는 사람이에요. 집에서 일하는 걸 선호하고, 가능하면 아이들을 제 곁에 두고 싶어 하거든요."

"요즘에는 아이를 집에서 키우는 게 허용되지 않습니까?" 내가 물었다.

"아, 자격을 취득하면 허용돼요. 저는 자격증을 받았습니다. 아동 양육 과정을 이수했지요. 하지만 정규교사가 되고 싶지는 않아요. 저는 집에서 아이들을 데리고 있으면서 일을 하지요. 하지만 아이들이 집에 붙어 있으려고 하질 않네요."

엄마 팔에 안겨 칭얼대던 작은 아이는 그녀가 말하는 와중에 팔 밑으로 몸을 뺀 다음 그 짧은 분홍색 다리로 후다닥 문밖으로 달려가더니 지나가는 큰 애와 어울렸다.

"아이들은 다른 애들과 어울리는 걸 좋아해요. 얘가 제 아이에요. 저는 매일 어느 정도는 제 자식과 시간을 보내고 싶은데 아이는 기회만 생기면 제 품을 떠나 정원으로 달려가버리죠."

"정원이라고요?"

"그래요, 아이들이 배우고 크는 어린이 정원이에요! 애들은 정말 크

129

고 싶어 한다니까요!"

그녀는 우리에게 아담하면서도 아름다운 자택과 자신이 하는 자수 일을 보여주었다. 메이슨 씨가 말했다. "저는 정말 운이 좋아요. 사랑이 넘치는 집도 있고, 집에서 일도 할 수 있으니."

나는 호텔 사람을 제외하고 30가구 정도가 이곳에 거주한다는 사실을 알게 됐다. 제법 많은 사람들이 이 안에서 필요한 활동에서 일을 찾고 있었다.

"여기는 총지배인부터 정원사, 낙농업자까지 필요한 직종이 정말 많아요. 250명 정도 되는 사람들을 돌보는 건 정말 만만치 않은 일이에요." 메이슨 씨가 뿌듯해하며 설명했다.

"이곳에는 이 서른 가정을 돌보는 가정부나 구멍가게를 운영하면서 생계를 꾸려가는 사람들 대신 잘 훈련된 전문가들이 소속된 작은 사업체가 있어요." 넬리가 설명을 덧붙였다.

"부인께서는 혹시 다른 사람들이 와서 가사를 할 때 좀 돕습니까?" 내가 악의 없이 물었는데도 넬리는 실수를 했다며 나를 엄하게 책망했다.

메이슨 씨가 항변했다. "그러지는 않아요. 저는 다른 가족들과 어울리는 건 질색이거든요. 여기서 1년 정도 지냈는데 아는 사람이 거의 없어요." 메이슨 씨는 만족스러운듯이 몸을 앞뒤로 흔들었다.

"하지만 끼니 준비는 같이 하실 거라고 생각했습니다만."

"아, 전혀요. 그렇지 않아요. 여기 제 식당을 좀 보시겠어요? 지금쯤 몸도 피곤하고 시장하시죠? 로버트슨 씨, 아니라고 하지 마세요! 저도 곧 점심을 먹을 참이었어요. 잠깐 실례할게요."

메이슨 씨는 전화 쪽으로 향했고, 곧 점심을 주문하는 목소리가 들렸다. "지금 당장이요. 5번으로 할게요. 아니에요, 잠깐만요. 7번으로 주세요. 그리고 혹시 신선한 버섯 있나요? 추가로요. 네 접시 주세요."

남편이 식사 시간에 맞춰 집에 도착했고, 메이슨 씨는 우아하게 식사가 차려진 멋진 식탁에 앉아 나이 지긋한 여느 부인과 마찬가지로 자연스럽게 대화를 이끌었다. 음식은 호텔에서 깔끔하고 가벼운 용기에 담겨 배달되었으며 남은 음식과 그릇은 다시 호텔로 보내졌다.

"아, 전 제 식탁을 차마 포기할 수 없었어요. 제 그릇도요. 사람들은 제 살림살이들을 최대한 신경 써서 다뤄주죠. 우리는 모두 함께 모여서 점심식사를 해요. 여기가 저희 부엌이랍니다!" 메이슨 씨는 자랑스럽다는 듯 작지만 빛이 잘 드는 작은 공간을 보여주었는데, 그곳에는 냉온수가 나오는 흠결 하나 없는 도자기 싱크대와 유리문이 달린 찬장, 반짝이는 전기 레인지가 설치되어 있어서 적은 양이나마 다양한 식사를 준비하는 데 부족함이 없었다.

메이슨 씨가 자랑스러운 그 공간에서 미소 짓는 동안, 넬리는 그 아담한 여인이 내게는 충분히 진보적으로 느껴지는 자신의 성격이 보수적이라고 주장하는 걸 보면서 부드럽게 미소를 지었다.

나중에 넬리가 내게 말했다. "일부러 오빠를 그리로 데려간 거예요. 메이슨 씨는 요즘 보기 드물게 굉장히 보수적인 사람이에요. 사람들에게 별로 인기가 없죠. 이리 와서 게스트하우스를 좀 보세요."

게스트하우스는 테라스와 발코니를 갖춘 크고 기다란 콘크리트 건물로, 사람들은 그 안을 거닐기도 하고 앉아 있기도 했다. 드넓은 잔디와 꽃이 만발한 화단 위로 위풍당당하게 솟은 게스트하우스는 그 자체로 평화와 즐거움이 느껴지는 한 폭의 그림이었다.

내가 말했다. "여긴 꼭 침실이 많이 딸린 컨트리클럽 같구나. 그런데 1년 동안 이용하려면 굉장히 비싸지 않니?"

"이곳을 소유한 사람이 여기서 사는 데 드는 비용보다도 3분의 1정도 적게 들어요. 기가 막히죠! 다른 모든 노동의 대가로 돈을 지불하듯 체계적인 가사노동에도 비용을 지불해야 한다는 사실을 입증하는 데 거의 20년이나 걸렸어요. 임금은 오르긴 했지만 작업 능률 역시 크게 향상되면서 비용이 훨씬 덜 들어요. 오빠도 다 알게 될 거예요. 하지만 이 변화가 여자들에게 어떤 전환을 가져다줬는지는 잘 모를 거예요. 남자들이 체감하는 변화라고 해봐야 음식 맛이 좋아졌다거나, 집에서 안달복달할 일이 줄었다거나, 청구서 금액이 줄어든 게 전부일 테니까요."

"굉장한걸." 내가 다소곳하게 말했다.

"그래요. 굉장하죠. 하지만 여자에겐 천 배는 더 굉장한 일이에요. 가사가 적성에 잘 맞는 여자는 이젠 합당한 시간 동안 많은 급료를 받으면서 일을 하니까요. 반면에 가사노동을 좋아하지 않는 여자는 집안일 대신 자신에게 맞고 자신이 즐길 수 있는 일을 마음껏 할 수 있게 됐어요. 여자들에게 새로 생긴 이 생산적인 에너지가 이 세계의 부에 큰 기여를 하고 있어요. 덕분에 건강 상태도 좋아졌지요. 맞지 않는 자리에 있다보면 병이 생기게 마련이니까요. 그런데 대부분의 사람들은 원하지 않는 곳에서 일을 했고, 우리는 그게 품성에 이롭다고 생각했다니까요!"

나는 편견 없이 새로운 환경을 이해하려고 애썼지만 아내와 아이들, 가정부가 없는 집은 내게는 텅 빈 집이나 마찬가지였다. 그래도 넬리는 아이들과 관련해서는 나를 안심시켰다.

"오빠, 아이들이 학교에 다닐 때와 비교해도 나쁠 게 전혀 없어요. 오빠가 아침 아홉 시에 여기 있다면 엄마들이 어린이 정원을 향해 걸어가는 걸 볼 수 있을 거예요. 혹여 날씨가 궂으면 엄마들은 잠자는 아이를 차로 정원까지 데려다준답니다. 이런 곳은 아기 대여섯 명 이상을 한꺼번에 맡아서 보살피는 경우가 드물어요."

"엄마들이 젖먹이를 맡긴단 말이니?"

"종종 그러기도 해요. 엄마들이 무슨 일을 하느냐에 달려 있지요. 여자들은 하루에 고작 두 시간 일해요. 그리고 많은 엄마들이 자신의 분야에서 커리어를 쌓고 있고, 아이가 태어나면 1년 동안 휴직을 한다는 점을 잊지 마세요. 젖먹이 아이일지라도 즐겁게 일하기만 한다면 엄마가 일하는 그 두 시간이 아기에게 전혀 나쁜 영향을 주지 않아요."

하루에 달랑 두 시간 일하는 세상을 머릿속으로 떠올리는 건 내게 처음부터 너무 힘든 일이었다. 설령 들은 대로 사람들이 보통 네 시간을 일한다 해도 마찬가지였다.

"나머지 시간에는 뭘 하니? 일하는 사람들 말이야." 내가 물었다.

"고령자들은 대부분 쉬면서 시간을 보내거나 이웃을 방문하기도 하고 게임을 하기도 해요. 어떤 사람들은 여행을 가요. 일하는 게 몸에 밴 사람들은 오후에도 일을 해요. 주로 집 정원을 가꾸지요. 노인들 대부분은 정원 일을 좋아해요. 지금은 원한다면 다들 집에 정원이 있어요. 도시인들은 놀랄 정도로 책을 많이 읽어요. 그들은 공부도 하고 강연을 듣거나 극장에 가지요. 모두가 시간을 알차게 보낸답니다."

"하지만 행동이 난폭하고 거친 사람들도 있잖아. 그런 사람들은 그저 빈둥거리거나 술에 취해 살지 않니?"

넬리가 나를 보며 기분 좋게 웃었다.

"한동안 그런 사람들도 있었지요. 하지만 이젠 술에 취할 일도 없어요. 행복한 가정에서 좋은 음식을 먹고 즐겁게 생활하다보니 사람들 건강이 아주 좋아졌거든요. 알코올 중독자를 제외한 보통 남자들의 취향이나 안목은 눈에 띄게 높아졌지요. 새로운 교육 방식에 적응한 아이들은 모두 실력이 월등히 향상됐어요. 주체적으로 변한 여자들은 곧 대단한 권력을 갖게 됐고요. 형편없던 남자들도 이런 아이들과 여자들의 영향을 받게 되자 변하지 않을 수 없었지요. 사람들이 가진 회복력은 생각보다 훨씬 대단했죠."

"하지만 날품팔이꾼이나 가난뱅이들, 부랑자들이 분명히 엄청나게 많았어."

넬리의 표정이 진지해졌다. "그래요. 많았어요. 어리석고 무지한 세월이 남긴 그 거대한 잔해야말로 우리가 물려받은 장애물이었지요. 그 잔해를 우리는 아주 철저한 방식으로 처리했어요. 전에 오빠에게 얘기한 대로 어쩔 수 없을 만큼 타락한 인간들은 신속하게, 하지만 너그러운 방법으로 이 사회에서 퇴출됐어요. 성도착자 대부분은 더 이상 가문을 이을 수 없게 되었고, 사회에 누를 끼치지 않으면서도 일을 하면서 즐거움을 누릴 수 있는 곳으로 보내졌어요. 많은 질병이 치료 가능하다는 사실이 실제로 입증되었어요. 우리 사회는 의지할 곳 없는 사람들, 이를테면 불의의 사고로 눈이 멀거나 장애를 안게 된 사람들의 안전을 보장하고 그들이 편하게 살도록 보살피고 있어요. 이들이 일하면서 즐겁게 살게끔 모든 수단을 강구하고 있죠. 이들이 우리에게 남은 마지막 망명자들이에요. 그 수는 매년 줄고 있어요. 이제 우리 사회는 그런 사람들을 더 이상 만들어내지 않으니까요."

우리는 주변을 거닐거나 장미 덤불과 포도 덩굴 아래에 놓인 석조 벤치에 앉아서 이야기를 나눴다. 나는 그곳의 거부할 수 없는 아름다움에 점점 빠져들었다. 전체적으로 쾌적함과 아름다움을 유지하기 위해 이곳 운영진이 정한 몇 가지 규칙을 지키기만 하면 가족들은 각자가 소유한 마당에서 원하는 무엇이든 할 수 있었다. 나는 언제라도 소리를 질러 간섭할 권리가 내게 있다고 생각했다. 하지만 넬리는 과거와 같은 "소란 행위"는 더 이상 용납되지 않는다면서 그런 행위의 범위가 훨씬 넓어졌다고 말했다. 지금은 악취와 마찬가지로 불쾌한 소음을 내는 행위도 금지하고 있다. 눈에 띄게 추한 외관도, 너무 두드러지는 색깔을 사용하는 것 역시 마찬가지였다.

"누가 결정하는 거지? 이곳의 독재자이자 검열관이 대체 누구야?"

"최고 법관들이에요. 우리가 선출하고, 소환하고, 교체하죠. 아무튼 그들의 지침을 따르면서 우리의 미적 감각은 전반적으로 나아졌어요. 이젠 사람들이 골칫거리가 다 없어졌다고 볼멘소리를 하는 지경에 이르렀다니까요."

그러고 보니 초록빛 초원의 풍경을 망치던 유제품 광고나 주택 혹은 가게 안팎에 무분별하게 설치되어 아름다움을 해치던 광고들이 전혀 눈에 띄지 않았다. 대신에 푸른 언덕을 장식하고 있는 우아한 대문과 신전 같은 여름 별장들, 정자, 덩굴시렁, 가장자리가 돌로 장식된 분수 옆에 마련된 시원한 앉을 곳 등 아름다움에 대한 사랑과 이 아름다움을 만들어낸 힘의 흔적이 곳곳에 드러나 있었다.

"이 모든 아름다운 경관을 유지할 돈을 어떻게 마련하는지 궁금하구나. 식품 판매 수익으로 충당하나보지?" 내가 말했다.

"아뇨. 게스트하우스의 정원을 가꾸는 데 드는 비용은 이곳 사용료로 충당하고 있어요."

"사용료를 대략 얼마나 내야 해?"

"이곳에 대해서는 제가 정확하게 말할 수 있어요. 이 주택 단지를 개발한 여성주식회사에 제가 한동안 몸담고 있었거든요. 지가는 4천 제곱미터당 100달러니까 총 3만 달러예요. 토지 공사비용 1만 달러, 30세대 주택을 짓는 데에 가구당 4천 달러가 들었어요. 한꺼번에 지었기 때문에 건축 비용을 엄청나게 아낄 수 있었지요. 가구 딸린 게스트하우스 건축 비용은 불과 5만 달러였어요. 보시다시피 단순하잖아요. 전체적인 조경과 어린이 정원 등에 4만 달러 넘게 소요됐어요. 전 우리가 총 자본을 이25만 달러를 모았는데 모두 다 썼다는 걸 알아요. 주민들은 집세로 1년에 600달러를 지불하고 클럽 이용료로 100달러 정도 지불해요. 다 합치면 2만 8천 달러예요. 우리는 그중에 4퍼센트를 취하고 나머지는 세금과 유지비를 위해 남겨두죠. 어린이 정원은 아이들을 키우는 가구가 유지 및 보수를 맡고 있어요. 호텔은 유지와 보수가 원활하게 이루어질 만큼 충분한 수익을 올리고 있지요. 식품부와 관리부에서 보수를 후하게 지급해요. 만약 이 사람들이 줄곧 뉴욕에 살았다면 총 생활비가 1년에 최소한 8천 달러 이상 들었을 거예요. 여기서 그들이 내는 비용은 고작해야 2천 달러예요. 그리고 그들이 그 비용으로 뭘 누리는지 보세요."

천성적으로 여동생이 제시하는 수치를 불신하는 경향이 있는 나는 나중에 오언의 의견을 구했고, 이 주제에 대해 훨씬 더 상세히 알고 있는 헬리어에게도 물어보았다. 책을 구해서 읽기도 했다.

넬리가 언급한 수치는 확실했다. 나는 과거에 우리가 뿌듯해하곤 했던 우리의 생활 방식을 여전히 마음속 깊이 희구하지만 그런 생활은 많은 돈이 드는 게 사실이었다. 젊은 시절, 훨씬 적은 돈을 현명하게 소비함으로써 더 나은 삶을 사는 '이상주의적 계획'에 대해 얘기할 때마다 나는 그 계획을 비웃는 무리가 있을 거라고 상상하곤 했지만 지금 그런 사람은 어디에도 없었다.

조용하고 널찍하며 그늘이 드리워진 길에서 우리는 인동덩굴과 장미 덤불이 무성한 철조망 담과 생울타리 너머 제집같이 편안하고 즐거움이 가득한 정원을 바라보았다. 예전처럼 널찍한 광장에 그저 앉아 있는 가족이 있는 반면, 해먹에 누워 있는 가족, 테니스와 크로케, 테더볼, 배드민턴 등을 즐기는 가족도 있었다.

젊은 남녀들은 내 기억 속의 옛 모습 그대로 끼리끼리 또는 함께 나무 아래를 거닐며 장난을 쳤고, 행복한 아이들은 집과 정원을 넘나들며 즐겁게 뛰놀았는데, 매일 자기들만의 공간에서 적지 않은 시간을 보내기 때문인지 과거의 또래들에 비해 훨씬 행복해 보였다.

점심 식사를 하려는 가장들이 시간에 맞춰 집으로 들어가는 모습이 보였다. 대부분의 부모들은 어린이 정원에서 뭔가를 배우거나 친구들과 같이 노는 아이들의 모습을 지켜보거나 아니면 아이와 집으로 돌아가서 함께 오후 시간을 보내며 정서적 유대감을 키우는 게 세상에서 가장 멋진 일이라고 생각하는 듯했다. 사실 일요일에 교외에 나가면 모를까 나는 어디에서도 이렇게 많은 부모들이 이렇게 많은 시간을 아이에게 할애하는 모습을 본 기억이 없었다.

머릿속에서 오늘 본 풍경이 맴돌았던 탓에 나는 돌아오는 길 내내 침묵을 지켰다. 하나하나가 분명히 성공적이었고 모두에게 유익했으며 사람들은 부인할 수 없을 만큼 그곳에서의 삶을 즐기고 있었다. 그럼에도 나는 과거 삶 속에서 불쾌했던 기억이 끊임없이 떠올랐다.

'식사하러 한꺼번에 몰려드는 시끌벅적한 무리들.' 나는 메이슨 씨 집에 있는 조용한 식당이 생각났다. 사람들 집에는 모두 식당이 있는 것 같았다. '울며불며 엄마, 아빠와 떨어지려 하지 않는 아이들.' 나는 지적인 관심을 가지고 조심스럽게 노는 아이들을 지켜보거나 가정에서 아이들과 보내는 시간을 즐기는 부모들을 떠올려보았다. '불쾌한 이웃과 마지못해 담을 맞대고 사는 사람들.' 나는 외부로부터 보호받고 있는 조용한 주택단지들을 떠올렸다. 각 주택에는 나무와 잔디밭과 정원이 있었고 야외 경기를 할 수 있는 공간도 있었다.

모든 게 내 습관과 원칙, 신념, 이론, 정서와 완전히 배치된 세상이었지만 엄연히 그곳에 존재하고 있었으며, 사람들은 그런 세상을 좋아하는 것 같았다. 또한 오언이 내게 장담했다. 그럴 만한 가치가 있다고.

8

·

어쨌든 세계를 지배하는 사상에 거대한 변화가 생긴 후 새로운 사상이 생활에 스며들기까지는 시간이 걸린다. 오언이 주장한 것도 그 점이었다. 오언은 사회 전반적으로 진화의 개념을 받아들이고 적용한 덕분에 30년 동안 놀라운 발전을 이룰 수 있었다고 주장했다.

오언이 말했다. "새로운 사상과 그걸 사회에 적용하게끔 하는 새로운 힘 중에서 어느 게 더 중요한지 모르겠어요. 우리가 젊었을 때 사실상 모든 과학자가 생명의 진화론을 받아들였지요. 이해하는 사람들이 별로 없었는데도 호응이 좋았어요. 반면에 그 시기를 지배한 사상은 삶과 완전히 유리되어 있었어요. 실생활 어디에도 유용하게 적용될 수 없었지요. 우리의 믿음과 행동을 잇는 고리는 녹슨 상태였어요. 종교는 삶과 동떨어져 있었고 뇌에 대한 이해는 야만적인 수준에 머물렀던 탓에 우리가 하는 모든 행동이 비능률적일 수밖에 없었지요.

형님도 그때 '휴식의 힘'이나 '인간 기계'처럼 정신적 치유와 관련된 논의가 있었다는 걸 기억할 거예요. '휴식의 힘'은 좀 더 나중에 언급됐던가요? 아무튼 사람들은 두뇌로 많은 걸 할 수 있다는 사실을 깨닫게 됐어요. 처음에는 기껏해야 병을 치료하거나 '마음의 평화'를 찾거나 아니면 요령 같은 걸 익히는 데에 두뇌를 썼지요. 그런데 중요한 책 두어 권이 거의 동시에 출간된 후 그 책들에 대한 기사가 쏟아지자 사람들은 문득 두뇌의 힘, 이 경이로운 정신력을 매일 쓸 수 있겠다는 생각을 하게 됐어요! 그리고 모든 과학적 사실과 법칙이 삶에, 인간의 삶에 적용되기 시작했어요."

나는 고마움을 담아 고개를 끄덕였다. 매제에 대한 내 호감은 시간이 지날수록 커졌다. 우리를 태운 작고 편한 모터보트가 아름다운 허드슨 강을 소리 없이 빠르게, 미끄러지듯 거슬러 올라갔다. 파랗고 투명한 물빛은 환희 그 자체였다. 배가 멈췄을 때 나는 맑은 물속에서 헤엄치는 물고기를, 진짜 물고기를 볼 수 있었다.

제방에서 정원과 대저택, 작은 집, 풍요로운 숲까지 길게 이어지는 풍경은 매력적이었다.

내가 말했다. "무엇보다도, 심지어 돈보다도 나를 더 어리둥절하게 만드는 건 바로 시간이오. 그렇게 짧은 시간 동안 그렇게 많은 걸 어떻게 다 이룰 수 있었소?"

오언이 대답했다. "형님은 모든 곳이 한꺼번에 발전한 게 아니라 따로따로 순차적으로 발전했다고 생각하니까 그런 거예요. 만약 한 도시가 1년 안에 매연 배출을 멈출 수 있다면, 세상 모든 도시가 그럴 수 있어요. 그렇게 하기로 선택한다면. 우리는 사실상 전국에 걸쳐 동시에 하기로 선택한 거예요."

"당신은 진화를 말하고 있소. 사실 진화만큼 오래 걸리는 과정도 없어요. 1910년에 우리가 누린 문명은 수천 년에 걸쳐 이룬 거예요. 그런데 당신들은 그 뒤로도 몇천 년이 흐른 후에야 가능할 법한 풍경을 1940년에 내게 보여주고 있단 말이오."

"맞아요. 그런데 형님이 말하는 진화는 자연 법칙을 따르는 진화인 반면, 사회적인 진화 과정은 굉장히 독특해요. 우리가 이룬 발전은 후손에게 그대로 전해졌어요. 세습되는 거지요. 사회 유기체 간에는 수평적 전달이 가능합니다. 그걸 교육이라고 하지요. 과거에는 교육을 잘 몰랐어요. 교육을 통해 별 쓸모 없는 정보만 잔뜩 제공하거나 어떤 자질 같은 걸 계발한다고만 생각했지요."

"그럼 지금은 교육을 뭐라고 생각한단 말이오?" 내가 물었다.

"지금 우리는 그 사회적 과정을 통해 사회가 지속적으로 성장, 발전한다는 사실을 알고 있지요. 개인의 발전에 따른 당연한 귀결이에요. 여기서 가장 중요한 건 신체와 더불어 사회적 정신이 성장한다는 점이에요."

"매제, 지금 당신 말은 이해가 안 돼요."

"압니다. 형님은 우리가 이룬 발전을 연구하기 시작한 후 눈에 보이는 세세한 변화보다는 사람들의 정신이 변한 사실에 가장 당황한 것 아닌가요? 자, 30년 전에 한 남자가 자신의 앞마당에 어떤 사람이 다 타버린 숯덩이를 잔뜩 버린 걸 목격했다고 칩시다. 그 남자는 대노해서 범인을 붙잡아 응분의 벌을 받게끔 하겠지요. 하지만 그 남자가 자신이 사는 도시 곳곳에 해마다 수많은 사람들이 숯덩이 몇천 톤을 버리는 광경을 목격했다면 그 남자는 개의치 않을걸요. 지금은 정반대예요."

"인간들이 드디어 자신은 물론이고 자신의 이웃도 사랑하라는 가르침을 진심으로 터득했다는 듯 말하는군." 내가 냉소적으로 말했다.

"안 될 것 같으세요? 형님에게 말이 한 마리 있어요. 그리고 형님의 여정이 끝날 때까지 모든 걸 그 말에게 의지해야 한다면, 형님은 그 말을 소중하게 돌봐야 할 것이고, 그 과정에서 그 말에게 점점 정이 들겠지요. 결국 우리는 삶은 개인 문제가 아니라는 점을 깨달은 거예요. 다른 사람들이 우리의 행복에, 바로 우리라는 존재에게 무엇보다 중요하다는 사실을 깨달은 거지요. 이런 점에서 우리는 사람들이 말하는 '이타적'인 존재가 아니에요. 우리는 더 이상 '이웃'이나 '형제', '다른 사람'에 대해 생각하지 않아요. 모두가 '우리 자신'이니까요."

"미안하지만 당신 말을 이해할 수가 없소."

오언은 나를 향해 상냥하게 웃어 보였다. "상관없어요. 결과를 보면 이유를 믿게 될 테니까요. 자, 지금 이 강은 천연의 아름다움을 간직하고 있지만 전에는 사람들 때문에 심각하게 오염된 상태였어요. 우리가 한 일은 강이 오염되는 걸 막은 게 다예요. 그리고 한 계절 내내 비가 오면서 모든 문제가 해결됐지요."

"비 때문에 철로가 유실되지는 않았소?"

"그건 아니에요. 철로는 멀쩡해요. 전력을 사용하기 시작하면서 끔찍했던 폐해가 사라졌지요. 지금은 매연도, 먼지도, 석탄재도 없고 해마다 산불 진화에 쓰였던 수백만 달러가 절약되고 있어요. 소음도 거의 없어요. 이리 와서 어떻게 돌아가는지 보세요."

우리는 용커스에 잠깐 들렀다. 나는 그곳이 용커스인 줄도 모를 뻔했다. 마치 이탈리아의 포실리포처럼 아름다웠기 때문이었다.

"공장들은 다 어디 있소?" 내가 물었다.

"저쪽에도 있고, 저쪽과 저쪽에도 있어요."

"아니, 다 무슨 대궐 같군!"

"그게 어때서요? 사람들이 대궐에서 일하면 안 될 이유라도 있나요? 보기 싫은 건물 대신 멋진 건물을 짓는다고 해서 돈이 더 드는 것도 아니에요. 잊지 마세요. 이제 우리는 훨씬 풍요롭고, 시간은 남아돌고, 미를 추구하는 정신도 장려되는 분위기거든요."

나는 나란히 위풍당당하게 서 있는 조용한 건물들을 바라보았다. 건물에는 널찍하게 창이 나 있었고 옥상에는 정원이 조성되어 있었다.

"저기에도 전기가 들어오나요?" 내가 물었다.

오언이 다시 고개를 끄덕였다. "모든 곳에 전기가 들어와요. 우리는 풍력과 수력, 조력, 태양열 엔진 등을 통해 생산된 전력을 저장하고 있어요. 심지어 수동으로도 생산해요."

"뭐라고요!"

오언이 말했다. "말 그대로예요. 다양한 저장용 배터리가 있어요. 큰

144

배터리는 공장용이고 작은 건 주택용이에요. 몸 쓰는 일을 하지 않거나 게임에 별 관심이 없는 사람들이 많아요. 그래서 손이나 발에 붙이는 장치도 있지요. 기운이 넘치는 남자든 여자든 아이들이든 30분 정도 그 장치로 운동을 하면 자신들이 사용한 에너지로 집이 따뜻해지고 모터가 돌아가니 그 사람들은 쾌감을 느끼겠지요."

"그래서 거리에서 휘발유 냄새가 안 나는 거요?"

"맞아요. 더럽고 냄새나는 건 정해진 장소에서만 사용하고 대부분은 배터리에 저장된 전력을 쓰지요. 우리가 탄 보트에도 작은 배터리가 달려 있는 걸 보셨잖아요."

이어서 오언은 내게 철로를 보여주었다. 깨끗하고 빛나는 여섯 개의 선로가 깔려 있었는데 선로 사이사이는 잔디로 빽빽하게 메워져 있었다.

"안쪽의 네 개 선로는 특별열차, 즉 고속수송과 장거리 화물용 열차가 다니고 바깥쪽 두 개 선로는 누구에게나 개방되어 있어요."

우리는 오랫동안 멈춰 서서 열차들이 지나가는 걸 지켜보았다. 고속열차가 우웅 소리와 함께 바람처럼 지나간 데 이어 급행 화물열차가 지나갔다. 알루미늄 외관의 열차가 마치 줄에 꿴 은방울처럼 보였다.

"우리는 거의 모든 것에 알루미늄을 적용하고 있어요. 아시잖아요, 알루미늄은 힘이 문제였지 양 자체는 무궁무진해요." 오언이 설명했다.

바깥쪽 선로로 승객이나 화물을 실은 단일객차나 짧은 기차들이 편안한 속도로 쉴 새 없이 오갔는데, 이 선로들은 모든 기차역에서 측선과 연결되어 있었다.

"정기적으로 운행되는 단거리 교통수단들은 모두 이런 식으로 운행되지요. 정말 편리해요. 그래도 고속도로가 제일 편리하긴 해요. 혹시 보셨나요?"

나는 비행선을 탔을 당시 고속도로들이 얼마나 널찍하고 훌륭한지 보긴 했지만 고속도로에 대해 특별히 공부한 건 없다고 말했다.

"이리 오세요, 말 나온 김에 가봐야죠." 오언이 이렇게 말하더니 작은 차를 불렀다. 우리는 꽤 오랫동안 올드 브로드웨이로 이어지는 언덕과 그늘이 드리워진 브로드웨이 구역을 달렸다. 도로는 진짜 넓었다. 평탄하고 단단하며 티끌 하나 없는 중앙 차선은 차종에 상관없는 고속 주행 차선으로 통행량이 많았다. 외관이 멋지고 깔끔한 화물 운송 트럭들도 중앙차선을 이용하는데, 화물이 아무리 무거워도 도로를 이용하는 데 전혀 문제가 되지 않았다. 중앙차선 양옆에는 어리고 싱싱한 나무가 줄지어 서 있었다. 저속 주행 차량이 달리는 좀 더 좁은 차선 양옆에도 나무들이 줄지어 서 있었다. 양 끝에는 보도가 있었고, 보도 외곽에도 나무가 서 있었다.

"여긴 아직 25년밖에 안 됐어요. 다들 정말 대단하지 않나요?"

"모두 다 지금부터 당신이 설명할 전국도로수목재배국의 관리 덕분이겠군."

오언이 미소를 지으며 대답했다. "이해가 점점 빨라지고 있군요. 맞아요. 그곳에서 관리하고 있어요. 거기서 사람들도 고용하지요. 이른 아침만 되면 이 도로는 청소하고 정돈하는 사람들로 북적인답니다. 물론 대부분 기계들이 도로를 달리면서 작업해요. 가지치기나 나무 손질도 해야 하고 곤충과도 싸워야 하죠. 갈색 꼬리가 달린 매미나방이나 느릅나무잎벌레 같은 곤충들을 전멸시킨 건 대단한 성과였어요."

"세상에, 그게 어떻게 가능했단 말이오?"

"깍지진디를 없앨 때와 마찬가지로 자연에 있는 천적을 찾아낸 거죠. 곤충들을 박멸하기보다는 새의 개체 수를 늘리는 방법을 썼어요. 모든 게 제때 신속하고 철저하게 작업한 덕분이에요. 그야말로 최선을 다했거든요."

도로 끝에 있는 보도는 정말 마음에 들었다. 널찍하고 평탄하고 푹신해서 걷기에 좋을 뿐 아니라 색깔도 보기에 편했다.

"보도는 무슨 재질로 만든 거요?" 내가 물었다.

오언은 발로 바닥을 탁탁 찼다. "이건 탄성이 있는 콘크리트예요. 내구성이 아주 좋지요. 우리에게 어울리는 색깔로 칠했어요. 걷는 길이라고 해서 아름답지 말라는 법은 없잖아요."

여기저기 의자가 눈에 띄었다. 역시 콘크리트로 만든 것으로 외관이 아름다웠고 굉장히 육중해서 쉽게 움직이지 않았다. 가장 아래 굽은 곳을 따라 좁은 틈이 나 있었다.

"저 틈 덕에 의자에 물기가 없는 거예요." 오언이 말했다.

우아하게 서 있는 식수대에서 유혹하듯 식수가 콸콸 솟구쳤고, 새들이 넘쳐흐르는 물에 부리를 담근 채 물을 마셨다.

"아, 이 나무들은 다 과실수군요." 문득 바깥쪽에 일렬로 서 있는 나무들을 본 내가 말했다.

"맞아요. 대부분이 과실수예요. 그 다음 열은 대부분 견과류 나무들
이죠. 보시면 알겠지만 과실수는 키가 작기 때문에 햇빛을 충분히 쬐지
못해요. 가운뎃줄에 심은 나무는 어디서나 잘 자라는 느릅나무들이에
요. 형님, 자동차로 미국 전역의 도로를 따라 달리는 장거리 여행은 평
생 한 번은 해볼 만한 경험이에요. 형님이 좋아하는 기후를 선택해서 갈
수도 있고, 한 계절 동안 쭉 여행을 할 수도 있어요. 넬리와 전 제비꽃이
피는 2월에 뉴올리언스를 출발했었지요. 우리는 피어나는 제비꽃을 따
라 북쪽으로 갔어요. 전 매일 넬리에게 싱싱한 제비꽃 한 다발을 꺾어줬
답니다."

오언이 토스카나 지역의 포도넝쿨처럼 나무에서 나무로 뻗은 포도넝
쿨과 보도의 바깥쪽 경계선을 이루는 산딸기나무 덤불, 끝없는 띠처럼
이어진 다년생 화초를 보여주었다. 안쪽에는 제비꽃과 은방울꽃, 굵은
양치식물이 자라는 화단이 있었고 분수 주변에는 백합과 물을 좋아하
는 식물들이 자랐다.

나는 고개를 가로저었다.

내가 말했다. "믿을 수가 없군. 믿기지가 않아! 도대체 어떤 나라가
도로를 이렇게 유지할 수 있지?"

오언이 나를 의자로 이끌었다. (우리는 분수대도 살펴보고 꽃 구경도 할
겸 차에서 내렸다.) 그는 연필과 종이를 꺼냈다.

그가 말했다. "저는 전문가가 아니라서 정확한 숫자를 말하긴 힘들어

요. 그래도 저 나무들이 돈이 된다는 사실을 형님이 염두에 두면 좋겠어요. 정말 돈이 된다니까요! 수천 킬로미터에 이르는 이 도로는 상당 부분이 숲이자 과수원이에요. 핼리어가 말했듯 견과류는 꽤 많은 양이 식용으로 쓰여요. 우리는 햇살을 가리기 위해 밤나무든 호두나무든 버터너트나무든 피칸나무든 종류에 상관없이 현지에서 가장 잘 크되 가장 품종 좋은 나무들을 도로를 따라 심었지요."

또한 오언은 몇 가지 깜짝 놀랄 만한 주장과 계산을 통해 도로 1킬로미터마다 2열로 심은 견과류 나무가 잘 자랄 경우 어느 정도 수익을 낼 수 있는지 내게 보여주었다.

"핼리어가 형님께 묘목 육성 사업에 대해 말씀드렸지요?" 오언이 덧붙였다.

"하긴 했는데 핼리어가 한 말이 정확히 무슨 뜻인지 모르겠더군."

"저런, 정말 대단한 사업이에요. 농업에 일대 혁신을 일으켰거든요. 이 나라 곳곳을 돌아다녀도 이제 헐벗은 곳은 별로 눈에 띄지 않아요. 건강하고 영속적인 세계라면 식물을 끊임없이 가꿔야 해요.."

오언이 무심코 던진 '이 나라 곳곳을 돌아다녀도'라는 말이 나의 뇌리에 박혔다.

"매제, 내 말 좀 들어봐요. 어렴풋이 든 생각인데 혹시 비행선의 존재가 당신이 항상 말하는 사회의식, 그러니까 사물을 전체적으로 바라보는 시각을 형성하는 데 큰 도움을 준 게 아니오?"

오언이 내 어깨를 탁 쳤다. "형님, 형님 말이 정확히 맞아요. 비행선의 존재가 큰 도움을 준 게 사실이에요. 전 우리 중 어느 누구도 그런 말을 할 거라고 생각지 못했어요." 그는 나를 존경스러운 눈빛으로 바라보았다. "힘든 상황을 겪었는데도 역시 타고난 정신력의 소유자시군요. 맞아요. 사실이에요. 눈에 안 보이는 모습을 시각화할 수 있는 사람은 드물어요. 개미가 초원을 모르듯 사람들도 세상이 어떻게 생겼는지 몰랐어요. 각자의 의식 속에는 진정한 지리적 시각이 아닌 세상을 구성하는 작은 조각이 자리 잡고 있을 뿐이었죠. 그런데 땅 위를 날아다니는 게 일상이 되자 세상은 우리에게 현실이 됐고, 더 익숙해졌어요. 마치 큰 정원처럼.

저는 비행 능력 덕분에 나무를 심어야겠다는 생각을 하게 된 것 같아요. 농업 발달 초창기에 사람들이 제일 먼저 한 일은 바로 벌목이었지요. 그다음에는 모종을 심기 위해 땅을 파고 불을 놓아 잡목을 불태우고 경작하고 써레질을 하고 이랑을 만들었어요. 하지만 메마르고 부드럽고 헐벗은 토양은 비만 오면 속절없이 쓸려 내려갔어요. 몇 세기 동안 숲이 자라면서 형성되었던 토양이 폭풍우 한 번에 모조리 쓸려 내려가 강과 항구까지 막아버리곤 했지요. 우리는 이게 다 낭비라고 생각했어요. 우리는 모종 재배뿐 아니라 유실수 재배로도 양식을 얻을 수 있다는 사실을 알게 됐고, 밤나무가 자라는 1제곱미터의 공간에서 생산되는 영양분이 직선 공간에서 생산되는 영양분보다 훨씬 많다는 사실도 알게 됐어요. 물론 아직까지 밀밭이 존재하긴 하지만 눈에 보이는 모든 경작지 주변에는 잔디밭과 숲지대가 넓게 형성되어 있어요. 강과 시내도 전부 다 잔디밭이나 숲, 덤불과 경계를 이루고 있지요. 우리는 토양이 낭비되는 상황에 훌륭하게 대처했어요. 그뿐만 아니라 토양을 만들기도 해요. 물론 다른 얘기지요."

"또다시 대자연을 독촉한 거요?"

"맞아요. 과학적 영농은 끊임없이 진보했어요. 형님, 혹시 물에서 별의별 걸 다 재배한 독일 교수 기억나세요? 가끔 물에 화학물질만 눈곱만큼 넣었다죠? 그 교수는 통에 물을 잔뜩 받은 다음 물속에 뿌리 내린 식물을 일렬로 넣고서 문 앞에 뒀다고 하더군요. 땅에 뿌리를 내려 본 적도 없는 제3세대 식물이에요. 우리는 연구를 거듭한 끝에 수종에 맞는 토질을 찾는 법을 알아냈어요. 암석 분쇄기를 이용해서 기본적인 토양을 조성한 다음 원하는 요소를 더해 포대 단위나 선적용 화물 단위로 판매하고 있어요. 만약 형님이 무를 좋아한다면 상자로 만든 무 모판을 창문턱에 두기만 해도 통통하고 달콤하면서 물도 많고 아삭아삭하고 부드러운 분홍빛 예쁜이들을 1년 내내 먹을 수 있어요. 그 토양에서는 잡초 씨앗을 구경하려야 구경할 수 없지요."

우리는 녹음 속에서 천천히 몸을 돌렸다. 도로는 붐볐지만 조용하고 질서 정연하며 쾌적했다. 사람들은 줄곧 내게 놀라움을 안겼다. 가난에 찌든 사람마저도 확실히 잘생겨 보였다. 새로운 이민자들의 얼굴에는 강렬한 희망이 담겨 있었는데 토착민들의 표정에서 드러나는 기분 좋은 평화로움보다 훨씬 좋아 보였다.

내가 곳곳에서 본 일꾼들은 한결같이 의욕에 가득 차 있고 몸놀림이 재빨랐다. 날품팔이라고 하면 대개 연상되곤 하는 손발 느리고 구부정한 자세로 돌아다니는 사람은 어디에서도 찾아볼 수 없었다. 우리는 들판에서 일하는 남자들을 바라보았다. 개중에는 여자들도 있었다. 나는 괜히 쓸데없이 질문을 했다가 창피만 당하게 되리라는 걸 경험을 통해 알고 있었다. 항변을 해봐야 집안일 대비 밭일이 훨씬 유리하다는 둥, 남자만큼 여자도 강하다는 둥의 대답이 돌아올 게 뻔했다. 어쨌든 난 그들의 의욕에 감탄했다.

"사람들이 개미탑에 있는 개미들만큼이나 바빠 보이는군요." 내가 말했다.

오언이 대답했다. "여기가 저 사람들의 개미탑이거든요. 사람들은 지치지 않아요. 그 점이 큰 차이를 만들지요."

"사람들이 진짜 옷을 잘 입는 것 같군. 무슨 오페라의 한 장면 같소. 농사일을 할 때 입는 유니폼 같은 거요?"

"저 사람들이 옷을 잘 입으면 왜 안 되나요?" 오언은 언제나 내게 왜 안 되냐고 묻고는 아무런 답도 주지 않았다. "우리에겐 사냥복도 있고 낚시복이나 배관일을 할 때 입는 옷도 있어요. 유니폼은 아니고 하는 일에 잘 맞는 옷이지요."

사람들이 어떻게 그걸 살 수 있는지 물으려던 나는 노동 시간은 짧아진 반면 급료는 많아졌고 훨씬 많은 사람들이 보통교육을 받는다는 사실을 떠올린 후 잠자코 입을 다물었다.

용커스로 돌아온 우리는 차를 세운 다음 (나는 한 시간에 25센트만 내면

이 모든 걸 쓸 수 있다는 것을 알았다.) 아담한 식당에서 점심을 먹었는데 모든 식당 음식의 품질이 아주 좋다는 핼리어의 말이 사실임을 깨달았다. 우리가 먹은 식사는 각각 25센트였다. 나는 나를 향한 오언의 미소를 보았지만 놀라지 않은 척했다. 우리는 다시 보트를 타고 부드럽게 강을 거슬러 올라갔다.

내가 말을 꺼냈다. "마음속에 의문이 하나 있는데, 어떻게 술 문제를 해결했는지 당신이 명확하게 설명해주면 좋겠소. 술집도 없고 주정뱅이도 전혀 눈에 띄질 않더군요. 넬리는 이제 사람들이 더 이상 술을 마시고 싶어 하지 않는다고 말하지만 30년 전만 해도 수백만 명이 술을 좋아했고, 또 술 마시는 사람이 늘어나기를 바라는 사람들도 굉장히 많았소. 대체 무슨 조치를 취한 거요?"

"첫 번째 단계는 사리사욕을 채우는 중간상인을 없애는 것이었어요. 이들 때문에 주정뱅이들이 생길 수밖에 없었거든요. 주별로 정부 직영제를 도입한 후 여러 해에 걸쳐 각 주에 있는 중간상인을 없앴어요. 또 정부가 보증하는 순도 높은 술만 판매했지요. 5~6년이 지나자 품질 낮은 술은 시장에서 사라졌고 정부가 운영하는 곳을 제외한 다른 술집도 죄다 퇴출됐어요.

어느 정도 문제가 해결되긴 했지만 충분하지 않았어요. 사실 사람들이 술을 좋아해서 술집이 생겼다기보다는 사람들에게 술집 자체가 필요한 거였으니까요."

나는 약간 미심쩍은 시선으로 바라보았다.

오언이 말을 이어갔다. "사람들은 모일 공간이 필요해요. 우리에게 사적인 공간이 있듯이 공적인 공간도 있었던 거죠. 술집은 말하자면 사회적 필요에 의해 생긴 셈이지요."

"사회적 필요에 의해 생겼다지만 결과는 상당히 안 좋은 것 같소. 남자를 가족 품에서 빼내 타락과 방종의 세계로 이끌었으니."

"맞아요. 그랬지요. 하지만 그건 남자들만 술집을 들락거렸기 때문이에요. 사회적 필요라고 말했지 사내들의 필요라고 한 적은 없어요. 지금은 이런 식으로 사회적 필요를 충족시키고 있어요. 저렴한 시골에든 비싼 도시 구역에든 주택을 지을 때 사람들이 모일 수 있는 공간도 함께 짓는 거지요.

마을 규모와 상관없이 모든 마을에는 다양한 동호회 방이 딸린 회관이 있어요. 사람들은 자유롭게 모여서 게임이나 놀이를 즐기기도 하고 강연이나 설교를 듣기도 하고 춤을 추기도 하지요. 누구에게나 열려 있어요. 도시의 어느 구석을 가든 술집은 눈에 띄지 않겠지만 사람을 만나거나 이야기를 나눌 수 있는 장소는 널렸지요."

"여자도 만나나요?" 내가 물었다.

"그럼요. 물론이에요. 도시에서건 시골에서건 개인적으로든 단체로든 횟수에 구애받지 않고 자유롭게 만날 수 있어요. 하지만 남자들은 상당한 수고를 감수하지 않으면 술집 같은 특별한 곳에는 무리 지어 갈 수가 없어요."

"그렇다면 수고를 감수하겠지요." 내가 말했다.

"왜요? 정상적으로 좋은 시간을 보낼 만한 장소가 널렸는데도요? 야근도 안 하고, 영양 섭취가 부족한 것도 아니고 인생이 비참하거나 절망적인 것도 아니에요. 편안한 의자에 몸을 맡기고 유쾌한 사람들과 훌륭한 음식을 즐길 수 있고, 담소를 나누거나 좋은 음악을 듣거나 독서를 하거나 그림을 볼 수도 있어요. 원한다면 무슨 게임이든 할 수 있지요. 기분 전환이나 취미 삼아 수영이든 승마든 비행이든 원하는 건 뭐든 할 수 있는데 왜 그렇게 수준 낮은 곳에서 술을 마시고 싶어 한단 말인가요?"

내가 주장했다. "남자는 말이오, 진짜 남자란 원래 그런 족속이에요. 당신이 사는 이 세상은 술집에 환장한, 술을 들이붓는 남자로 가득한 세상이오. 그런 남자들을… 뭐라고 했더라? 다 없애버렸다고 했던가?"

오언이 진지하게 대답했다. "그들 중 일부는… 사실이에요. 차라리 그러길 원했거든요. 다른 사람들, 그러니까 지독한 알코올 중독자들은 병원에서 치료를 받았고 영구적으로 격리됐어요. 그들은 술을 구할 수 없는 곳에 거주했고, 일을 하면서 잘 살아갔지요. 하지만 그런 사람들은 별로 없었어요. 대부분의 남자들은 자신을 알코올 중독으로 내몬 상황에 짓눌려서, 그저 타성에 젖어 술을 마셔댔어요.

우리가 삶의 무게와 공포로부터 영원히 해방됐다는 걸 기억하시겠지요."

"사회주의를 말하는 거요?"

"맞아요. 진정한 사회주의지요. 우리가 가진 부와 권력은 진짜 우리 모두의 것이에요. 늑대는 죽었어요."

"내가 살던 때에는 빈곤 말고도 남자들을 술로 내몬 게 또 있었소."
내가 조심스럽게 말했다.

"아, 그래요. 일부 남자들은 술을 끊지 못했어요. 말씀드렸다시피 여전
히 술을 구할 수 있었거든요. 좋은 술도 마찬가지였어요. 그뿐만 아니라
상습적으로 마약을 복용하는 습관도 한동안 끊지 못했어요. 결국 우리
는 골칫거리가 되는 근본 요인을 차단했지요. 노인들은 죽었고, 젊은이
들은 약물 중독을 극복했고, 새로운 사람들이 나타났는데, 형님은 아직
모르는 사람들이에요. 우리는 이제 새로운 사람들을 길러내고 있어요."

그가 침묵하는 동안 그의 강인한 입술에는 상냥한 미소가 흘렀고 그
의 눈은 저 멀리 푸른 강을 향하고 있었다.

내가 물었다. "이제 다음은 뭐요? 무슨 일이 일어난 거요? 종교나 교
육인가? 아니면 변하지 않는 저 빌어먹을 여자들인가?"

오언이 웃음을 터뜨렸다. 그는 보트가 흔들리도록 웃었다.

"형님은 이제 여자들 차례라는 사실을 인정하는 게 죽기보다 싫은 모
양이군요. 형님! 유사 이래 지금까지 모든 걸 손에 쥐고 마음대로 주무
른 게 남자들이잖아요? 여자들은 이제 시작한 거예요. 30년이요? 형님,
그 30년 동안 여자들은 많은 일을 해냈고, 세상이 그 결과에 환호하고
있어요. 형님은 모르시겠지만."

나는 몰랐다. 하지만 멸종된 종처럼 취급되자 확실히 억울했다.

"여자들은 남자들이 내내 쌓아 올린 고지에 올라섰을 뿐이오. 그 힘

든 일을 모두 해낸 건 남자들이오. 내가 아는 바로는 지금도 하고 있고. 어쨌든 여자들이 살 수 있었던 건 우리 덕택이에요. 이 모든 세상 문명을 건설한 건 남자들이지. 여자들은 그저 혜택을 보고 있을 따름이고. 그런데 당신은 우리가 이룬 것보다 여자들이 이룬 게 훨씬 많다는 식으로 얘기하고 있단 말이오!"

오언은 잠시 생각에 잠긴 채 심사숙고했다.

"형님이 한 말은 엄연한 사실이에요. 우리는 많은 일을 했어요. 문명의 많은 부분을 건설하고 변화시켜온 것도 사실이에요. 하지만 최근에 쓰인 역사를 읽어본다면…" 오언은 말을 멈추더니 마치 내가 방금 나타난 사람인 양 나를 바라보았다. "저런, 형님은 아직 모르시는군요? 역사는 다시 쓰였어요."

"당신은 마치 '역사'가 무슨 단막극인 것처럼 말하는군."

"물론 역사의 재해석이 끝났다는 뜻이 아니에요. 지금 우리는 세계 역사에 대해 완전히 새로운 논의를 하고 있어요. 각 나라에는 제각각의 역사가 있지요. 여러 역사를 가진 국가도 있고요. 국가별로 역사는 달라지지요. 그런데 1910년경 남성 중심적인 시각에 의문이 제기되기 시작했어요. 새로운 견해가 속속 등장했지요. 유명한 학자들이 새로운 견해를 받아들였고, 새로운 연구 결과가 발표됐어요. 이제 우리는 남자가 모든 걸 다 이루었다고 확신하지 않아요."

"지금 당신 말은 내가 아는 사실과 별반 다르지 않은 것 같소만…" 나는 아무 감정 없이 말했다.

"형님이 당시 알려진 모든 걸 알고 있었더라도 이건 몰랐을 거예요. 형님은 레스터 워드*가 사람들은 종종 가장 익숙한 사실을 이해하지 못한다고 주장하면서 이런 현상을 '가까움에 대한 환상'이라고 불렀던 걸 기억하세요? 고대와 근대를 아우르는 모든 시간 동안 우리는 문명을 이룩한 사람들, 즉 인류가 남자와 동의어라고 생각했어요. 여자는 그저 '남자의 소유물'로 여겼지요."

"당신들이 최근에 알아낸 게 정확하게 뭡니까? 다리 위의 호라티우스**가 알고 보니 호라티아였나요? 세상을 지배한 이가 알렉산더나 나폴레옹이 아니고 알렉산드라와 나폴레오나라던가요?" 나는 씁쓸하게 웃었다.

오언이 부드럽게 말했다. "아니요. 그 전투들은 의문의 여지가 없어요. 당연히 남자들이 싸웠어요. 하지만 '결정적인 전투'라고 했던 것들이 우리가 생각한 만큼 역사적으로 그렇게 결정적인 전투가 아니었다는 사실을 깨달았지요. 남자는 분명히 파괴의 행위자로서 역사를 변화시켰어요. 반면에 역사를 만들고 문명을 이루는 건 건설의 영역이지요. 긴 세월 동안 건설의 영역을 담당한 건 대부분 여자였어요."

"여자들이 피라미드를 건설했소? 아니면 아크로폴리스를 만들었소? 혹시 로마 도로를 만들었나요?"

---

* 미국의 고생물학자이자 사회학자인 레스터 프랭크 워드는 1880년대에 심리학적 진화론의 기초를 만든 사회적 진화론자이다.—옮긴이
** 에트루리아와의 전쟁 당시 티베르 강의 다리를 지켜낸 고대 로마의 영웅—옮긴이

"그렇진 않지요. 다른 많은 것들도 마찬가지고요. 하지만 이 세상에서 농업의 씨앗을 틔우고, 가축을 기르기 시작한 건 여자들이에요. 여자들이 세상에 옷을 지어 입혔고, 밥을 먹였고, 세상을 아름답게 꾸미고, 따뜻하게 유지했지요. 여자들의 지치지 않는 노력이 단순했던 초기 문화를 풍요롭게 만든 셈이에요. 생각해보세요. 남자가 없었다면 이집트나 아시리아는 싸울 수 없었겠지요. 하지만 풍요롭고 지혜로운 국가로 남았을 거예요. 반대로 여자가 없었다면, 식량이 남아 있는 한 마지막 남자가 죽는 그날까지 싸웠을 겁니다.

형님, 이 문제로 형님을 괴롭힐 생각은 추호도 없어요. 제 설명을 듣기 보다는 원하는 걸 책을 통해 얻는 게 훨씬 나을 겁니다. 다만 전 음주 습관을 뿌리 뽑는 데에는 여자들의 영향력이 가장 컸다는 점을 말하고 싶었어요."

난 오언의 이 말이나 다른 모든 주장이 사실이라는 점이 불쾌했고, 상당히 기분이 나빴다. 무엇보다도 저 마음 넓은 남자가 재미있는 사실이라도 전하듯 이 모든 걸 얘기하는 모습을 지켜보는 게 정말 참기 힘들었다.

내가 물었다. "이 시대의 남자들은 자존심도 없소? 여자들이 모자란 사람 취급하는 걸 어떻게 참을 수 있단 말이오?"

그가 대답했다. "여자들은 남자들에게 그런 취급을 받으면서 만 년을 견뎌왔습니다."

우리는 입을 다문 채 집으로 향했다.

9
.

나는 우리나라가 이뤄낸 사회적 진보보다도 어마어마한 물질적 진보를 훨씬 쉽게 확인할 수 있었다.

농장과 목장 수천만 제곱미터의 땅을 풍요로운 정원으로 탈바꿈시킨 정교한 영농, 제멋대로 자란 나무 천지였던 숲을 멋진 나무농장으로 변모시키면서 잘린 가지와 여기저기서 뽑힌 덤불, 다 자란 나무 몸통이라는 덤까지 끊임없이 생산하는 임업 기술, 과실수 사이로 끝없이 이어진 도로와 작업용 차량을 타고 이동하는 일꾼들의 행렬, 완벽하게 정돈된 도로와 가로수까지 모든 걸 볼 수 있었다.

물론 주변의 수목에는 사람 손길이 닿은 흔적도 없고, 길은 차가 다니기엔 노면도 울퉁불퉁하고 폭도 좁아 철로를 깔기에는 안성맞춤이지만 차량은 다닐 수 없는 경우가 훨씬 많았다.

비행선을 타니 모든 것이 다르게 보였다. 하늘을 날면서 아래를 내려다보자 우리가 흔히 봤던 길게 뻗은 풍경 대신 사방으로 막힘없이 펼쳐진 풍경이 한눈에 들어왔는데 위에서 내려다보니 전체적으로 통일된 느낌이 아름다움을 배가시켰다. 비행선은 그야말로 움직이는 산봉우리였다.

변화가 클수록 대비 역시 더욱 선명해진다는 점에서 도시 풍광의 아름다움은 한층 두드러졌다. 도시의 거리를 따라 걷는 건 결코 지루하지 않았다. 여러 도시를 방문해본 결과, 넬리가 말한 대로 스무 곳을 개발하든 한 곳을 개발하든 걸리는 시간은 비슷하다는 사실을 깨달았다. 각 도시에 사는 사람들에게 결정은 곧 실행을 의미했다.

하지만 무엇이 사람들로 하여금 그런 결정을 내리게 한 걸까? 무엇이 그들을 움직였을까? 나를 가장 당황스럽게 한 건 바로 이 점이었다. 그건 시골의 변화나 재개발된 도시처럼 겉으로 드러나는 게 아니었다. 사람들이 달라 보이긴 했지만 그리 대단해 보이진 않았다. 나는 눈에 보이는 변화를 분석하려 애쓰면서 사람들을 살펴보았다. 가장 눈에 띄는 특징은 그들이 입은 의상이 깔끔하고 편안하며 아름답다는 점이었다.

가난한 풍경이 전혀 눈에 띄지 않는 게 관찰자에게 얼마나 큰 위로인지 나는 미처 상상하지 못했다. 물론 우리에게 가난은 익숙했다. 우리에게는 종교적, 경제적 변명거리가 있었다. 심지어 우리는 가난이라는 사회적 질병에서 예술적 쾌락을 발견하기도 했다. 아니 발견했다고 생각했다. 하지만 이제 난 가난한 풍경, 가난을 드러내는 소리와 냄새가 외부 세계에서 온 관찰자에게 얼마나 큰 악몽인지 깨달았다.

사람들은 몸매도 훌륭했다. 물론 모든 사람의 몸매가 아름다운 건 아니었다. 오랜 세월 동안 힘든 일에 시달린 탓에 제대로 성장하지 못한 사람들이 30년 만에 온전해질 수는 없었다. 하지만 난 달라진 젊은 세대에게서 이 세계의 큰 희망을 엿볼 수 있었는데 그건 바로 환경으로 인해 바뀐 체질이 '오랫동안 이어져온 유전적 체질'을 이길 수 없다는 사실이었다.

스물 언저리의 청년들, 그러니까 세상이 변한 후 태어난 젊은이들은 마치 다른 종 같았다. 체구가 크고 건장한 모습이 활짝 피어난 생명체였으며 소년, 소녀들은 모두 날래면서도 우아하고, 열정적이고 즐거웠으며, 언제나 공손했다. 나는 처음에는 이들이 상류계급 출신의 예외적인 아이들일 거라고 생각했다. 하지만 모든 아이들이 다 똑같다는 사실을 발견하고 마음에 동요가 올 만큼 큰 충격을 받았다.

노인들 일부는 아직까지 과거 어려웠던 환경에서 얻은 상처를 품고 있었지만 아이들은 새로운 생명체였다.

내가 자진해서 이유를 따져 묻자 넬리가 다정하게 웃었다.

"반갑게도 오빠에게도 욕구 같은 게 생겼군요. 난 그 부분을 이야기하고 싶었는데 오빠는 항상 지루해했지요."

"들어야 할 게 너무 많으니까, 넬리야, 너도 인정할 거야. 그리고 누구든 억지로 먹는 건 질색이잖니. 하지만 이제 난 사람들이 아이들을 어떻게 키웠는지 어렴풋하게나마 알고 싶어. 이 연로한 이방인도 알아듣기 쉽도록 최근 역사를 요약해서 설명해주겠니?"

"연로하다구요? 오빠는 매일 젊어지고 있는걸요. 제 생각엔 비교적 머리를 쓰지 않고 살았던 티베트에서의 생활이 오빠에게 도움이 된 것 같아요. 그곳에서 오빠 머리는 모든 걸 새롭게 받아들였지요. 오빠 인생의 첫 장은 끝났어요. 이제 오빠가 멈춘 그 지점에서 다시 시작하는 거예요. 오빠가 그 점을 이해하면 좋겠어요."

나는 고개를 저었다. "난 신경 쓰지 마. 잘려나간 내 인생은 떠올리지 않으려 노력하고 있으니까. 그저 어떻게 저런 유의 인간이 탄생했는지 내게 말해다오."

넬리는 잠시 생각에 잠긴 채 가만히 앉아 있었다. "전 가능하면 반복은 피하고 싶어요. 오빠가 아는 걸 먼저 들려주세요." 하지만 난 묻는 말에나 대답하고 싶은 마음은 추호도 없었다.

"그냥 네가 솔직하게 다 말해다오. 난 가능한 한 전부 다 알고 싶으니까."

"알겠어요. 그럼 이제부터 다 오빠 책임이에요. 어디 봅시다. 첫 번째는… 아, 첫 번째랄 것도 없어요. 오빠! 오빠가 떠나기 전부터, 아니, 오빠와 내가 태어나기도 전부터 우리는 아이들을 위해 정말 많은 노력을 했어요. 아이를 사랑하는 모든 사람들은 아이도 사람이라는 사실을, 이 땅에서 가장 가치 있는 사람이라는 사실을 이미 알고 있었지요. 아이에게 가장 중요한 사람은 바로 엄마예요. 우리는 아이를 위해 새로운 엄마를 만들었어요. 이게 '첫 번째'인 것 같네요.

우리는 이런 식으로 시작한 것 같아요.

(1) 자유롭고 건강하며 독립적이고 총명한 엄마들.

(2) 살아가기에 충분하고 아이들을 양육하기에 적당한 조건들.

(3) 전문적인 돌봄.

(4) 종교와 예술, 과학, 시민윤리, 산업, 부, 눈부신 효율에 대한 새로운 사회적 인식.

이게 오빠가 대략적으로 알아야 할 것들이에요."

나는 공책에 이 사항들을 적었다.

"훌륭한 요약이구나, 넬리. 이제 난 (1)항목의 세부 내용에 대한 네 설명을 이를 악물고 끝까지 들으마."

내 동생 넬리는 즐겁다는 듯 다정한 표정으로 나를 보았다. "오빠는 대체 신여성들을 얼마나 싫어하는 거예요! 실제로 여자에게 못되게 구는 건 한 번도 본 적이 없는데!"

나는 이때는 넬리의 말을 한 귀로 듣고 한 귀로 흘려버렸지만 시간이 흐른 후 색안경을 벗고 생각해본 결과 넬리의 말이 사실임을 깨달았다. 나는 모든 방면에서 대단한 진보를 이룬 이 새로운 유형의 인간이 정말 마음에 들지 않았다. 새 세상의 여자들은 남자가 가진 해묵은 편견을 죄다 건드렸다. 그들은 과거의 여자들과 달랐다. 그럼에도 넬리가 말했듯 나는 내가 실제로 만난 여자들이 마음에 들었다.

내가 말했다. "수업을 계속하자꾸나. 난 말대꾸 없이 배우기로 마음 먹었어. 이 세상의 새로운 여자들이 뭘 했길래 인류가 그렇게 빨리 변할 수 있었던 거야?"

이윽고 넬리는 본격적으로 자리에 앉아서 내가 바라는 모든 것을, 어쩌면 더 많은 사실을 알려주었다.

"여자들은 새로운 생각에, 어머니라면 당연히 져야 할 의무에 눈을 떴어요. 부모 모두가 훌륭한 품성과 건강한 신체를 유지해야 한다는 점을 깨달았지요. 이런 깨달음 덕분에 아이들은 태어나면서부터 더 나은 출발을 할 수 있었던 거예요. 아이들은 청결한 환경에서 태어났고, 생기가 넘쳤으며 용기와 순수함을 물려받았어요.

상황에 변화가 찾아왔는데, 너무 거대한 변화라 오빠가 단번에 그걸 다 깨닫기는 힘들 거예요. 오, 감사하게도 잔인한 굶주림도, 불확실성도, 검은 악마와 같은 결핍과 공포도 두 번 다시 찾아오지 않았어요. 모두가 사람다운 삶을 살 수 있겠다고 확신했지요! 그 사실 하나만으로도 세상과 아이들 위로 드리웠던 어두운 그늘 하나가 걷힌 셈이었어요.

이젠 일에 혹사당하는 사람은 없어요. 쓸데없이 과로하지 않는 한 사람들은 피곤할 일이 없지요. 사람들은 건실하고 안전하며 편안한 삶을 영위해요. 아이들은 몸도 마음도 크게 바뀌었어요. 이제 아이들은 태어났을 때부터 좋은 환경 속에서 잘 먹고 잘 입는답니다.

육아를 위한 특별한 환경을 조성하고자 우리는 아기들을 위해 많은 걸 짓고 있어요. 지역사회는 가장 중요한 시민인 우리 아기들에게 어울릴 만한 것들을 공급하고 있지요."

이 지점에서 나는 입을 열어 뭔가 말하려다가 이내 다시 입을 다물었다.

넬리가 말했다. "참 잘했어요! 나중에 제가 설명할게요.

다음은 전문적인 돌봄이에요. 전문적인 돌봄은 딱 한 가지로 거의 다 설명할 수 있어요. 우리 불쌍한 아기들이 인간 지성의 혜택을 채 누리기도 전에 지나가버린 긴 세월을 떠올려보세요!

생활 속 여러 분야에서 우리가 훈련시키고 고용한 최고 전문가들의 활약이 두드러지는 데 반해 아기들만 아마추어들 손에 맡겨져 있었던 거예요!

지나간 역사에 분노하기 위해 멈출 수는 없어요. 우린 이제 더 잘하고 있어요. 오빠, 도시에 있는 아기 정원의 원장이 받는 급료가 얼마나 될 것 같아요?"

"아, 백만 달러라고 해두지. 계속해보렴." 나는 싱글벙글 웃으며 말했는데 그게 넬리의 심기를 건드린 것 같았다.

"아기 정원의 원장은 하버드 대학 총장만큼이나 중요한 자리예요. 과거보다 더 많은 돈을 받아요. 가장 우수한 사람들이 그 자리에 오르기 위해 공부하고 있어요. 그중 몇 명은 진짜 천재들이에요. 아기들은요, 모든 아기들은, 뭐랄까… 우리가 가진 지혜가 주는 혜택을 모두 누리고 있어요. 지혜는 빠르게 축적되고 있어요. 우리는 실천하면서 배우거든요. 우리는 매년 발전하고 있어요. '성장'은 예전보다 훨씬 수월한 과정이 된 셈이에요."

나는 동의했다. "논의를 계속 이어나가려면 그 주장을 받아들여야겠구나. 내가 가장 관심이 많은 부분은 마지막 항목이야. 넌 사람들이 새롭게 자각한 모든 걸 정말 막힘없이 설명하는구나. 네가 그렇게 쉽게 설명할 줄 몰랐어."

넬리는 잠시 생각에 잠긴 채 몸을 앞뒤로 흔들었다.

넬리가 마침내 말문을 열었다. "오빠 생각처럼 쉽진 않아요. 그래도 노력해볼게요. 제 설명이 그리 청산유수는 아니었어요. 지금까지 종교와 예술, 시민의식, 과학과 산업, 부와 효율성에 대해 얘기했지요? 이제 이것들이 아이들에게 어떻게 적용되었는지 살펴볼게요.

오빠, 종교는요… 아아, 구름 사이로 비추는 한 줄기 빛 같은 진리를 짧은 시간 안에 설명할 수 있을지 모르겠어요."

내가 고상한 척 말했다. "오, 그럴 수는 없겠지. 5분을 주마. 어쨌든 한번 해보렴."

넬리가 천천히 말했다. "오늘날에는 사실과 지식이 계시와 믿음을 대신하고 있어요. 우리는 다양한 방식으로 신을 믿었고 믿음을 의무로 가르쳤어요. 이제 우리는 다른 것만큼이나 신을 알고 있어요. 오히려 더잘 알죠. 신이란 바로 삶의 진실이에요.

이게 바로 지식의 기반이에요. 모든 지식의 토대이자 단순하고 안전하고 확실한 기반이에요. 우리는 이 삶의 진실을 아이들에게 가르치지요. 아이들의 정신은 이 멋진 세상을 향해 활짝 열려 있어요. 아이들은 이제 불쾌하거나 터무니없고 낡은 생각은 하지 않아요. 삶의 아름다운 진실을 배우고 있어요."

이 말을 끝낸 후 그녀는 아무런 미동도 없이 앉아 있었는데 어찌나 평온하고 아름다워 보이는지 약간 어색함이 느껴졌다.

내가 말했다. "넬리야, 불쾌감을 주려는 건 아니다만 종교에 대한 네 믿음이 그렇게 독실한지 몰랐어."

그러자 넬리가 다시 명랑하게 웃더니 말했다. "그렇지 않아요. 다른 사람들처럼 저도 별로 독실하지 않아요. 오빠, '믿음이 독실한 사람'은 이제 없어요. '교리'와 의식은 따로 떨어진 게 아니에요. 이게 바로 사람들의 밑바닥에 있는 근본적인 삶의 진리예요. 오빠가 아이들 얼굴에서 보는 굳건함과 선함, 쾌활함의 원동력이기도 하죠.

오빠, 아이들은 절대 겁먹지 않아요. 우리에게 들은 저 이상한 이야기에도 절대 귀를 기울이지 않아요. 교회에 나가는 문제로 고심하지 않고, 교리에 목을 매지 않아요. 괴상하거나 비정상적인 아이들도 없어요. 오직 삶뿐이에요. 빛나고 멋지고 만족스러우면서도 흥미진진한 삶이 지금 우리 아이들에게 열려 있답니다.

물론 그렇다고 해서 이게 모든 아이들에게 동등하게 적용된다는 뜻은 아니에요. 물질적인 혜택은 아이들 모두에게 돌아가요. 필요하다면 법으로 강제할 수 있으니까요. 하지만 지식은 달라요. 거대한 파도처럼 이 세계를 덮친 새로운 지식을 사람들 모두가 받아들인 건 아니니까요. 새로운 지식은 과거 어느 종교보다도 빠르게 세상 곳곳으로 전파됐지만, 아버지 때나 믿던 끔찍한 것들을 그대로 믿는 사람들이 여전히 있었어요."

난 아버지를 그림자처럼 따라다니던 칼뱅주의*를 또렷하게 기억했으며, 칼뱅주의가 풍긴 소름 끼치는 느낌을 잘 알고 있었다.

넬리가 설명을 이어갔다. "아이들과 과거 사이에 서 있는 교육자들은 아이들을 위해 자신들이 해야 할 새로운 의무를 잘 알고 있어요. 우리는 아이의 정신이 세상을 고양시키고 이끌어야 한다는 걸 알기에 케케묵은 생각이 아닌 가장 새로운 생각을 아이들에게 가르치고 있답니다.

또 우리는 겁내지 말고 앞장서서 즐겁게 여기저기 다녀보라고 아이들에게 용기를 북돋워주고 있어요. 며칠 전 아이들을 위한 새로운 문학 작품들이 나오면서 과거 작품들은 다 사라졌다는 얘기를 하려고 했는데 오빠가 내 얘기를 무시했지 뭐예요. 오빠, 오빠가 진짜 그랬다니까요!"

이 말을 들은 나는 더 이상 참을성 있는 청자의 태도를 유지할 수 없었다. 자세를 고쳐 앉으면서 넬리를 응시하는 동안 마지막 말을 들었을 때 느낀 전율이 온몸을 덮쳤다.

내가 천천히 말했다. "네 말은 아이들이 과거에 대해 아무것도 배우지 않는다는 거야?"

"아, 실제로는 그렇지 않아요. 아이들은 지구의 탄생부터 모든 과거를 배워요. 아이들의 머릿속에는 이 땅에서 생명이 어떻게 성장하는지에 대한 분명한 생각이 자리 잡고 있어요."

---

* 16세기 프랑스의 종교 개혁자 칼뱅에게서 발단한 기독교 사상. 신의 권위가 절대적임을 강조한다.—옮긴이

"우리 역사도 배우고?"

"물론이죠. 야만의 시기부터 오늘날의 역사까지 다 배워요. 단순한 이야기이다보니 아이들이 자랄수록 역사에 무한한 흥미를 느끼더군요."

"그렇다면 과거와 단절했다는 건 무슨 말이니?"

"제 말은 새로운 작가들의 이야기나 시, 그림과 가르침 대부분이 현재와 미래를 다룬다는 뜻이에요. 특히 미래를 이야기하죠. 모든 가르침은 정적이지 않고 동적이에요. 우리는 예전에는 사실이나 사실이라고 생각한 것들을 가르쳤어요. 지금은 과정을 가르치지요. 어디서든 아이들과 이야기를 나눠보면 확인할 수 있을 거예요."

마음속으로 넬리 말대로 하기로 결심하고 적당한 때에 실천에 옮긴 나는 아이들이 과거보다 훨씬 더 밝아졌다는 사실을 알게 됐음을 여기서 고백해야겠다. 아이들은 겸손할뿐더러 배려하는 모습도 보여줬다. 전반적으로 너무나 행복해 보이고, 목적의식에 가득 차 있으며, 많은 것들에 무척 능숙하고, 너무나 총명하며 효율적이어서 나는 놀라지 않을 수 없었다. 과거에 우리에게는 '행복한 유년기'라는 신화적인 믿음이 있었지만 막상 주변 아이들의 얼굴을 들여다보는 사람은 없었다. 그리고 부유한 가족들 틈에서 자랐는데도 매사에 불만족스럽고 수심이 가득하며 불안하고 억눌리거나 반항적인 아이들의 얼굴은 우리의 신화를 영원히 산산조각 내버렸다.

소심하고 주눅 든 아이들, 부루퉁한 아이들, 험악한 표정으로 억울해하는 아이들, 신경질적이고 짜증내는 아이들, 바보 같고 짓궂으며 발작적으로 낄낄거리는 아이들, 시끄럽고 파괴적이고 불안한 아이들. 난 이런 아이들을 똑똑히 기억했다.

새로운 아이들은 각각 하나의 개인이라는 낯선 인상을 풍겼는데, 말하자면 누군가에게 종속되어 있거나 의존적인 존재가 아니라 어른과 동등한 존재인 것 같았다. 솔직히 말하면 아이들의 한계는 분명했지만 그 부분을 비난하는 사람은 없는 반면, 그들이 가진 특별한 힘은 충분히 존중되었다. 바로 그랬다.

그날의 대화 이후 이런저런 것들을 생각하던 나는 다시 그날의 대화에 이끌려 아이들을 여러모로 살펴보고 분석하다가 흥미로운 결론에 도달했다. 나는 비로소 이해가 되기 시작했다. 아이들은 누구에게나 존중받았으며, 그 점을 좋아했다. 도시에든 시골에든 언제나 아이들이 이용할 수 있는 시설이 잘 갖춰진 쾌적한 공간, 즐겁게 생활하면서 성장할 수 있는 공간이 있었다. 예전처럼 집도, 가족도 있으니 아이들이 잃은 건 하나도 없었다. 오히려 기존의 환경에 하루 중 상당 시간을 보낼 수 있는 자신들만의 널찍한 정원이 더해진 셈이었다.

유아 시절부터 아이들에게는 집은 나갔다가도 다시 돌아오는 곳이며, 엄마와 아빠가 있고, 자신이 잠자는 작은 방이 있는 가장 달콤하고 소중한 곳이지만, 낮에는 집 밖으로 나가서 배우고 일하고 놀아야 잘 자랄 수 있다는 생각이 마음속 깊이 박혀 있었다.

넬리가 말을 꺼내 나를 경악시켰던 '새로운 아동문학'으로 다시 화제를 전환했다. 넬리가 설명을 이어갔다.

"가장 위대한 예술가들이 아이들을 위해 일하고 있어요, 오빠. 정원이든 집이든 아이들 주변은 아름다움으로 가득 차 있지요. 그렇다고 해서 우리가 아이를 위한 아름다운 환경을 만들어내기 위해 화가나 시인을 고용한다는 말이 아니에요. 유년기를 사랑하고 경외하는 화가와 시인, 건축가, 조경사, 디자이너, 장식가 모두가 기꺼이 아이들을 위해 일하고 있지요.

지금은 우리 예술가의 절반이 엄마들이라는 사실을 기억하세요. 아이들을 사랑하고 돕고 싶어하는 엄마들의 마음이 도시 곳곳에 드러나 있어요. 도넛이나 자수 속에 표현된 엄마들의 마음과 비교하면 훨씬 다양한 곳에 표현되어 있고, 훨씬 오랫동안 남아 있답니다. 어린이 정원이 얼마나 아름다운지 직접 볼 때까지 기다리세요!"

"너희들은 왜 정원을 학교라고 부르지 않아? 학교는 없어?"

"있긴 있어요. 아직 탁상공론을 일삼는 예전 버릇을 완전히 떨쳐버리지 못했거든요. 하지만 아기들은 전례가 없으니 '학교에 갈 일'이 없지요."

"도심 중앙에 놀이방 같은 게 있니?" 내가 조심스럽게 물었다.

"'도심 중앙'에만 있는 건 아니에요, 오빠. 굉장히 많거든요. 어떻게 해야 오빠가 잘 이해할지 모르겠네요. 들어봐요. 입장을 바꿔서 오빠가 엄마라고, 과거의 여자처럼 굉장히 바쁜 엄마라고 생각해봐요. 오빠가 늘 스무 명도 넘는 아기들을 돌봐야 한다고 가정해보죠. 오빠는 현명하고 원하는 건 뭐든 할 수 있을 만큼 부자예요. 그렇다면 그 아이들을 위해 공들여서 놀이방을 짓지 않을까요? 가장 훌륭한 보육교사를 고용하지 않을까요? 아이들이 놀거나 잠을 잘 깨끗하고 조용한 정원을 원하지 않을까요? 분명히 오빠는 그럴 거예요.

그게 바로 우리의 입장이에요. 우리는 이제야 아기들이 항상 존재한다고 생각하게 됐어요. 아이들은 언제나 전체 인구에서 5분의 1정도를 차지하고 있지요. 아이들 엄마인 우리가 마침내 이 시대 최고의 숙박시설을 아이들에게 제공하기로 마음먹은 거예요. 엄마들이 배우면서 당연히 어린이 정원도 나아지고 있어요."

내가 말했다. "흠! 나중에 그 아기들의 천국이라는 곳을 한번 봐야겠다. 물론 아이들이 자는 시간에! 그건 그렇고 나를 경악하게 했던 새로운 문학 얘기 좀 들려주겠니?"

"아, 그럼요. 우리는 아이들의 정신도 몸 다루듯 다루려고 노력하고 있어요. 아이들에게 좋은 것만 주는 거지요. 제 말은 가장 어린 아이들을 말하는 거예요. 아시겠어요? 아이들은 성장하면서 접할 수 있는 게 점점 다양해지죠. 오빠, 우리는 이 세상의 과거를 지운 게 아니에요. 다만 우리가 가진 지혜와 사랑과 힘을 모두 모아 아이를 위한 정신적 자양분을 준비한 거죠. 단순하지만 아름다운 음악이 항상 아이들 주위를 채우고 있어요. 오빠도 아이들 모두가 어떻게 노래를 부르는지 봤잖아요?"

나는 그렇다고 대답했다.

"아이들 방의 색깔과 장식도 아름답고 아이들이 입은 옷도 아름답지요. 단순하기도 하고. 오빠도 봤죠?"

"그래. 새로운 아이들의 깜짝 놀랄 만한 면모를 보고 들어서 알고 있으니까 여기 앉아서 네게 이런 얘기를 듣고 있는 게 아니겠니. 문학 얘기를 계속해보렴."

"문학은 가장 유용한 예술 분야예요. 생각을 전달하는 데 가장 완벽한 매체지요. 우리는 아이들의 마음이 주는 첫인상이 다른 무엇보다도 진심이었으면 좋겠어요. 글과 그림으로 마법과 사랑스러움을 표현할 수 있는데 현실 속 책은 몰상식적이고 재미도 없었어요.

우리에게는 '진짜 이야기', 그러니까 실제 사건이나 자연법, 세상의 변화 과정 등을 기반으로 한 이야기가 많아요. 그런데 이야기를 쓰는 작가들의 시각이 변했어요. 제 말을 이해하려면 오빠가 이야기 몇 개를 읽어봐야 해요. 가장 큰 차이는 미래, 바로 이 세계의 미래를 그린 이야기예요. 이야기도 좋고 거기에 담긴 생각도 훌륭해요. 최고의 작가들이 쓰거든요. 시와 그림도 좋아요. 그런 이야기는 '옛날 옛적에'로 시작하는 이야기처럼 다양하고 재미있으면서도 아이들로 하여금 무슨 일이 일어날 것 같은 느낌과 자신이 도와줄 수 있다는 생각을 갖게 하죠.

우리는 어느 부분도 이 정도면 됐다고 생각하지 않아요. 새로운 방문자인 오빠에겐 긍지를 가지고 알려주고 있지만 우리끼리는 긴장감을 가지고 살펴본답니다. 우리는 여전히 모두가 개혁가이자 선동가이고 개선을 위한 많은 계획을 갖고 있어요.

진실과 더 나은 미래, 이게 새로운 아동문학을 규정하는 가장 중요한 특징이에요."

내가 단호하게 말했다. "나는 그게 마음에 들지 않아. 네가 그렇게 오랫동안 변죽만 울린 것도 무리는 아니지. 넌 지금 애들이 제일 싫어하는 수학과 물리를 짬뽕해서 곤죽을 만든 다음 애들한테 튜브로 그 곤죽을 주입하고 있는 거라고."

이번에는 넬리가 반발했다. 그녀는 단호한 표정으로 내 쪽으로 오더니 어렸을 때처럼 내 머리카락을 꽉 잡아당겼다. 사실 정수리에 있는 머리카락 몇 가닥은 넬리가 어찌나 자주 잡아당겼는지 지금도 빗어 넘기려 해도 넘어가질 않는다.

넬리가 말했다. "오빠, 더 이상 말로 이래라저래라 하지 마세요. 돌아다니면서 눈으로 직접 봐야 해요. 그 고집 때문에 오빠를 이해시키려는 제 노력이 다 헛수고가 되는군요. 세상의 장점들을 받아들이려면 제발 멈춰서 보고 들으세요! 이 '과거의 산물' 씨!"

내가 다정하게 대꾸했다. "과거의 산물인 건 너 역시 마찬가지인걸. 하지만 기꺼이 구경해보지. 나는 항상 눈으로 확인해야 직성이 풀리는 미주리 출신과 닮은 데가 많거든."

세상을 다시 배우는 건 하나도 유쾌하지 않았으며 다음 며칠 동안 있었던 일과 비교하면 단언컨대 전혀 중요하지도 않았다. 우리는 도시와 시골을 가리지 않고 여기저기 다녔는데, 가는 곳마다 사람들은 한결같이 건강하고 아름다웠고, 모든 곳이 쾌적하고 즐길 거리도 많았으며, 성장세가 괄목할 만했다.

　나는 신생아와 갓 걸음을 뗀 유아를 셀 수 없이 많이 보았지만 아기 울음소리는 전혀 들리지 않았다! 수없이 많은 경험을 했지만 그중에서도 선명한 장면 몇 가지가 내 마음에 각인되어 있다. 하나는 어느 공장 마을에서 본 '엄마의 시간'이었다. 마을에는 수력으로 운영되는 큰 제분소 단지가 있었는데, 연하고 풍부한 색깔을 입은 각 제분소는 아름답고 깨끗했으며 남자들과 여자들이 두 시간씩 교대로 일했다.

　여자들은 근무용 앞치마를 벗고 자신의 아기를 돌보기 위해 이웃한 정원으로 살짝 들어갔다. 그들은 서두를 필요가 없었다. 복장은 편안했고 영양이 부족하거나 피곤해 보이지도 않았다.

　어린이 정원을 맡고 있는 여자들은 이 엄마들을 잘 알고 있었고, 이들이 오자 기꺼이 맞았다. 엄마들은 편안한 흔들의자로 가더니 자신과 사랑하는 남자 사이에서 태어난 그 조그마한 장밋빛 아기들을 끌어안았다. 이들 속에 깃든 순수한 평화와 고요, 이웃한 직장과 정원, 모성애가 충만한 분위기, 나른하게 졸면서도 엄마 젖을 빠는 어린 것들, 이 모든 것이 지켜보는 사람에게 뭉클한 감동을 선사했다.

　이윽고 엄마들은 안겨 있는 내내 꿈나라에 가 있는 아이를 내려놓고 입을 맞춘 후 또다시 두 시간 작업을 위해 한가로이 걸어서 쾌적한 분위기의 작업실로 복귀했다.

　인간이 열 시간 동안 단 한 가지 작업에만 매달려 있을 때 분업화는 두려움의 대상이 되지만, 그리 긴 시간이 아니라면 누구에게도 상처가 되지 않는다.

오후가 되자 몇몇 엄마는 아기를 데리고 바로 귀가했다. 아기에게 젖을 먹인 다음 운동을 하거나 여가를 즐기기 위해 아기들을 데리고 밖으로 나가는 엄마들도 있었다. 집 역시 깨끗하고 조용했다. 부엌일도, 빨래도 없었고, 어질러진 살림 하나, 먼지 한 톨 없었다. 집안이 어찌나 편안한지 내 눈을 믿기 힘들었지만, 그게 보통 일상이었다.

걸음마를 뗀 아기들이 느끼는 즐거움은 한층 커졌다. 그들은 적당한 온도가 유지되는 방에서 아예 알몸으로 지냈다. 내가 들은 바에 따르면, 알몸으로 지내는 게 아기들의 건강과 행복에 큰 도움이 되었다. 아기들은 부드러운 매트리스 위를 마음껏 뒹굴었고, 가로로 묶여 있는 크고 부드러운 끈들을 잡아당기거나 앞뒤로 흔들며 놀았다. 완벽한 행복을 누리는 아이들의 장밋빛 뺨에는 보조개가 움푹 파여 있었다.

아이들은 아주 어릴 때부터 물에서 놀았다. 얕고 깨끗하며 수온이 적당한 수영장에서 신이 나서 첨벙거리거나 입으로 꼬르륵 소리를 내며 놀다가 걸음마도 떼기 전에 헤엄치는 법을 배우는 아이들도 있었다.

아이들이 성장하면서 모든 것에 능숙해질 즈음 놀이터는 더 넓어지고 기구들도 다양해졌다. 이런 변화에도 불구하고 놀이터는 항상 안전해야 하고 아이들의 전신 운동과 전신 발달에 도움이 되어야 하며 아이들이 즐거워야 한다는 기본 아이디어는 변함없었다. 놀잇감은 모자람이 없었으므로 아이들끼리 다툴 일이 없었다. 아이들은 맞바꿀 수 있는 장난감보다는 모두가 공유하는 로프나 모래, 진흙을 가지고 놀거나 물

속에서 시간 보내는 걸 좋아했고, 무엇보다도 자신의 작은 몸을 최대한 다양한 방식으로 사용하면서 큰 기쁨을 맛보았다.

잠자는 시간만 아니라면 언제라도 살짝 경사진 오르막을 기어 올라가서는 까르르 웃으면서 반대 방향으로 미끄럼을 타거나 굴러 내려오며 의기양양해하는 유아들의 행렬을 볼 수 있었다. 아이들이 노는 장소는 일종의 지하실로 이어지는 문이었는데, 역시 아름답게 꾸며져 있었다.

이상하게도 예전에 우리는 놀면 안 되는 곳에서 미끄럼을 탄다며 항상 아이들을 혼내면서도 정작 아이들이 놀 만한 공간은 제공하지 않았다. 물론 그 당시 작은 가정에 이런 기구를 들여놓기는 어려웠던 반면 지금 아이들에게는 그네와 시소 등 온갖 종류의 움직이는 기구와 블록이 있었고 당연히 공도 있었다. 아이들은 기존의 놀이에 익숙해지자 도구 쓰는 법을 익히기 시작했다. 할 수 있는 것이 늘어나면서 이것저것 해보는 게 아이들에게는 가장 큰 즐거움이었다. 나는 지금 끊임없이 성장하는 아이들에 대해 이야기하고 있는데, 그건 바로 아이들이 그렇게 생활하기 때문이다. 아이들은 나이가 한두 살 많은 아이들과 한데 섞여 놀았는데, 자신보다 큰 아이들의 행동을 따라 하려는 본능적인 욕심은 발달의 중요한 동기가 되었다.

나보다 큰 아이들처럼 끊임없이 더 멀리 가고, 더 높이 뛰고, 뭔가를 더 잘하고, 더 재미있는 걸 하고 싶어하는 게 아이들 심리였다. 그들은 연습을 통해 성장하고 즐거움을 얻었다.

나는 유심히 관찰하면서 연구했는데, 그럴수록 행복감이 커졌다. 이런 나를 본 넬리 역시 희열을 느꼈다.

"아이들이 말썽을 피우진 않니?" 어느 날 내가 물었다.

넬리가 대답했다. "왜 아이들이 그래야 하죠? 어떻게 그럴 수 있겠어요? 우리는 적응에 실패한 아이에게 '말썽을 피운다'고 말하곤 했어요. 그 불쌍한 아이들은 자신과 맞지 않는 곳에 있었던 거예요. 어떻게 하면 그 아이들이 행복할지 아는 사람이 한 명도 없었던 거죠. 이곳에는 아이들이 상처를 줄 만한 사람도, 아이들에게 상처를 줄 사람도 없어요. 아이들에게는 놀 수 있는 땅과 공기, 불과 물이 있지요."

"불이라고?" 내가 끼어들었다.

"네, 사실이에요. 당연하지만 아이들 모두 불을 좋아해요. 걸음마를 떼자마자 불을 배우죠."

"몇 명이나 불에 데여 상처를 입었니?"

"한 명도 데지 않았어요. 오빠는 '불에 덴 적 있는 아이가 불을 두려워한다'는 말을 들어본 적 없으세요? 과거의 우리는 말은 그렇게 하면서도 막상 그 격언을 실천할 만큼 현명하지 못했어요. 어디에도 '매 맞는 아이가 불을 두려워한다!'라는 격언은 없잖아요. 그런데 부모의 보호도 제대로 받지 못하는 불쌍한 아이들이 미개한 '가정'에서 불에 데여 목숨까지 잃는 경우가 비일비재했지요."

"네 말은 사람들이 임의로 아이들 모두에게 화상을 입힌다는 거야? 매해 '낙인'이라도 찍는 거니?" 내가 물었다.

"오, 아뇨. 하지만 문제가 되지 않는 범위에서 아이들이 불에 데더라도 그냥 두는 편이에요. 와서 보세요."

넬리는 일렬로 배치된 세면대 물을 이용해 뜨거움과 차가움의 차이를 배우고 있는 어린아이들을 보여주었다. 아이들은 아주 차가운 물과 차가운 물, 시원한 물, 미지근한 물, 따뜻한 물, 뜨거운 물, 아주 뜨거운 물이 담긴 세면대 앞에 서서 호기심 어린 표정으로 고사리 같은 손가락을 조심스럽게 물에 담갔다. 아이들은 갓 말을 배우기 시작했는데도 눈을 감은 상태로도, 바뀐 세면대 앞에서도 배운 걸 척척 맞춰냈다.

나는 이 집 저 집을 돌아다니고, 이 정원에서 저 정원으로 옮겨 다니며 아이들이 성장하면서 배우는 모습을 지켜보았다. 아이들 주변의 긴 담벼락에는 인류의 진화 과정을 나타낸 그림이 파노라마처럼 끝없이 펼쳐져 있었다. 아이들이 그림에 대해 물으면 인간이 이런 식으로 살아왔다든가 저런 식으로 성장했다는 등의 객관적인 대답을 들을 수 있었다.

나는 성장 과정에 있는 아이들 모두가 1년 동안 여행을 한다는 사실을 알았다. 인간은 자신의 세계를 알아야 하니까. 언제나 그랬듯 내가 비용에 대해 묻자 넬리는 이런 식으로 내 코를 납작하게 만들었다.

"과거부터 현재에 이르기까지 이 나라가 국민소득의 70퍼센트를 전쟁 비용으로 지출했다는 걸 아셔야 해요. 만약 그때 우리 여자들이 그 돈을 다 아꼈다면 오빠가 보고 있는 이 모든 게 진즉 이루어졌을 거예요."

또 넬리는 내게 우리가 병원과 감옥에 쏟아부었던 천문학적인 금액을 상기시켰다. 경제 분야에 나타난 전반적인 변화, 즉 산업의 필연적인 사회화로 인해 낭비가 줄고 생산성이 크게 향상됐다는 점도 언급했다.

넬리가 같은 말을 반복했다. "오빠, 우리는 부자예요. 다른 나라들도 마찬가지구요. 세계는 점점 부유해지고 있어요. 산출량 증가와 비용 감소가 동시에 이루어지고 있지요. 이 재정 흑자를 어떻게 처리할지가 우리가 당면한 가장 큰 문제예요. 이 문제에 대한 대대적인 논쟁이 벌어지고 있어요. 반면에 아이들이 정규 교육도 받지 못할 만큼 아주 가난한 나라도 있답니다."

과거와 현재의 교육 차이는 미묘하지만 심오했다. 다른 아이들과 함께 어울려 생활하다가 매일 가족 품으로 돌아가는 경험은 시민윤리를 이해하는 밑거름이 되었다. 아기들이 갖게 되는 첫인상에는 다른 아기들도 포함되어 있었다. 혼자 클 수밖에 없었던 과거의 아이들처럼 이기적인 아이들은 하나도 없었다.

발달 초기의 아이들은 무의식적으로 끊임없이 배웠다. 아이들은 꼼꼼하게 선택된 환경 속에서 성장하는데, 그 환경은 마치 다람쥐들이 나무 타는 법을 배우듯이 아이들이 정말 필요한 것들을 자연스럽게 익힐 수 있도록, 놀고 일하면서 필요한 것을 배울 수 있도록 조성되었다. 또 자연스러운 관심과 욕구에 이끌린 아이들은 남을 따라 하거나 방법을 물어가면서 세상의 여러 직업에 대해 가장 기초적인 걸 배우기 시작했다.

억지로 과제를 하는 아이는 눈에 띄지 않았다. 누구든 실질적인 관심을 가지고 열심히 참여했다.

"아이들에게 지금 하는 일에 전념하라고 가르치지 않니? 아이들은 집중하라고 배우지 않아?" 내가 묻자 넬리는 대답 대신 생기 넘치는 모습으로 바쁘게 손을 놀려가며 숨을 죽인 채 몰두하고 있는 아이들을 보여주었다.

"그렇지만 아이들은 곧 하던 일에 싫증을 내고 다른 걸 하고 싶어 하잖아?"

"물론이죠. 어릴 때는 그 모습이 자연스러운 거예요. 그리고 아이들이 좋아하는 다른 일은 항상 있어요."

"아이들은 좋아하는 것만 하잖아. 그럼 미래 직업을 위해 준비하는 게 아무것도 없잖니."

"우리는 이것이야말로 직업을 위한 훌륭한 준비라는 사실을 깨달은 걸요. 오빠, 우리는 지금 우리가 좋아하는 일을 업으로 삼고 있어요. 그게 바로 우리가 일을 훨씬 잘하는 이유죠."

나는 산업사회주의의 작동 방식을 설명한 사람들과 이 아이디어에 대해 얘기를 나눈 적이 있었다.

내가 주장했다. "교육에 관한 질문입니다만, 아이들이 일을 해야 한다는 사실을 배울 필요가 있지 않나요?"

"그럴 필요가 없어요." 그들이 말했다. 솔직하게 말하자면, 납득할 수 있게 직접 보여주기까지 했다. "아이들은 일하는 걸 좋아하니까요. 그렇지 않은 아이라면 어딘가가 아픈 게 분명해요."

나는 어린이 정원들을 보면 볼수록, 오랜 시간 동안 조용히 앉아서 관찰하면 할수록 그들의 말이 맞다는 사실을 깨달았다.

아이들 주변은 오직 교육을 위해 세심하게 설계된 자극으로 가득 차 있었다. 한마디로 그곳은 세상의 모든 일을 체험할 수 있는 공간이었다. 실제로 지혜롭고 공손하고 쾌활한 사람들이 아이 정원에서 뭔가를 하고 있었는데, 아이들로부터 질문을 받으면 곧바로 답을 주곤 했다.

무엇보다 아이들에게는 본능적인 욕구가 있었으며, 상상 가능한 온갖 학습용 편의시설이 있었다. 보조용품들은 세심하게 사용되었고, 노력하는 아이들에게 용기를 북돋워주었다. 교사들은 믿기 힘들 만큼 놀라웠다. 이들 역시 자신의 일을 좋아하는 것 같았다. 교사 대부분은 여자였고, 거의 모두가 엄마였다. 초창기에 사람들은 아이가 엄마와 헤어진다고 생각했지만 실제로는 아이에게 친엄마 말고 또 다른 엄마들이 생기는 셈이었다. 게다가 아이들을 가르치는 엄마들은 그렇지 않은 엄마들보다 더욱 자애로워 보였다.

내가 이 사실을 깨닫자 넬리는 무척 기뻐했다. 그녀는 내가 매우 규칙적으로 '등교'하는 것이 마음에 드는 듯했다. 물론 그곳에서 나는 혼자가 아니었다. 아이들을 지켜보기도 하고 함께 놀기도 하면서 아이들이 즐거운 시간을 보내도록 보살피는 사람이 많았다. 아이들을 보살피는 일에 고단함을 느끼는 사람은 없었다. 부모도 마찬가지였다. 아이들을 돌보는 유모나 교사들은 짧게 근무한 후 교대했다. 모두들 아이들과 함께 지내도록 허용됐다는 사실을 기쁨이자 영예로 여기는 것 같았다.

수많은 비용과 정성이 들어갔음에도 더할 나위 없이 단순하고 아름답게 디자인된 환경 속에서 작은 신인류는 자신들의 고유한 품성인 솔직함을 간직한 채 성장해갔다.

아이들은 최고의 지성들이 자신을 위해 헌신한다는 사실을 알지 못했다. 어떤 생각과 사랑과 노동을 통해 이 드넓은 정원과 눈부신 놀이터가 탄생했는지, 또 자신이 좀 더 성장했을 때 여러 가지를 제작하는 법을 배울 수 있는 이 끝없이 흥미로운 가게들은 어떻게 생겨났는지 상상하지 못했다. 갓난아이가 처음 접한 환경에 적응하듯 아이들은 이 모든 것을 그저 생활로 받아들였다.

내가 이 사실을 말하자 넬리가 말했다. "오빠는 어린 영혼에게 부엌이나 거실, 심지어 어린이집보다도 이런 곳이 훨씬 더 정상적인 환경이라고 생각하지 않아요?"

나는 이런 환경이 훨씬 좋다는 점을 인정하지 않을 수 없었다. 아이들은 성장하면서 전문적인 일을 배울 수 있는 다양한 기회를 부여받았다. 처음 몇 년간은 전반적이고 기본적인 지식을 받아들이고 손과 머리를 쓰는 활동을 하는데, 갓난아기 때부터 모든 아이들—여아, 남아 가리지 않고—은 관찰 대상이 되었고, 이들의 성장 과정은 부모 대신 애정과 지혜로 모든 아이들을 대하는 유아 전문가에 의해 꼼꼼히 기록되었다.

전문가들은 아이들을 정확하게 관찰하고 부모의 도움을 받아 모든 걸 기록했다. 어린 영혼들은 자신들의 필요에 맞춰 주변 환경이 변해간다는 사실을 눈치채지 못한 상태로 자신도 모르는 사이에 자유로이 성장해갔다.

나무들 사이의 간격이 여유롭고 가지마다 꽃이 만발하고 열매가 주렁주렁 달린 멋진 나무들로 이루어진 지금의 숲이 이리저리 휘거나 엉킨 덤불, 가지를 뻗을 틈이 없어 제대로 자라지 못한 나무, 인위적인 생장 촉진이나 가지치기 탓에 잘리거나 뒤틀린 나무들로 가득한 숲과 다른 만큼 새로운 세계의 어린이 정원은 과거의 학교와 달랐다.

아이들의 시선이 그렇게 다른 것도 무리는 아니었다. 아이들은 언제나 새로운 지식에 목말라했는데 이 갈증은 교육을 통해 과하지 않고 지혜롭게 해소되었다. 나의 어린 시절을 되돌아보면 어린 영혼들은 교실에 일렬로 꼼짝 않고 앉아서 호기심과 욕구가 싫증과 혐오로 바뀔 때까지 배우고 또 배워야 했다. 나는 문득 다시 태어나고 싶어졌다. 모든 걸 다시 시작하고 싶었다.

모든 게 바뀐 이 세계에는 성인 관찰자인 내 눈에 거슬리거나 마음에 들지 않는 부분도 많았다. 하지만 아이들 틈에서 시간을 보내면서 아이들의 시각을 배운 후 이 새로운 세계가 적어도 아이들에게는 자연스럽고도 즐거운 곳이라는 점을 깨닫기 시작했다.

내가 과거에서 온 '잔재'라는 사실이 아이들에게 알려지면서 나는 일약 스타가 되었고, 주위로 몰려든 아이들로부터 과거 시절에 대해 들려달라는 열화와 같은 요청을 받았다. 질문하는 아이들의 태도는 공손하면서도 열광적이었다.

하지만 내게 익숙한 과거 세계에 대해 설명하면서 가졌던 기분 좋은 자부심은 아이들의 비판 앞에서 산산조각 나고 말았다. 내가 필요악이라고 생각했던, 혹은 전혀 악이라고 생각하지 않았던 것조차 아이들은 어리석고 부끄러운 행위, 심지어 만행으로 받아들였다. 불운했던 내 어린 시절이 알려지자 아이들 사이에 의협심에서 우러나온 동정적인 태도가 확산되기까지 했다.

"안경 쓴 아이가 전혀 눈에 띄지 않는군요!" 어느 날 문득 내가 말했다.

내 옆에 서 있던 교사가 대답했다. "물론 없지요. 책을 거의 사용하지 않거든요. 더 이상 교육 때문에 우리 신체가 훼손되는 경우는 없어요."

나는 독일산 구식 활자인쇄기 덕분에 근시를 얻었던 보스턴 학교 학생들을 떠올렸고, 현 상황이 한층 진보했음을 기꺼이 인정했다. 설명은 대부분 말로 이루어졌고, 아이들은 주로 게임과 연습을 통해 학습했다. 책은 사전처럼 참고용으로 보거나 큰 즐거움을 얻기 위한 도구로 간주되었다.

적어도 아이들용 교과서는 거의 존재하지 않았다. 나이 든 아이들 중에 공부에 지나칠 정도로 몰두하는 애들도 있었지만 시력에도, 뇌에도 아무 문제가 없었다. 전체적인 건강 역시 마찬가지였다. 지난날, 끔찍한 고통을 견디며 공부에 몰두하던 아이들은 서서히, 하지만 회복이 불가능할 정도로 건강을 잃었고 종종 죽음에까지 이르렀는데, 이 모든 게 우리가, 아이들을 사랑하는 현명한 부모라는 사람들이 그 딱한 아이들에게 빈번하게 강요한 것들이었다. 하지만 이제 아이들이 '지나친 공부 때문에 건강을 잃는' 일은 더 이상 없었다.

아이들은 당연히 행복하고 분주하며 자존감을 가진 인간으로 성장했다. 다양한 활동 능력과 믿을 수 없을 만큼 폭넓은 제반 지식을 가졌고,

공손하고 생기가 넘쳤으며 훌륭하게 연마된 정신을 지녔다. 나는 아이들이 생각하고 질문하고 논의하고 결정하도록 훈련받았다는 사실을 깨달았다. 그들에게는 생각할 수 있는 능력이 있었다.

아이들은 그런 사랑과 열정을 지닌 채 세상과 마주했다! 그들은 세상에서 새로운 성취를 이뤄냈다는 자부심과 많은 것을 해내고 만들어 냄으로써 세상의 진보에 이바지하겠다는 고귀하고 무한한 야망을 가지고 있었다!

갓난아이 때부터 성인이 될 때까지, 행복하게 성장하는 그 모든 세월 동안 남아와 여아는 그 무엇에 의해서도 차별받지 않았다. 원칙적으로 그들은 차별될 수 없었다.

10

새롭게 성장한 인류 덕택에 사회는 빠르고 확실하게 진보했다.

젊은이들의 정신은 보석처럼 빛났다. 그들은 놀랍게도 세계를 단순한 가족 관계가 아닌 전체로 인식했다. 그들은 놀랄 만큼 합리적이고, 편견에서 자유롭고, 세상만사를 이해하고, 모든 것을 기꺼이 하고자 했다. 이 희망과 용기는 밀물마냥 새로운 세대뿐 아니라 노인들 마음속으로도 다시 흘러들어갔다.

나는 젊음과 나이에 대한 사람들의 생각이 실질적으로 변했다는 사실을 깨달았다. 처음에 넬리는 여자들이 변하면서 사람들의 생각이 변하기 시작했다고 말했다가 곧 이 세계의 모든 변화가 여자들의 변화로 시작됐다고 고쳐 말했다. 넬리는 여자가 인간이 아닌 암컷으로 취급되다가 암컷의 능력을 잃어버리면 '늙은이'로 간주되었던 사실을 내게 상기시켰다. 하지만 여자들이 자신도 인간이라는 사실을 자각한 후 '할머니'란 단어는 뒷전으로 밀려났다. '어머니'라는 단어 역시 마찬가지였다. 여자들은 여든 살, 때로는 아흔 살까지 계속 일을 하면서 성장했고, 활기찬 인생을 즐겼다.

넬리가 말했다. "두뇌는 쉰 살이 되어도 기능이 멈추지 않아요, 남자에게 더 이상 사랑 받는 대상이 아니라고 해서 여자가 느끼는 인생의 모든 매력이 사라지는 건 아니에요. 오늘날 여자들은 자신에게 좋은 걸 과거보다 백 배, 아니 천 배나 많이 가지고 있어요. 세상의 절반을 차지하는 여자들 인생의 폭이 그렇게 넓어졌으니 나머지 절반의 인생 역시 마찬가지겠지요."

명백하게도 실제로 그랬다.

평균적인 정신 수준이 높아지면서 시야도 넓어졌다. 물론 평범한 사람들도 많았는데, 그들은 이 멋진 신세계의 장점을 즐기고 보자는 식으로 행동했다. 투덜대는 사람들도 있었는데 주로 신세계에 적응이 힘든 노년층이나 후진국에서 건너온 이민자들이었다.

나는 곳곳을 여행하는 동안 여러 곳을 방문했고, 다양한 기관에 들러 전문가의 의견을 들으면서 필요한 사항을 메모했으며, 이의를 제기하기도 했다. 모든 게 흥미로웠으며, 낯선 느낌이 줄어들수록 흥미로움이 더 커졌다. 세상이 참 부자연스럽고 비현실적이라는 내 생각은 어느덧 나를 둘러싼 이 모든 세계의 아름다움에 감사하는 마음으로 바뀌었다.

나는 예술이 과거와 매우 다른 위치를 점하고 있다는 사실을 알았다. 생활과 다시 손잡은 예술은 모든 곳에 등장하리만큼 흔하디흔해졌고 모두에게 익숙해졌다. 멋진 그림이 많았지만 위대한 언어인 예술은 더 이상 그림이라는 형태로만 머무르지 않았다. 예술은 좁은 대상에 한정되거나, 즐기는 데에 돈이 많이 들거나, 특별한 교육이 필요한 게 아닌, 아이들이 성장하고 사람들이 살아가는 삶 바로 그 안에 존재했다.

예를 들어 내 기억 속 극장은 입장료가 2달러나 되는 소수를 위한 공간임에도 그 안에서 상연되는 내용이 저속하기 짝이 없었다면, 지금의 극장은 아이들이 매일 만나는 스승이자 동반자였다. 역사를 이해하는 소질을 타고난 대부분의 아이들은 마음껏 이 소질을 갈고 닦았다. 아이들은 처음 몇 해 동안은 지시에 따라 연기를 하게 되는데, 처음에는 구석기 시대(아이들에게 가장 자연스러웠다!)를 연기했고 이어서 신석기 시대를, 그다음에 산업사회의 초기단계를 연기했다. 좀 더 크면 똑같은 방식으로 역사를 배웠다. 평가 시기가 다가오면 아이들을 위한 특별한 극본이 쓰였는데, 아이들은 그 속에 녹아 있는 심리학과 사회학을 배울 수 있었다.

매사가 즐겁고 언제나 바쁘며 열의가 넘치는 아이들은 유쾌한 분위기 속에서 다양한 인간 경험을 연기했다. 훗날 그 경험을 통해 배운 감정이 실제로 찾아오더라도 낯설거나 끔찍한 느낌 없이 수월하게 받아들일 수 있었다.

아무리 작은 마을일지라도 어린이 정원은 물론 노인을 위한 극장을 갖추고 있었다. 과거에 주민들이 구성한 악단이 있었다면 지금은 주민들이 참여하는 공연단이 있었다. 주민들은 극단도 꾸렸는데, 여러 면에서 과거의 극단보다 훌륭했다.

연극이 보편화되자 연극 제작을 생활의 주업으로 삼는 특별한 재능을 가진 사람들이 자유롭게 등장했다. 사람들의 수준이 전반적으로 높아지면서 위대한 배우일수록 진정한 평가를 받는 풍토가 생겨났는데 이는 예술의 발전에 따른 당연한 귀결이었다.

나는 넬리에게 외진 벽촌에 사는 사람들을 어떻게 관리하느냐고 물었다.

넬리가 말했다. "우리는 이제 그렇게 살지 않아요. 제이크 삼촌과 도커스 숙모처럼 완고한 노인이나 그렇죠. 여자들은 모여 살아야 산업시설과 교육의 혜택을 누릴 수 있다고 생각해요. 그래서 그렇게 하고 있지요."

"남자들은 어디에 살아?" 내가 굳은 표정으로 물었다.

"물론 여자들이랑 살죠. 아니면 어디에 살겠어요? 인간이 산 속 오두막에 가서 살면 안 된다는 뜻은 아니에요. 원하면 그렇게 하면 돼요. 우리도 여름이 되면 대부분 그렇게 해요. 혼자 시간을 보내면서 쉬는 거예요. 하지만 삶은, 진짜 인간의 삶은 가족보다 더 큰 집단을 필요로 하지요. 오빠도 보면 알 거예요."

물론 그랬다. 그 사실을 넬리에게 항상 인정한 건 아니었지만. 훌륭한 음악과 멋진 건축, 아름다운 조각상과 그림, 연극과 춤, 문학을 모두가 즐길 수 있다는 사실은 내게 점점 인상적으로 다가왔다. 과거에 무분별하고 무관심한 다수와 지나치게 숭배하는 몇몇 소수에게 둘러싸인 고독한 천재만이 뾰족하게 솟은 봉우리처럼 존재했다면, 지금은 천재처럼 반짝이진 않지만 뛰어난 재능을 가진 수많은 사람들이 봉우리로 이어지는 길고 완만한 경사면을 촘촘히 메웠다. 이들의 존재는 가장 평범한 사람들에게 성공에 대한 희망을 심어주었고, 평범한 사람들과 천재들을 연결하는 길이 되었다. 천재들도 이런 현상을 반기는 듯했다. 그들은 우쭐대거나 불쾌해하지 않았고, 무엇보다도 이제 외롭지 않았다.

사람들은 일하는 시간 역시 즐기는 듯했다. 실제로 아주 많은 사람들이 일하는 게 그 무엇보다도 재미있다는 사실을 깨달았다. 풍부한 여가 시간은 생활에 여유를 주었는데, 적어도 이건 대다수 사람들에게 완전히 새로운 경험이었다. 첫 10년 동안 그렇게 많은 걸 성취할 수 있었던 건 풍부한 여가 시간과 대대적인 교육 정책을 편 정부의 직접적인 노력 덕분이었다.

오언은 내가 잘 아는 그 시절에도 교육 분야에서 활발한 움직임이 있었다고 말했다. 대학 공개 강좌를 늘리기 위한 대학 확장 운동이 일어나고 공립학교 내 강의가 늘어났으며 인기 잡지들이 약진하고 여름학교들이 생겨났다. 클럽에서 활동하는 수천, 수만 명의 여자들이 전체 여자들의 정신을 진일보시키기 위해 엄청난 노력을 기울였다.

"언론도 있잖아요. 대단한 우리 언론 말이오." 내가 말했다.

"이렇게 말해서 미안하지만 언론은 가장 큰 장애물이었어요." 그가 응수했다.

나는 그를 바라보았다. "아, 계속해봐요! 공립학교가 그다음 장애물이었다고 말하려던 참 아니오?"

오언이 동의했다. "모조리 다 갈아엎지 않았다면 그렇게 됐겠지요. 하지만 공립학교에 대한 주도권은 적어도 우리가 쥐고 있었기에 즉시 바꿀 수 있었어요. 우리는 지체하지 않고 실력이나 품성이 형편없는 교사들을 고용하는 부조리하고 낡은 권력 체계를 바꿨어요. 그때와 비교하면 지금 교사 수는 다섯 배 많고 급료는 50배도 넘어요. 급료뿐 아니라 대중적인 평가 역시 훨씬 좋아졌지요. 지금 교사들이야말로 '주도적인 시민'이에요. 우리는 각 주에 있는 학교 교장단에서 총장을 선출하고 있어요."

이건 기분 좋은 뉴스거리였다.

"편집장들도 선거로 뽑소?"

"지금은 아니지만 아마 곧 그럴 겁니다. 분명히 말하지만 그들은 새로운 남자들이에요. 물론 여자들도 마찬가지고요. 형님도 기억하겠지만 우리 시절에는 솔직히 기자들을 돈 버는 장사꾼 취급했잖아요. 하지만 지금은 가장 중요한 직업이 됐어요."

"그 기자들이 죄다 노력해서 시골 의사들처럼 헌신적으로 변하기라도 했소?"

"아, 그렇진 않아요. 하지만 우리는 사업 조건을 바꿨어요. 신문이 부패하는 건 대부분 광고 때문이에요. 광고주들은 빵과 버터를 달라고 외쳐댔어요. 특히 버터를 원했지요. 하지만 사회주의가 정착되고 기업이 개편된 후에는 소리 지를 일이 없어졌지요."

"신문이나 잡지에는 광고가 굉장히 많던데?"

"당연하지요. 광고는 굉장히 유용하거든요. 혹시 광고에 대해 공부해 본 적 있으세요?"

나는 특별히 공부해본 적이 없다는 사실을 인정해야 했다. 나는 광고를 결코 좋아하지 않았다.

"광고도 읽어볼 가치가 있다는 걸 깨달을 거예요. 일단 광고 내용이 다 사실이거든요."

"그걸 어떻게 장담합니까?"

"이 나라에서 대중에게 거짓말하는 건 범죄예요. 기억 안 나세요? 각 공동체에는 표준위원회가 있어요. 모든 상품의 수준을 개선하기 위해 지속적으로 노력하는 곳이지요. 그뿐만 아니라 언제나 무료로 전문가의 판단을 들을 수 있어요. 판매자가 누구건 거짓으로 광고하면 직장을 잃을 겁니다. 만약 그 판매자가 공무원이라면 말이죠. 개인적으로 파는 거라면 신상 정보가 대중들에게 알려지겠지요. 만약 존스 씨가 그런 짓을 했다가 거짓말쟁이라는 사실이 대중에게 알려지면 장사할 때 큰 타격이 되겠지요."

"관영 언론이 있소?"

"그럼요. 언론에는 특별히 공기능이 있어요. 언론은 민간기업이 아니에요. 한번도 그랬던 적이 없어요. 불법이거든요."

"하지만 개인이 발행하는 신문과 잡지도 있지요?"

"그럼요. 사실 넘쳐나지요. 크고 작은 기관지가 정말 많아요. 하지만 그 기관지들은 광고를 싣지 않아요. 신문을 사서 읽는 사람들이 충분하면 개인도 얼마든지 신문을 발행할 수 있지요."

"광고 싣는 걸 어떻게 막는단 말이오?"

"광고를 싣는 건 다른 경범죄와 마찬가지로 불법이에요. 그런 신문은 우체국이 아예 접수를 하지 않아요. 배포가 안 되는 거지요. 만약 최신 아침 메뉴나 (아마 형님이 한번도 들어보지 못한 게 스무 개는 될 겁니다) 만년필이나 비행선의 최근 기술 동향 같은 걸 알고 싶을 땐 각 마을의 호텔이 발행하는 신문을 보면 알기 쉽고 간결하고 믿을 만한 기사를 찾을 수 있지요. 이제는 광고 때문에 생기는 문제는 많지 않아요. 똑같은 걸 팔기 위해 발버둥치는 사람도 별로 없고요."

"모든 사업이 국유화되었소?"

"그렇기도 하고 아니기도 해요. 주요 사업은 다 국유화되었어요. 규모가 크고 공급이 보장되어야 하고 연속성이 필요한 사업으로 우리 생활의 의존도가 큰 사업들이지요. 하지만 개인이 주도하는 사업도 있어요. 그런 사업들은 앞으로도 그럴 겁니다. 우리는 그런 것까지 막을 정도로 바보가 아니에요. 지금은 그 어느 때보다도 발명가와 이상주의자가 많고, 새로운 시도를 할 만한 기회도 많지요. 예를 들어 매일 두 시간 정도 위원회에서 일을 하는 사람이라면 남는 시간에 충분히 다른 일을 할 수 있지요. 그리고 새롭게 시도한 그 일이 대중에게 충분히 가치 있는 일이라면 그는 1인 사업을 시작할 수 있을 거예요. 앞서 말한 작은 1인 신문들처럼 말이죠. 만약 1년에 1달러씩 내고 그가 쓴 글을 구독할 의향이 있는 독자 500명만 있어도 그는 글을 써서 생계를 유지할 수 있겠지요."

"경쟁은 없소?"

"치열하죠. 모든 젊은이들이 기록을 깨기 위해 각축전을 벌이고 있어요. 더 많은 일을 하고, 더 좋은 성과를 내고, 새로운 시도를 하려고 노력해요."

"그렇지만 그렇게 해야 하는 어떤 동기가 있는 건 아니잖소?"

"왜요, 동기가 있고말고요. 가장 강력한 동기를 우리는 알고 있지요. 사람들은 일을 해야 해요. 그 동기는 그들의 마음에 내재되어 있고 결국 드러나게 되어 있어요."

"사람들은 모두 먹고 사는 데에 아무 지장이 없잖아요?"

"그럼요, 물론이지요. 아, 알겠어요! 형님은 사람들이 일하는 이유가 배고픔이나 추위 때문이라고 생각하는군요. 맙소사! 형님, 가난은 노동의 동력이 아니에요. 오히려 사람들을 완전히 마비시키지요."

나는 동의할 수 없다는 표정을 지어 보였지만 오언은 말을 이어갔다. "형님도 지난날의 지독했던 가난과 무기력함을 기억할 거예요. 그 가난이 사람들로 하여금 뭐라도 하게끔 힘을 주던가요? 형님, 만약 사람들 생각처럼 가난이 사람들에게 대단한 자극이 되었다면 가난은 진즉에 사라지지 않았을까요? 예외적으로 가난을 극복하고 성공 스토리를 쓴 대단한 사람들도 있지만 그렇지 못한 대다수의 사람들로 인해 이 세계가 얼마나 많은 걸 잃었는지 우리는 결코 모를 겁니다."

오언은 묵상하듯 말을 이어갔다. "사람을 강인하게 만든다거나 결단력을 높인다거나 근로의욕을 고취시킨다는 등 가난을 미화하는 온갖 허황된 주장을 우리가 어떻게 믿었는지 정말 어이가 없어요. 그러면서 의지도 약하고 결단력도 없고 하기 싫은 일을 억지로 하는 그 수많은 사람들이 가난 속에서 살다가 가난 때문에 죽어가는 동안 우리는 눈길 한 번 주지 않았어요. 세상에, 형님, 우리는 얼마나 바보였던 건가요!"

나는 오언이 설명한 관영 언론을 생각하고 있었다. "기존에 존재하던 신문들은 어떻게 폐간시킨 거요?"

"술집을 없앤 방식과 똑같았어요. 더 좋은 상품에 밀려서 팔리지 않으니 자연스럽게 도태됐지요. 거짓을 불법으로 규정한 법도 도움이 됐고요."

"사람들이 거짓말하는 걸 어떻게 막을 수 있는지 모르겠군."

"사람들의 도덕 수준이 나아지지 않는다면 사사로운 거짓말을 막을 방법은 없어요. 하지만 공개적인 거짓말은 막을 수 있고 그렇게 하고 있어요. 만약 신문이 거짓 뉴스를 실었다면 누구든 고소할 수 있어요. 그러면 지방 검사는 신문사를 기소해야 합니다. 신문사 측이 몰랐다고 주장할 경우 처음에는 벌금과 질책으로 끝납니다. 똑같은 일이 다시 발생하면 더 무거운 벌금이 부과되고, 그다음에는 재산을 몰수하지요. 사실을 보도하지 못할 만큼 무능하다는 걸 자인한 셈이니까요! 만약 고의로 거짓 보도를 한 게 드러나면 단 한 번만으로도 업계에서 퇴출됩니다."

내가 말했다. "그것 참 대단하군요. 당신 말처럼 쉬운 것 같소. 그런데 왜 사람들이 거짓말에 그렇게 엄격해진 건가요? 과거에는 그다지 신경 쓰지 않은 것 같은데. 당신 말을 들으면 들을수록 도대체 무엇 때문에 사람들 생각이 그렇게 바뀐 건지 점점 더 혼란스러워지는군요. 사람들은 분명히 내가 기억하는 유형에서 상당히 많이 바뀌었을 뿐 아니라 심지어 스스로 그런 변화를 원했고, 변화를 선도하기까지 했어요."

오언은 심리학에 대해서는 잘 몰랐고, 스스로도 그 사실을 인정했다. 그는 사람들 스스로가 깨닫지 못했을 뿐 더 나은 것을 원하고 있었다고 주장했다.

내가 말했다. "그렇다면 사람들은 그 사실을 어떻게 알게 된 건가요? 자, 한 가지 예를 들어봅시다. 사소한 것 같지만 변화라는 점에서는 굉장히 큰 진전을 보여준 예인데, 사람들은 아주 편하면서도 아름다운 옷을 입고 있소. 거의 모든 사람이 그렇더군요. 어떻게 그렇게 된 건가요?"

오언이 설명하기 시작했다. "사람들은 경제적으로 여유가 생겼고 여가 시간도 늘어났을 뿐 아니라 더 나은 교육을 받고 있어요."

난 오언의 말을 일축했다.

"그건 내 질문과는 아무 상관이 없소. 생각해보니 예전엔 돈 많고 좋은 교육을 받은 사람들이 확실히 남들과 다른 별난 옷을 입긴 했지요. 그리고 여가 시간 말인데요, 과거에 사람들은 우스꽝스럽게 차려입는 데에 남는 시간을 다 투자했었지요."

오언이 다시 설명을 시작했다. "여자들은 훨씬 똑똑하지요." 하지만 난 이 말도 묵살했다.

"그 똑똑한 대법관도 자신이 가발을 쓰는 걸 막지 못했단 말이오. 난 이 사람들은 도대체 어떻게 유행의 흐름을 거스를 수 있었는지 궁금하단 말입니다."

오언은 내 질문에 분명히 답하기 힘들었는지 더 이상 말하지 않겠다고 했다.

내가 말을 이어갔다. "당신들은 내게 이 모든 물질적 변화를 보여줬고, 난 변화를 막을 수 있는 게 아무것도 없다는 사실을 깨달았소. 다만 변화를 가장 오랫동안 저해한 건 사람들이 가진 생각이었지. 그렇다면 무엇이 사람들의 생각을 움직인 거요? 당신들은 믿기 힘든 새로운 교육과 그 교육의 결과로 나타난 새로운 유형의 사람들, 더 훌륭하고, 더 현명하고, 더 자유롭고, 더 굳세고, 더 용감한 사람들을 실제로 내게 보여줬어요. 난 그 교육이 확실히 효과가 있다는 사실을 깨달았소. 그런데 당신들은 도대체 어떻게 그 새로운 교육을 받아들이게 된 거요? 넬리처럼 모든 걸 여자들의 공으로 돌릴 필요는 없어요. 난 1910년에 가장 진보적이었던 여성을 한두 명 알긴 하지만 그 여자들은 이런 세계관을 가지고 있지 않았소. 그들의 복장은 우스꽝스러웠고 '여자들을 위해 투표를!'이라고 외치는 것 말고는 별 생각이 없는 사람들이었지. 몇몇은 분명히 그랬어요.

난 세계가 가진 잠재적인 부가 이 모든 생활의 편리함과 아름다움을 유지할 만큼 충분하다는 사실도, 사람들이 그 부를 생산할 만한 잠재적인 에너지를 가지고 있다는 것도 인정해요. 사람들이 어리석음에서 벗어나 현명해졌다는 사실도 인정해요. 명백히 그랬으니까요. 하지만 무엇이 사람들을 그렇게 만들었는지 모르겠어요."

"형님은 보더슨 박사님을 만나보는 게 좋겠어요." 오언이 말했다.

11

보더슨 박사는 대학에서 윤리학 강의를 하고 있는 듯했다. 나는 같은 이름을 가진 사람 한 명을 한동안 알고 지냈는데, 그 시절 그를 매우 좋아했다. 딱한 프랭크 같으니! 만약 살아 있다면 그는 교수보다는 죄수복이나 환자복이 어울릴 친구였다. 사실 프랭크는 재능이 굉장히 뛰어났다. 우리는 대학 시절, 아니 그전부터 절친한 친구였다. 그러니까, 35년 전이었다. 부적절한 행위를 한 대가로 퇴학을 당한 후 프랭크의 삶은 나락으로 떨어졌다. 내가 그의 이름을 마지막으로 들은 건 한 범죄사건에서였다. 프랭크는 도망쳤고, 세상에서 사라졌다. 전도유망하던 젊은이의 인생이 한순간에 파괴되고 잊히는 걸 보면서 느꼈던 슬픔과 안타까움을 난 생생하게 기억했다.

이런 사실을 떠올리는 동안 나는 위대한 윤리학 교수의 연구실로 안내되었고, 악수를 나누면서 날카로운 갈색 눈과 내 시선이 얽혔다. 프랭크 보더슨이었다. 그는 내 두 손을 잡더니 열렬히 흔들어댔다.

"아니, 존! 자네를 다시 만나다니 반갑군. 정말 좋아 보이는군. 어떻게 전혀 변하지 않을 수 있지! 자네가 다시 돌아온 이 세계가 정말 멋지지 않나?"

내가 응수했다. "자네야말로 나를 정말 놀라게 하는군. 진짜야? 자네가… 윤리학 교수라는 사실이?"

"한때 신이 버린 악동이었던 내가 말이지? 맞아, 사실이야. 20년 동안 윤리학을 가르쳤고 어쩌다보니 이 자리까지 오게 됐지 뭔가. 사실 난 티베트보다 훨씬 먼 곳에 있었다네, 친구."

나는 그를 만나서 굉장히 반가웠다. 프랭크와의 만남은 지금까지 그 누구를 만났을 때보다도 예전 삶으로 되돌아간 듯한 느낌을 주었다. 물론 넬리만 빼고.

우리는 어린 시절에 대해, 함께 보낸 즐거웠던 시간과 친구들에 대해 한동안 이야기를 나눴다.

나를 저녁식사 자리로 안내한 프랭크가 내게 자신의 아내를 소개했는데, 슬픔과 사랑스러움을 간직한 그녀의 얼굴에는 깊은 경험의 흔적이 배어 있는 듯했다. 우리는 저녁 대화를 위해 편안하게 자리에 앉았다.

"자네는 딱 맞는 사람을 찾아왔어, 존. 내 특별한 연구 때문만은 아닐세. 바로 내 특별한 성장 경험 때문이지. 무엇이 나를 그토록 빠르게, 그렇게 완벽히 바꾸었는지 들려준다면 자네도 더 이상 혼란스럽지 않을 걸세, 안 그런가?"

나는 그의 말에 전적으로 동의했다. 내가 알던 그 소년은 신학 이론

따윈 모조리 일축하고 철학을 가지고 놀며 윤리학을 찢어버릴 만큼 총명하긴 했지만, 친한 친구들이라면 그가 '도덕적 품성'을 갖추지 못했다는 사실을 인정할 수밖에 없었다. 내가 아는 한 그는 몇 번이나 의심의 여지가 없는 '죄'를 지었고, 그 후에도 수많은 비행과 범죄를 저질렀다는 사실을 소문을 통해 알고 있었다. 그게 바로 보더슨 박사였다!

프랭크가 말했다. "나 자신을 예로 들도록 하지. 휘트먼 방식일세. 자네가 알던 나는 말이야, 교만하고 무식하며 머리는 잘 돌아가는데 제멋대로 행동하고 허약하고 방탕하고 정직하지도 않았어. 학교에서 쫓겨난 후 셀 수 없이 많은 불법을 저질렀고 계명이란 계명은 다 어겼지. 어떤 면에서 더 심각했던 건 그 '대가'로 얻은 병이었다네. 끔찍한 병이었어. 게다가 난 알코올과 코카인에 찌들어 살았지. 어때, 나를 사례로 받아들이겠나?"

나를 그를 바라보았다. 프랭크는 내가 본 젊은 사람들처럼 완벽히 건강한 상태는 아니었다. 그러나 전혀 병약해 보이지 않았고, 하물며 마약 환자의 외모와는 거리가 멀었다. 그의 눈동자는 또렷하게 빛났고 혈색이 좋았으며 손은 떨지 않았고 태도는 침착하고 자신감이 넘쳤다.

내가 말했다. "프랭크, 내가 본 사람 중에 자네처럼 180도로 바뀐 사람은 없었어. 물론 자네는 '전'과 '후'를 보여주는 사례로 완벽해. 자, 이제 이성의 이름을 걸고 자네를 이렇게 바꾼 게 뭔지 말해주게."

"나는 삶을 새롭게 이해했어. 그게 바로 내 대답일세. 하지만 자넨 과정을 알고 싶겠지. 말해주지. 우리의 윤리관은 완전히 새로운 단계에 들어섰네. 아마 자네는 새로운 종교라고 부르는지 모르겠네만, 아무튼 우리가 자각한 새로운 윤리란 이런 걸세.

우리를 둘러싼 우주의 움직임은 바로 에너지의 움직임이라고 할 수 있네. 에너지는 모든 물질 안에 일시적으로, 또 부분적으로 머무르지. 무생물이 아닌 식물이나 동물 속 에너지는 훨씬 능동적으로 발현된다네. 이렇게 에너지가 발현된 단계를 우리는 생물이라고 부르지. 우리, 즉 인간이라는 동물은 특히 이 에너지를 효율적으로 저장하고 전달하는 데에 안성맞춤이었어. 인간들은 사회 속에서, 다시 말하면 사회적 관계를 맺음으로써 에너지를 더욱 증가시킬 수 있었지. 사회적 관계 속에 있는 인간이야말로 우리가 아는 그 에너지가 최대로 발현된 상태인 셈이야. 이 에너지는 먼 옛날부터 지금까지 인간의 정신이 의식해온 모든 것을 포함하네. 그걸 우리는 신이라고 부르지. 이 신과 인간의 관계는 사실 굉장히 단순해. 다른 모든 생물과 마찬가지로 인간 역시 자신이 가진 기능을 수행함으로써 자신의 존재를 발현한다네. 인간이 가진 '의식'이라는 특별한 능력 덕분에 인간은 그 안에 존재하는 힘을 느끼고, 인식하고, 생각할 수 있어. 그리고 그 힘을 보다 온전하게, 보다 현명하게 사용할 수 있지. 인간이 배워야 할 것은 바로 이 생명력을, 사회적 에너지를 올바른 방식으로 발현하는 방법이야. 이게 다야, 존." 프랭크가 나를 보며 활짝 웃었다.

"자넨 새로운 교육을 받은 사람들에게는 훌륭한 윤리학 교수인지 모르겠지만 나이깨나 먹는 사람들 마음에는 전혀 와닿지 않는 말을 하는군. 자네는 내게 아무 말도 하지 않은 거야. 아직까지는 말이지."

프랭크는 약간 실망한 듯했으나 이내 내 말을 가볍게 받아들였다. "아무래도 내가 현실과 동떨어진 얘기를 한 모양이군. 잠깐 기다려보게. 예전으로 돌아가서 과거의 내가 가졌던 사고방식을 소환해보도록 하지."

프랭크가 의자 등에 기댄 채 눈을 감은 후 나는 그의 얼굴에 서서히 새겨지는 고통을 보았다. 나는 문득 그가 뭘 하고 있는지 깨달았다.

"아, 신경 쓰지 말게, 프랭크. 그만둬. 애쓸 필요 없어. 내가 어떻게든 이해해볼게."

프랭크는 내 말에 전혀 귀를 기울이지 않는 듯했다. 그는 두 손안에 얼굴을 떨구었다. 고개를 들었을 때 프랭크의 얼굴은 다시 밝아져 있었다. 그가 말했다. "이젠 좀 더 확실히 이해할 수 있을 것 같군. 30년 전에는 낡은 생각과 새로운 생각이 우리 마음속에 혼재해 있었다네. 우리가 부르는 신은 여전히 주로 히브리족이 믿던 신을 모방한 존재였지. 우리는 그때까지도 '죄'는 곧 '불복종'이라고 생각했다네. 하면 안 된다고 배운 행동을 했다는 이유만으로 죄가 됐지. 사사로이 피해를 주는 건 말할 것도 없고 피해자가 기분이 상했다고 말하기만 해도 죄가 되는 세상이었어. 우리는 사회적 가치에 대해 조금씩 이해하기 시작했지만 여전히 불분명했어. '자연과학' 분야는 발전했지. 하지만 종교는 여전히 논리적 사고의 영역이 아니었어. 그럼에도 종교적 사고가 대단한 활기를 띠기 시작했고 큰 진보를 이뤘다네. 모든 게 바뀌기 시작했어. 새로운 교회들이 사방으로 세력을 확장했네. 오래된 교회들은 변하지 않으려 발버둥치면서 암울한 죽음을 부여잡고 있었지만, 자신들도 모르는 사이에 변해갔지. 사람들은 윤리학을 배우긴 했지만 기초가 충분치 않았어. 이게 바로 자네와 내가 성장할 당시의 사회 분위기였어, 존. 그리고 나로 말할 것 같으면 마음 가는 대로 행동하고, 종교에는 선입견을 갖고 있었고, 진정한 윤리학에는 무지했어. 사람들이 흔히 하는 말로 나는 몸도 마음도 망가졌었지. 자네도 내가 얼마나 밑바닥까지 내려갔는지 알잖나."

내가 말했다. "그렇게 말하지 말게, 프랭크! 그건 오래전 일이야. 잊어버려, 이 사람아!" 하지만 그는 나를 향해 승리의 미소를 지어 보였다.

"잊어버리라고? 가능하면 난 그 어떤 경험도 잊고 싶지 않은걸. 다른 사람들을 도우려면 내가 추락하면서 겪었던 바로 그 경험이 중요하거든."

"말은 그렇게 해도 과거를 회상하던 자네 표정은 아주 불행해 보였어."

"오, 존, 고맙네만 난 나 자신에 대해 생각한 게 아니야. 이 세상이 얼마나 끔찍한 상황에 처해 있었는지, 얼마나 고통스러웠는지 생각하고 있었다네. 세상은 공포와 고통과 부끄러운 일로 가득 차 있었어. 우리는 애먼 사람에게 불필요한 잔학 행위를 일삼으면서 그걸 형벌이라 칭했지. 이룬 게 많다며 뿌듯해했지만 우리는 여전히 암흑기를 지나고 있던 거야. 그런데 우리는 새로운 사실을 자각하게 됐지."

내가 그의 말에 끼어들었다.

"무슨 사실을? 누가 자각했다는 거지? 새로운 계시라도 받았나? 그 자각을 뭐라고 부르지? 지금까지 아무도 내게 정확한 정보를 알려주지 않았어."

프랭크가 활짝 웃었다. "자네야말로 내가 주장하는 정신적 혼란 상태의 훌륭한 사례로군. 진화에 대한 지식은 계시로 이루어진 게 아니야. 그렇지 않은가? 어떤 한두 사람을 통해 그 지식이 우리에게 전달됐을 것 같나? 위대한 생각을 이해하고 세상에 전파한 사람이 다윈과 월리스밖에 없을 것 같아? 훨씬 많은 사람들을 통해 이론이 확산됐지. 위대한 사실들은 다양한 개인의 노력에 의해 대중에게 받아들여지는 보편적 진리가 되었고, 융화를 통해 커다란 이론 체계가 형성되면서 더 이상 따로 존재할 수 없게 되었어. 이 세계의 수많은 저술가와 설교자, 교수들이 여러 이론에 대한 담론과 설명을 제공하지. 인간과 신의 관계에 관한 이 새로운 계율 역시 파도가 밀려오듯 사회 전반에 퍼졌기에 어느 한 사람에게 그 개념을 설파한 공을 돌릴 수는 없어. 위대한 진리는 어느 개인의 것도 아니야. 만인의 것이지."

"하지만 종교는 다 설립자가 있지 않은가?"

"여보게, 친구! 난 그걸 종교라고 부르지 않아. 다른 과학과 마찬가지로 그것 역시 과학이네. 윤리학은 인간관계에 관한 과학이지. 응용사회학이라고 해. 그뿐이야."

"그렇다면 그런 것들이 사람에게 어떻게 직접 영향을 미치지?" 내가 물었다.

"과학이 어떻게 사람에게 직접 영향을 미치냐고? 인간은 과학을 연구하고, 가르치고, 이용하지. 이 부분이 중요해. 과학을 이용한다는 점이. 예전에 우리는 종교는 뭔가를 믿거나 부정하는 것이라고 생각했어. 다 케케묵은 헛소리라네. 좋은 점수를 얻기 위해 통과해야 하는 시험문제에 불과했던 거야. 내가 자네에게 말하려는 건 올바른 행동이란 무엇인가, 우리에게 필요한 에너지란 무엇인가에 대한 전반적인 이해가 필요하다는 점일세."

"자네는 종교에서 감정적인 면을 완전히 배제하고 있어."

"그런가? 의도한 건 아니었네. 우리는 지금 종교와 생활을 구분하지 않아. 그러니 예전에 쓰던 용어를 잊어버리는 경향이 있어. 예를 들어 자네가 신의 사랑을 생각한다고 가정하세, 과거에 우리가 신의 사랑에 대해 설교를 했다면 지금은 신의 사랑을 실천하고 있어.

내가 얘기한 그 에너지, 그러니까 우리가 의식한 그 에너지를 우리는 사랑이라고 부르지. 우리가 '신은 사랑이다'라고 말할 때 우리 마음에 실재하는 사랑은 선한 에너지일세. 남을 돕고자 하는 감정, 실천하고, 만들고, 유익한 사람이 되려는 욕구지. 과거에 우리가 서로에게 베풀라는 말을 수없이 들었던 그 사랑이야. 지금 우리는 바로 그렇게 하고 있지."

"알겠네, 그런데 무엇이 자네를 그렇게 하도록 만들었지? 무엇이 자네를 계속 그렇게 하도록 하는 건가?"

"그저 본성이야, 존. 인간의 본성이라네. 우리는 아니라고 믿었지만."
프랭크는 한동안 침묵을 지켰다.

"내가 한번 내려가면 돌아오기 힘든 밑바닥 인생을 살고 있을 때 새로운 의사 한 명이 내게 큰 영향을 미쳤네. 교리를 얘기하는 신부도, 훈계를 일삼는 개혁가도 아니었지. 열과 성으로 흥미로운 환자를 대하는 진짜 의사이자 영혼을 치료하는 의사였어. 존, 나는 잃어버린 영혼도 아니고, '죄인'은 더더욱 아니었어. 단지 '환자'였을 따름이야. 자네, 이런 심리치료소(moral sanitarium)에 대해 들어본 적 있나?"

"응, 확실히는 아니지만."

"죄인이 아닌 환자라는 생각을 하게 된 사람들은 중증 환자들은 격리하고, 치료할 수 있다고 생각되는 환자들은 치료하기 시작했네. 그들이 나를 치료한 거야."

"어떻게? 프랭크, 그들이 한 말 중에 자네가 몰랐던 건 뭐가 있었나? 그들이 자네에게 뭘 한 건가?"

"나는 분별 있고 강하며 총명한 정신의 소유자들과 소통했어. 그러면서 그들이 가진 힘을 공유할 수 있었어, 존. 그 힘 덕에 나 개인의 실패는 별거 아니라고 생각하게 됐네. 내 모든 더러운 과거는 우리의 눈부신 미래에 비하면 아무것도 아니라는 사실을 깨달았지. 내가 무슨 짓을 했든 모두 잊는 게, 특히 빨리 잊을수록 좋은 거야. 이게 바로 내게 부여된 사회적 의무였어. 무엇이든 가능한 삶이, 무한하고 아름답고 흥미진진한 인간의 삶이 내 앞에 펼쳐져 있다고 생각하게 됐다네. 세상은 바뀌기 시작했고, 난 그 변화 속에 있었던 걸세.

존, 난 자네가 이걸 느끼도록 도와주고 싶어. 미처 깨닫지 못했지만 우리 마음속에는 항상 사랑, 인간애라는 거대한 저수지가 숨겨져 있었어. 그런데 새로운 자각을 통해 내밀한 곳에 있던 사랑이라는 존재가 겉으로 드러났고 무한한 구원과 기쁨을 느끼게 된 거지. 애당초 '죄'는 없어. 생각해보게. 난 그 사실을 이해했을 뿐이야. 죄 같은 건 존재하지 않아. 인류는 전체든, 개인이든 종종 실수도 하고 잘못도 저질렀다네. 하지만 그게 어때서? 만약 인류가 성장한다면 그렇게 성장해온 거야.

현명해진 우리는 이제 잘못을 반복하지 않게 됐어. 새로운 생각을 받아들이자 삶이 한결 수월하고 즐겁고 대단히 만족스럽다는 사실을 알게 됐지. 그 새로운 생각을 배우는 건 어렵지 않았다네. 사랑은 사회 속에서 살아가는 데에 꼭 필요한 요소였어. 사랑은 곧 서비스이고, 서비스란 자신에게 주어진 일을 잘해내는 것이지. 그리고 다른 사람들을 위해 그 일을 하는 거지. 그렇고말고!

우리가 저지른 모든 실수는 시대에 뒤떨어진 개인주의 때문이야. 개인주의를 윤리학의 특징이라고 단정하면 안 된다네. 개인을 강조한다면 어떤 종교의 가르침이든 실천할 수 없는 법이야. 말했다시피 내 친구들은 내게 큰 영향을 미쳤어. 젊은 시절 나를 실질적으로 치료한 그 힘이 지금은 모두가 공유하는 지식이 되어 사용되고 있지."

"자네가 언급한 정신을 치료하는 의사가 몇 명이나 되지?"

"셀 수 없이 많아. 지금은 모두가 서로 돕고 있어. 삶에 지치고 우울한 나머지 자신의 행동을 통제하지 못하는 사람이 있다고 하세. 식습관을 바꿔도, 생활 터전을 바꿔도 나아지지 않는다면 자네 말대로 정신을 치료하는 의사에게 가서 도움을 받으면 돼. 나도 그런 일을 많이 하고 있다네."

잠시 명상에 잠겨 있던 나는 다시 고개를 흔들었다. "미안하지만 내겐 별 소용이 없군. 자네 말을 믿기가 힘들어. 자네 얘기도 듣고 자네가 성취한 것도 보았지만 그 과정이 분명치 않아. 철면피에 어리석고 무지할 뿐 아니라 편견덩어리이고 무관심하고 이기적인 사람들이 우글거리던 곳이었어. 그런 세상이 30년 만에 사리 분별이 가능한 세상으로 변했다고? 아니, 난 모르겠어."

"존, 자네는 전제가 틀렸어. 인간 본성은 자연의 본성과 마찬가지로 과거부터 지금까지 선하다네. 우리 발목을 잡은 건 잘못된 생각과 끔찍한 조건, 이 두 가지였어. 우리는 둘 다 바꿨지. 아마 자넨 물질적 조건이 대대적으로 개선되면서 그 영향으로 인간의 성격 역시 바뀌었다는 사실을 잊은 듯하군. 우리가 아는 그 예의 바르고 교양 있고 상냥하고 선의를 지닌 사람들이 어떻게 탄생한 줄 아나? 살기 좋아졌기 때문이라네. 가난한 사람들과 그 가난한 사람들에게 딸린 자식 수백만 명 중에도 훌륭한 사람들은 있었지. 그들은 기회만 주어진다면 사회에 기여하며 윤리적인 삶을 살 수 있는 능력을 갖춘 사람들이었어. 갑자기 인간 본성이 변해서 노동 시간 단축과 임금 인상, 좋은 주택과 영양가 있는 식사, 아름다운 옷, 재미있는 놀거리 같은 걸 원하게 된 게 아니야. 사람들을 옥죄던 가난이라는 부끄러운 압박이 사라지자 인간의 본성이 마치 압력에서 해방된 스프링처럼 솟아오른 거야. 인간의 본성은 괜찮았어."

내가 응수했다. "과거에 많은 문제가 있었다는 사실은 나도 알고 있네. 10년, 아니 30년 만에 유전병을 완전히 뿌리 뽑을 순 없어. 매춘부들이 하루아침에 고결한 여성으로 바뀌지 않아. 병약한 부랑자가 건강한 신사로 탈바꿈할 수는 없다네."

프랭크가 내 말을 막았다. "우리는 훨씬 더 잘해냈어. 지금도 잘해내고 있지. 존, 이제야 자네의 어려움이 뭔지 알겠군. 우리 모두가 가졌던 어려움이기도 해. 자네는 지금 삶을 개인적인 문제로 바라보고 있어. 개인적인 절망이나 구원의 문제로 바라보는 거야."

"당연하지. 삶이 개인적이지 않단 말인가?"

"그렇고말고! 인간의 삶 어느 한 부분도 개인적이지 않아. 인간의 삶은 사회적이야. 공동체 안에 속해 있지. 그렇지 않다면 인간의 삶이 아니라네. 여러 세대가 저주에 시달리는 걸 보면 유전병은 정말 암담하게 느껴지지. 하지만 세대가 교체되면서 이 사회가 유전병을 얼마나 빨리 극복했는지 깨닫는다면 자네의 인식이 달라질 걸세. 존, 유전병이 유전될 확률은 지난 30년 동안 절반 이하로 줄었어. 지금 이 추세대로라면 20년 내에 그 확률이 0이 될 거야. 알겠지만 모든 환자는 등록되어 있어. 이들은 유전을 피하기 위해 격리된 채 생활하거나 자발적인 미혼 상태로 지내지. 이제 열악한 환경 때문에, 혹은 몰라서 걸리는 질병을 더 이상 견디지 않아도 된다네. 바실루스 감염증의 경우, 저항력을 기르면

되고, 병에 걸리면 치료하면 돼. 질병은 우연히 앓게 되는 것일 뿐 영원한 게 아니야. 매춘은 말일세, 우리는 매춘을 뿌리 뽑았다고 생각했어. 그들은 결혼의 요구조건에 부합하지 않는 사람들이지. 매춘만이 살 길인 듯했던 거야. 하지만 우리는 그들에게 다른 길을 열어주었네."

"다시 말하자면?"

"다시 말해서 다른 삶을 살 기회 말이네. 성생활이 전부가 아니잖나, 존. 그들에게 매춘부는 엄마가 되기엔 적당하지 않다고, 하지만 세상에 나가서 뭐든 할 수 있으니 걱정할 필요 없다고 말했네. 자네, 기억하겠지만 몸을 파는 여자만큼이나 악하고 병까지 걸린 뭇 남자들도 일하면서 삶을 즐기고 있다네. 여자는 왜 안 되지? 매춘부들에게 당신은 당신의 삶 전체를 파괴한 게 아니라고 말했네. 한 부분만 파괴했을 뿐이지. 물론 그것도 손실이야. 큰 손실. 하지만 신경 쓸 필요 없어. 그들 인생에는 아직 수많은 가능성이 열려 있지. 그들에게 도움을 줄 수 있고, 성장하면서 행복을 누릴 수 있는 변화하는 세상이 그들 앞에 열려 있어. 그들이 아프다면 우리는 그 병을 치료할 거야, 가능하다면. 치료하지 못하면 죽겠지. 그 역시 별일 아니야. 우리는 어차피 죽으니까. 죽음은 아무것도 아니야."

"자네가 말하는 새로운 종교에서는 죽음이 아무것도 아닌가?"

"물론이지. 사람들이 창조한 죽음에 관한 망상은 모두 다 낡은 종교에서 온 거야. 낡은 종교는 사후 세계에 대해 말하지. 이들 종교의 기반은 모두 죽음일세."

"잠깐만. 지금 자네는 내게 사람들이 더 이상 죽음을 두려워하지 않는다고 말하는 건가?"

"전혀. 왜 그래야 하지? 모든 생명체는 죽는다네. 죽음은 삶의 일부야. 이제 우리는 아이들에게도 그걸 숨기지 않아. 아이들에게도 죽음을 가르치지."

"아이들에게 죽음을 가르친다고! 소름 끼치는군!"

"자네, 교육 현장을 답사하면서 소름 끼치는 모습을 한 번이라도 목격한 적 있나, 존? 아마 없을 걸세. 아이들은 자신들의 정원에서, 가을과 겨울 노래를 통해서, 동물과 가깝게 지내면서 죽음을 자연스럽게 배운다네. 아이들은 누에를 통해 삶과 죽음, 불멸을 배우지. 여담이긴 한데, 아이들은 실크를 공부한다네.

실크가 만들어지려면 무수히 많은 누에가 필요하지. 몇 세대가 걸린다네. 아이들은 실크가 생산되는 과정에서 누에의 일생을 봐. 우리는 인류 역사가 형성되는 과정에서 사람들이 어떻게 태어나서 살아가다가 죽는지 아이들에게 보여주지. 그 아이디어는 새로 쓰인 교육용 문학이나 그 주제와 관련된 모든 문학 작품 속에 녹아 있어. 지금 우리는 인간의 삶을 지속 가능한 전체로 이해한다네. 사람들은 전체 속에서 일시적으로 머무는 일부일 뿐이지. 이제 죽음은 생명의 탄생과 마찬가지로 전혀 고민의 대상이 아니라네.

인류는 원래 죽음을 두려워했어. 죽음은 사람들을 공포로 몰아넣으니까. 무엇인가에 쫓기거나 먹히는 건 유쾌한 경험이 아니지. 하지만 자연스러운 죽음은 사람들에게 해를 입히지 않아. 그런데 빌어먹을 구식 종교들이 인간에게 죽음에 대한 공포를 심어줬던 거야. 이제 모든 게 지나갔어. 우리 종교는 삶에 기반을 두고 있네."

"이 세상의 삶 말인가? 아니면 영원한 삶을 말하는 건가?"

"이 세상에서 누리는 영원한 삶이야, 존. 우리는 사후에 일어날 일을 주제로 그 누구와도 논쟁을 벌이지 않아. 사후의 일에 대해 생각하는 건 사람들 자유야. 우리 종교가 영광스럽고 힘이 있는 이유는 삶에 관한 멋진 사실들로 구성된 상식에 의존하고 있기 때문이야. 인류가 과거부터 현재를 살아가면서 발전한 방향은 분명해. 인류의 본성을 강하고 현명하고 행복하게 하는 것이야말로 종교가 해야 할 역할이지. 우리는 바로 이걸 아이들에게 가르친다네."

"그리고 종교가 그 역할을 한다고?"

"물론이지. 왜 그러지 않겠나?"

"하지만 우리가 가진 악한 기질은…"

"존, 우리에게 악한 기질은 없어. 과거에도 없었어. 사람들은 나이 들면서 기질이 바뀌긴 하지만. 아이에게 선한 행동과 악한 행동이 어떤 건지 가르치는 건 충분히 가능하다네."

"하지만 사람들은 고상한 감정보다는 저급한 충동에 이끌리기 쉽지. 노력하기보다는 포기하는 게 훨씬 쉬워."

"존, 그 노력한다는 생각 자체가 시대착오적인 오해야. 우리는 나쁜 선 낭연하고 선한 건 자연스럽지 않다고 생각했지. 더 나아지려면 고통

215

을 감내하고 힘이 들더라도 특별한 노력을 기울여야 한다고 생각했어. 30년 전 우리는 사회적 진화가 에오히푸스*에서 말이 진화한 것처럼 '자연스러운' 과정이라는 사실을 몰랐다네. 만약 말의 형태가 아닌 에오히푸스로 남아 있는 게 이 세상을 살아가기가 더 쉬웠다면 왜 그런 진화가 이루어졌겠나?

자네가 그렇게도 염려하는 수많은 매춘부들, 타락한 여자들 말일세. 그들은 낙오했지만 다시 일어났어. 다시 일어나서 그저 나아간 거야. 그들은 그저 한번 넘어졌을 뿐이야. 여전히 갈 길이 구만리였다고. 그런데 왜 타락한 여자는 '타락한 남자'와는 달리 사회에서 여전히 범죄자로 내몰렸던 걸까? 뉴욕 시에만 매춘부가 20만 명이었어. 이 매춘부들을 찾은 고객이 얼마나 되는 줄 아나? 적어도 백만 명이야. 남자들은 잘못을 저지르고도 일을 하고 삶을 즐겼지. 존, 과거의 끔찍한 조건이 낳은 불필요한 폐해는 멍청한 생각이 낳은 폐해에 비하면 아무것도 아니야. 그리고 사람의 생각은 눈 깜빡할 사이에 바뀌기도 해!

뜨내기나 부랑자 말이야, 자네가 예로 든 병든 떠돌이 말일세. 그 부분도 내가 설명할 수 있을 것 같군. 내가 바로 병든 떠돌이였거든, 존. 주정뱅이에 코카인 중독자에 범죄자였고 몸마저 병들어서 자포자기의 심정으로 살았어."

"심리치료소 얘기로 되돌아가는 건가?"

---

* 신생대의 에오세 초기에 살았던 발굽이 있는 포유류이자 말의 조상—옮긴이

"그래. 얘기가 옆길로 샜어. 자꾸만 내 사례를 잊게 되는군. 정말 딱 맞는 사례인데. 나는 철저하고 심도 깊은 이중 치료 코스를 통해 치료받았어. 이중 치료는 몸과 마음을 한꺼번에 치료한다는 뜻이야. 그들이 나를 철저히 살피고 지혜롭게 보살펴준 덕분에 난 잃었던 활기를 서서히 회복했고, 굳세면서도 부드럽고 쾌활한 사람들과 교류하고, 제대로 된 오락도 즐기고, 거부할 수 없을 정도로 흥미로운 가르침도 받았으니 이건 부랑자가 낙원에 간 셈이었지. 이들에게 희망이 생긴 거야."

나는 부랑자에게 낙원이 가당키나 하냐고 말하려다가 그의 과거 상태를 떠올려보고 지금 그의 모습을 본 후 입을 다물었다.

그는 단번에 내 마음을 읽었다.

"인과응보의 문제가 아닐세, 존. 우리는 더 이상 개인적인 보상이나 처벌의 개념으로 접근하지 않아. 만약 손가락이나 치아에 문제가 생기면 난 치료하려고 노력할 거야. 그럴 가치가 있어서가 아니라 내게 필요하기 때문이라네. 예전에는 죄인이라고 부르던 사람들을 이젠 정신적으로 문제가 있는 사람이라고 생각해. 그리고 사회는 그들을 갱생시키기 위해 모든 힘을 동원하지. 그런 충만한 힘이 우리에게 있으리라고는 상상하지 못했지. 사회가 가진 재생시키는 힘 말일세!"

미소 지은 채 앉아 있는 그의 아름다운 눈은 빛으로 가득 차 있었다. "가끔은 잘라내야 할 때도 있었어. 특히 처음에는. 지금은 그럴 필요가 거의 없지만."

"자네 말은 상태가 심각한 사람들은 죽였단 뜻인가?"

"모든 방법을 동원해 치료했음에도 구제할 수 없을 만큼 타락한 사람들, 제정신이 아닌 머저리들이나 성도착자들은 사회에서 영원히 격리됐다네. 그래도 최고 수준의 치료만으로 범죄자라고 불렸던 사람들 상태가 얼마나 개선되었는지 정말 믿기 힘들 정도야. 제대로 몸도 씻고, 마사지와 전기자극 치료도 받고, 최상급 식사는 물론 청결하고 편안한 침대에 좋은 옷, 책, 음악이 제공되고 다정한 친구와 시간도 보낼 수 있고 훌륭한 가르침까지 받다니. 이 모든 환경이 얼마나 낯설었던지 아직도 기억이 생생해. 정말 혼란스러웠어. 이 경험으로 인해 내 생각은 완전히 바뀌었다네."

"만약 사회적 병자들을 그런 식으로 취급한다면 그들은 병원에 드러누워서 세월아 네월아 할걸. 아니면 사회에 돌아가더라도 다시 병원에 들어가기 위해 범죄를 저지르겠지."

프랭크가 말했다. "오, 그렇지 않아. 건강한 사람이라면 그렇게 오랫동안 무위도식하면서 누워 있을 수만은 없다네. 기억하겠지만 바깥세상 역시 좋거든. 삶은 즐겁고 편안하고 만족스럽지. 대낮에 적은 수고만으로도 원하는 모든 걸 얻을 수 있는데 굳이 왜 한밤중에 물건을 훔치려고 밖을 배회하겠나? 행복한 사람들은 범죄자가 되지 않아.

그런 치료가 인간에게 어떤 영향을 미치는지 자네에게 말해주고 싶어. 치료를 통해 사람들은 삶과 사회를 새로운 시각으로 바라보게 되지. 우리가 함께 이룬 성취를 자랑스러워하고 자신이 누리는 즐거움에 감사하며 사회에 기여하고 싶다는 자연스러운 욕구를 갖게 된다네. 나는 새로운이 윤리학을 받아들였어. 이 윤리학은 만족스러웠지. 합리적이고 우리에게 필요한 학문이야. 우리는 모든 학교에서 이 윤리학을 기초 과목으로 삼고 있다네. 자네도 그걸 알아챘겠지?"

"그래, 처음엔 몰랐는데 다시 보니 그렇더군. 그런데 학교에서는 윤리학이라고 부르지 않더군." 내가 말했다.

"맞아. 아이들에게는 무슨 이름을 붙여서 부르지 않는다네. 그저 삶이자 행동 규범이지."

우리는 이 말을 끝으로 한동안 조용히 앉아 있었다. 마음속으로 궁금해하던 문제가 조금씩 풀리고 있었다.

"혼돈 상태였던 진보적인 생각들이 결정화 과정을 거치면서 유용한 진리라는 투명한 다이아몬드가 된 셈이군. 지금까지 일어난 일을 이렇게 정리하면 될까?" 내가 말했다.

"정확하게 그렇다네."

"반박하고 퇴치한 것도 있지?"

"사실이 아닌데도 굳게 믿고 있던 많은 것들이 그런 신세가 됐지! 우리에게 중요한 건 바로 그 점이야, 존. 사람들 마음은 에디 여사*가 오류라고 명명한 것들로 가득 차 있었어. 우리가 거짓을 믿지 않고 진실을 깨달았을 때 비로소 이 세상에 떠오른 찬란한 태양을 난 자네도 느끼게

* 메리 베이커 에디. 미국의 종교 지도자로 1879년에 크리스천 사이언스를 설립했다.—옮긴이

219

해주고 싶어."

"자네가 말한 새로운 '윤리학'을 문외한도 알아들을 수 있도록 간략하게 설명해줄 수 있겠나?"

"물론이지. 지극히 평범한 내용이야. 우리에겐 성직자라는 직업도 없고 윤리학이라는 학문도 없어. 윤리학이란 사회를 깨끗하게 유지하기 위한 위생학과 같지. 사람들이 바르고 건강하기 위해서 어떻게 살아야 하는지 가르친다네. 우리는 아이들에게 사회적 관계라는 명백한 사실을 가르치지. 단결된 행동, 함께하는 행동이 우리가 향유하는 일상생활이나 우리가 축적한 부와 아름다움, 지속적으로 유지되는 힘에 얼마나 큰 영향을 미치는지 가르치는 거야. 그리고 왜 이런저런 행동이 나쁜지, 나쁜 행동의 결과가 무엇인지, 어떻게 하면 악행을 저지르지 않고 선행을 행하게 되는지 가르친다네. 게임 가르치는 것만큼이나 쉽고, 훨씬 재미있기까지 하지."

내가 납득할 수 없다는 표정을 지었는지 프랭크는 설명을 덧붙였다. "우리는 우리에게 유리한 본성을 지니고 있다는 사실을 기억하게. 사회적 동물이 사회적 본능을 개발하는 건 자연스러운 거야. 사회적 선에 반하는 개인적 욕구는 분명히 저급한 이전 시대의 생존법이야. 지금 사회와 맞지 않는다는 면에서 잘못됐지. 우리가 범죄자라고 불렀던 사람들은 이제 과거의 유물이 됐다네. 과거에는 상류층이 빈곤이나 개인의 부 같이 나쁜 환경을 인위적으로 유지해서 범죄자와 같은 하층계급을 양산했지만 지금 우리는 그런 짓을 하지 않아."

또다시 우리는 입을 다문 채 앉아 있었다. 나는 무릎을 끌어안은 채 불꽃을 응시했다. 따스한 장밋빛으로 부드럽게 일렁이는 전깃불이 우리 방에 광채를 더했다.

프랭크가 내 시선을 좇았다.

"깨끗하고 안전하며 아름다운 저 힘은 항상 이곳에 있었어, 존. 우리가 몰랐을 뿐이지. 우리가 전기를 사용하는 법을 배우기 전부터 풍력이나 수력, 증기력은 여기에 존재했던 거야. 인간 생활을 가능하게 하는 이 모든 경이로운 힘은 이미 존재했어. 우리가 그 존재를 인지하지 못했을 뿐."

난 프랭크 보더슨과의 대화를 통해 세상에서 무슨 일이 일어났는지 한층 분명하게 알 수 있었다. 나는 프랭크를 자주 만났고, 함께 일하는 사람들도 소개받았다. 프랭크의 아내와도 친해졌다. 그녀는 남편과 같은 윤리학의 권위자는 아니지만 여러 방면에서 뛰어난 교사였다.

어느 날 나는 프랭크의 아내에게 그녀의 아름다운 정신을 칭찬하면서 그런 그녀가 프랭크에게 용기와 희망이 되었을 거라고 말했다.

그녀는 크게 웃었다.

"로버트슨 씨, 당신에게 사실을 말씀드려야겠어요. 내가 그이에게 용기와 희망을 주기는커녕 말 그대로 만신창이였던 나를 시궁창에서 꺼내준 게 그이랍니다. 프랭크가 나를 바꿨어요. 그이가 내게 새 삶을 준거죠."

그녀의 눈이 반짝였다.

"우리는 함께 일해요."그녀가 명랑하게 덧붙였다.

그들은 진짜 함께 일했고, 확실히 큰 행복을 누리고 있었다. 나는 그들이 마치 함께 전쟁을 겪은 전우들처럼 서로의 내밀한 부분까지 이해하고 있음에 주목했다.

넬리도 그들에 대해 알고 있었다. 넬리가 말했다. "실제로 그래요. 그 부부는 서로에게 헌신적이에요. 일을 통해 단단히 맺어져 있지요. 프랭크는 몸과 마음을 치료받고 나서 일을 시작하려던 당시 굉장히 외로워했어요. 프랭크는 자신에게는 남들 같은 삶을 살 기회가 없을 거라 생각했고, 평범한 삶을 몹시 그리워했지요. 그에게는 당연히 결혼할 권리도 없었어요. 무슨 말인가 하면 훌륭한 여자와 결혼할 수 없었단 뜻이에요. 그때 상처 입은 백합을 발견했고, 그 백합은 프랭크 덕에 다시 꽃을 피웠답니다. 그들 사이에 아이는 없지만 큰 행복이 있어요, 오빠도 봐서 알겠지만."

"그 부부는… 환영받았니?"

"환영받았냐구요? 오, 알겠어요. 만찬이나 연회에 초대받았냐는 뜻이군요. 그럼요, 물론이죠."

"상류층 사이에서는 아니었겠지?"

"아뇨, 최상류층도 마찬가지였어요. 이들 부부의 삶의 진가를 인정한 사람들이었지요."

"넬리야, 말해다오. 뉴욕 사교계를 주름잡던 상류층이나 다른 상류층 사람들에게 무슨 일이 일어난 거니?"

"우리 모두에게 일어난 일이 상류층에게도 똑같이 일어났지요. 새로운 사상과 감정은 퇴화한 그들의 사회의식에 충격을 주었어요. 그들 역시 대부분 깨어났어요. 일부는 조용히 세상에서 사라졌지만. 부산물에 불과한 사람들이었지요."

나는 사회학을 가르치는 다소 보수적인 성향의 노교수 모리스 뱅크스 씨를 찾아 의견을 물었다. 내가 젊었을 때 정치경제학을 가르쳤던 뱅크스 교수라면 당시의 사회 분위기를 기억하고 있을 게 분명했다. 나는 그에게 이 사회적 변화의 그늘진 면은 없는지 물었다.

내가 말했다. "새로운 변화에 대한 반대나 사람들 간의 불화, 흔히 겪은 어려움이 있었을 텐데요. 교수님은 변화가 일어난 첫해를 기억하시겠지요. 어떤 변화가 있었는지 쉽게 설명해주시겠어요?"

뱅크스 교수가 잠시 생각에 잠겼다가 말했다. "주든 도시든 시골이든 한 곳을 골라 조금만 살펴봐도 똑같은 결론을 얻게 될 거예요. 물론 반대도 있었지요. 하지만 급속도로 누그러졌어요. 초기에 나타난 변화로 사회 전반이 혜택을 누렸으니 심각한 불만이 있을 까닭이 없었지요.

보통선거권 제도가 실시됐을 무렵, 여자들은 이미 만반의 준비가 되어 있었어요. 제도를 실행할 완벽한 운용안도 있었고, 첫 번째 시도를 통해 경험도 풍부해졌지요.

사회 전반에서 사회주의를 채택했을 무렵 우리에게는 사회주의적 접근 방식의 수많은 성공 사례가 있었어요. 물론 몇몇 실패 사례의 배경을 연구해서 교훈을 얻기도 했지요."

"하지만 그 시절 제멋대로 나라를 다스리던 지배자들이 싸움 한 번 없이 권력을 포기하지는 않았을 텐데요? 전쟁이 있었겠지요." 내가 말했다.

그는 즐거운 추억이 떠오른 듯 미소를 지었다. "꽤 시끄러웠지요. 당신 말이 그런 뜻이라면. 하지만 군인들이 총을 잡지 않는다면 전쟁은 일어날 수 없어요. 노동자들은 총을 쏘는 것도, 총탄에 쓰러지는 것도 사양했어요. 대자본가들이 노동자 없이 과연 뭘 할 수 있을지 스스로 깨우치도록 놔뒀지요."

"하지만 그들에게는 자본이 있었잖아요?"

"모두가 많은 자본을 가진 건 아니었지요. 특히 과거에 전쟁에 들어갔던 70퍼센트의 세금, 뇌물 등으로 허비한 10~20퍼센트의 세금을 아끼자 도시나 미합중국 정부가 올리는 세입이 꽤 커졌지요. 사회주의 국가에서 민간 자본은 별로 힘이 없어요."

"민간자본을 몰수했나요?"

"그럴 필요가 없었지요. 자본가들 중 제대로 된 사람들은 사회적 경제 체제를 받아들이고 다른 사람들처럼 일에 매진한 반면 그렇지 않은 사람들은 외톨이가 되었어요. 지금은 아무도 그들을 존경하지 않아요."

"유혈 사태 없이 사회주의를 이룩한 건가요?"

"그래요. 물론 단숨에 이루어진 건 아니에요. 서서히 확산되면서 사회주의의 유용성이 입증된 거지요."

12

나는 동생 넬리와 가족들의 설명 및 조언, 전문가들이 준 정보의 틀에
서 벗어나 일상세계를 폭넓게 둘러보기 위해 혼자 돌아다니기 시작했
는데, 그것만으로도 다시금 진짜 삶을 사는 기분이 들었다.

여기저기 여행하기에 참 편한 세상이었다. 행정관리나 행인은 내가
기억하는 과거에 비해 전반적으로 훨씬 정중하고 똑똑했는데, 마치 지
난날 뉴욕 사람들보다 보스턴 사람들의 수준이 높았던 것과 비슷했다.

사업은 대부분 공개적으로 운영되었기에 누구나 검토하고 자유롭게
문의할 수 있었다. 작업 배치는 최대한 현지화함으로써 운송비용을 절
감했다. 예를 들면 의류 산업의 경우 복잡한 중앙에서 생산한 제품을 전
국 각지로 운송하는 대신 여자들의 주도하에 생산부터 운송까지의 모
든 과정이 지역 공동체 안에서 유쾌한 일상 작업으로 이루어졌다.

나는 원단이 예쁠 뿐 아니라 내구성도 나아졌고, 보기만 좋은 게 아니
라 감촉도 괜찮아졌다고 생각하긴 했지만 남자여서 그런지 원단의 품

질 자체가 얼마나 개선되었는지는 평가하기 힘들었다. 하지만 여자들은 실크든 울이든 원단 고유의 특징이 살아 있어서 얼마나 만족스러운지 모르겠다고 내게 말했다. 사람들이 패션이라는 오랜 강박관념에서 벗어난 데 이어 원단의 품질까지 좋아지자 의류 생산에 필요한 노동량이 현저하게 감소했다.

거리를 돌아다니면서 본 여자들 옷은 지난날 가게 창문 너머에서 본, 모슬린과 레이스를 너저분하게 잇대서 약하고 뜯어지기 쉬울 뿐 아니라 별 쓸모도 없고 만드는 데에 품도 많이 들어 비쌀 수밖에 없는 정신 사나운 옷들과는 달리 섬세하고 세련됐으며 우아하며 품위 있고 온당해 보였다.

드레스는 보는 시선에 즐거움을 선사했다. 물론 미적 감각이 떨어지는 드레스도 일부 눈에 띄기는 했지만 내 젊은 시절과는 달리 추한 모습으로 뻔뻔스럽게 돌아다니는 사람은 찾아볼 수 없었다.

젊은이나 노인들 모두 아름답고, 평화롭고, 서로를 배려하고, 느긋하게 행동하고, 조용하면서도 흥이 넘쳤다. 다양한 경험을 하면서 건강하게 자란 젊은이들은 사뭇 진지한 반면, 안전하고 수월한 삶을 살아온 노인들이 훨씬 쾌활하다는 느낌이 들었다. 사랑스러운 얼굴에 넓은 아량을 가진 젊은 여자들 중에 과거 그들의 트레이드마크였던 생각 없이 낄낄대는 행동을 하는 사람은 별로 없었다. 청년들, 특히 대학생 중에 도둑질이나 잔인한 행동, 짓궂고 무례한 장난, 기물 파손과 같은 행동을 통해 희열을 느끼는 사람도 이젠 찾아볼 수 없었다.

내가 이 부분에 주목했을 때, 순간 퍼뜩 떠오르는 게 있었다. 예전에 넬리가 써서 보낸 말인 것 같았다. 내가 대학에 있을 때 '문제아'라고 불렸던, 뭐든 부수고 다니는 엉뚱하고 바보 같은 친구들에 대한 기억이었는데, 그 당시에는 모두들 젊은 애들은 다들 그러려니 하고 별것 아닌 문제로 치부해버렸다. 나 역시 그때는 별 신경을 쓰지 않았다. 그런데 최근에 내가 보고 들은 경험이 내 판단에 벌써 상당한 영향을 주고 있다는 사실을 깨닫자 이상한 느낌이 들었다.

도시를 샅샅이 탐험한 나는 가난한 사람이나 지저분한 거리, 사람이 살기에 부적합한 집이 없다는 사실이 만족스러웠다. 집은, 적어도 겉모습은 그랬다.

바쁜 오전을 보낸 사람들 중에는 학습을 위해 오후 시간을 활용하는 사람들이 굉장히 많았다. 이제 사람들은 어디서나 쉽고 재밌게, 끝없이 배웠다. 배우면 배울수록 더 많이 알고 싶어 했고, 총명한 사람들이 세계에 대해 더 깊은 관심을 가지고 끊임없이 자유롭게 탐구해나가자 지식의 경계는 지속적으로 확장되었다.

여전히 병원도 있었는데, 과거에 100여 개가 있었다면 환자가 거의 없는 지금은 한 군데밖에 없을 정도로 그 수가 줄었지만 시설이 개선되면서 유용성은 훨씬 커졌다. 우리가 과거에 교도소라고 불렀을 법한 시설도 존재했는데, 그 안에 머무르는 사람들에게는 밖에 사는 사람들만큼 안락한 생활이 보장되었고, 그들의 건강과 안녕을 위한 철저한 관리 감독이 이루어졌다.

세계 최고의 인재들이 운영하는 심리치료소는 여러 면에서 가장 선진적인 기술이 도입된 곳으로, 심신을 회복하는 데에 안성맞춤이었고 시설 또한 아름다웠다. 나는 범죄자들을 과거와는 완전히 반대로 대우하는 걸 보면서 현기증이 날 정도였다.

사람들은 마을 외곽에 공원을 닮은 도로를 건설했는데, 도로들은 넓게 뻗은 들판과 숲 등 우리가 흔히 '시골'이라고 부르던 지역의 자연환경과 잘 어우러졌으며 항상 붐볐다. 집약적 농업이 발달함에 따라 토지 사용량은 줄어들었고, 유실수 재배가 늘면서 다시 숲이 복원되는 등 모든 면에서 만족스러웠다.

작은 시골 마을은 내게 특별한 관심의 대상이었다. 나는 여러 시골 마을을 방문했다. 마을 각각은 개성이 넘치면서도 한결같이 아름답고 깨끗했으며 사람들로 북적였다. 그런 마을이 굉장히 많았다. 외딴 농가가 흩어져 있던 지역이 쾌적하고 예쁜 마을로 변모했는데, 모든 마을에는 공원이 있었고, 편의시설의 수준 또한 여느 큰 마을 부럽지 않았다.

아주 작은 마을일지라도 모든 가정에 난방과 전기, 물을 공급할 수 있는 발전소가 있었고, 우체국만큼 필수적인 어린이 정원과 공회당, 문화회관, 작업장, 식료품점을 갖추고 있었다.

사회화된 산업들은 모든 시민의 고용을 보장했고, 모든 생활필수품을 공급했으며, 주문량은 과거보다 커졌다. 그렇게 넓은 사회적 안전판 위에서 사람들은 인생을 살아갔다. 사람들은 더 큰 자유를 누렸고, 역사상 그 어느 시기보다도 개인의 발전을 성취할 수 있는 기회가 그들에게 열려 있었다.

나는 이 부분을 솔직하게 수긍했다. 넬리나 오언에게 아직 고백하지 않았지만 홀로 여행하는 동안 그간의 경험을 적은 공책을 보면서 그들이 말한 많은 부분을 인정했다. 그들은 직접 여행해보라며 내 등을 떠밀었다. 사실 내 동생 넬리는 대학으로 다시 돌아가 일을 시작하려던 참이었고, 오언은 그녀와 동행할 예정이었다.

그들 둘 다 내게 일 년 동안은 무슨 일을 할지 결정하지 말라고 조언했다.

넬리가 내 어깨를 쓰다듬으며 말했다. "사실 일 년이라는 시간은 30년을 메우기엔 턱없이 짧아요. 하지만 오빠, 오빠는 정말 잘해내고 있어요. 우리는 오빠가 자랑스러워요. 서두를 필요 없어요. 오빠가 여가활동을 위한 수업을 듣고 싶다면 돈은 충분해요. 오빠가 원하기만 하면요!"

넬리는 그 부분에 대해 잘 아는 데 반해 난 아는 게 없었다. 어쨌든 일정한 직업을 갖기 전에 새로운 세상에 적응할 필요가 있겠다고 생각했다. 설령 내가 새로운 교습 방식에 익숙하다 하더라도 지금은 대학 내에서 고대 언어에 대한 수요가 많지 않았다. 반면에 지금 내가 특별히 잘아는 역사 관련 수업은 여전히 굉장히 많았다. 실제로 새로 사귄 몇몇 과학자 친구들은 나의 독특한 경험이 큰 도움이 될 거라고 장담했다.

난 무슨 일을 할지 걱정하지 않았고, 일을 할 때에도 별 스트레스가 없었다. 하지만 난 이 세상에 적응할수록 그동안 장점이라고 받아들이지 못했던 여러 변화가 큰 장점이라는 사실을 인정하지 않을 수 없었다.

여행과 독서, 학습량이 늘면 늘수록 나의 외로움과 향수병도 커져갔다.

세상은 아름다웠지만 내 세상은 아니었다. 세상은 아름다운 꿈같았지만, 그저 꿈일 뿐이었다. 나는 사람들이 '건강하고 부유하며 지혜로울' 수 있다는 사실에 이의를 제기할 수 없었다. 이곳에 있는 모든 사람들이 행복하다는 사실도 반박할 수 없었다. 그들은 일도 하고 놀기도 하면서 삶을 자연스럽게 즐기고 있었다. 하지만 그들은 내가 알던 사람들이 아니었다. 프랭크 보더슨이나 모리스 뱅크스처럼 과거와 180도 달라진 그 사람들이 너무 비현실적으로 보였다.

세상의 아름다움, 평화로움, 질서 정연함 모두 신경에 거슬렸다. 뉴욕을 방문했을 때 경험했던 고가철도를 달리는 열차의 포효를 듣고 싶었고, 지하철에서 풍기는 악취를 맡고 싶었고, 사람들이 인파에 치여 밀치고 화내는 모습을 보고 싶었다.

오랫동안 방치된 땅과 황폐해진 교외, 저 멀리 커다란 참나무 밑에 자리 잡은 외딴 농가, 집에서도 냄새가 날 만큼 가까이 있는 외양간과 목동에게 밀려 젖을 짜기 위해 비틀거리며 외양간으로 몰려가는 암소들을 보고 싶었다.

나는 진실이 무엇인지 추측하는 즐거움을 주는 신문을 원했고, 기괴한 복장을 한 채 낄낄거리는 머저리 같은 여자애들, 똑같이 머저리 같지만 여자애들보다는 잘 갖춰 입고 덜 낄낄거리는 남자애들, 담배를 물고 시끄럽게 떠들어대면서 '좋은 시절'을 보내는 남자애들을 보고 싶었다.

나는 내가 살던 시절이 몹시 그리웠다. 그리고 누구에게도 말하지 않고 슬라이드페이스로 제이크 삼촌을 보러 갔다.

나는 고향 가는 길 내내 비행기 대신 기차를 탔다. 익숙한 풍경이 눈에 들어오자 즐거움이 커졌다. 앨러게니 산맥의 윤곽은 그대로였다. 기차역의 깔끔함과 번지르르함만으로 충분했던 나는 어느 도시에도 내리지 않았다. 침대칸 역시 실망스러웠다. 침대는 널찍하고 부드러우면서 멋스럽고, 담요는 가볍고 청결한 모직 제품이며, 공기는 깨끗하고 신선한 반면, 열차가 흔들리면 생길 법한 소음이나 충격은 거의 느껴지지 않았다. 당연하겠지만 모든 게 예전과 같기를 바랄 수는 없는 노릇이었다.

페인터타운에서 도보로 이동하여 옛집으로 이어지는 도로를 오르기 시작하면서 나는 가슴을 졸였다. 도로는 물론 훨씬 좋아졌지만 난 거의 눈치채지 못했다. 외진 농가들 모두 잘 관리되어 있었고 작은 마을이 여기저기 눈에 띄었다. 하지만 난 본체만체했다.

내가 성장기를 보낸 언덕들은 여전했다. 이 언덕들 덕에 땅이 원형을 유지하고 있었고, 지금까지도 알아볼 수 있었다. 우리 집엔 가지 않았다. 작은 오두막이었던 우리 집은 부모님이 돌아가신 후 콘크리트 건물로 바뀌었고, 광산업체가 사무실로 썼다. 이 모든 걸 들려준 게 바로 넬리였고, 내가 이곳을 다시 찾지 않은 한 가지 이유이기도 했다.

난 거의 눈을 감은 채 우리 집이 있던 곳을 지나쳐 갔고, 제이크 삼촌 집으로 향하는 길을 계속 따라 걸었다. 다른 농부들도 그렇듯 사방 길이가 2~3킬로미터 정도 되는 땅 덕에, 실상은 슬라이드페이스 덕에 부자소리를 들은 제이크 삼촌은 집이 위치한 고지대 계곡에서 번 돈으로 세금을 냈으며, 지금도 그 땅을 소유하고 있었다.

제이크 삼촌의 땅에 들어선 순간 나는 대번에 알았다. 손수 만들어 세운 후 닳고 닳은 데다가 말뚝과 고정시킨 못들마저 헐거워진 표지판에는 '사유 도로. 무단출입 금지'라고 쓰여 있었다. 퇴색한 자갈길에 인적이 거의 없는 것으로 보아 경고문은 확실히 효과가 있었다.

제이크 삼촌의 사유지에 발을 들여놓자 가슴이 뛰기 시작했다. 그곳은 내가 뜸하게 방문하던 때보다 '나아진' 게 하나도 없었다. 부친과 제이크 삼촌은 서로 냉담했는데, 만약 아버지가 목사가 아니었다면 집안 다툼으로 이어졌을 것이다. 나는 그들이 함께 있는 모습을 거의 보지 못했다.

그래도 어여쁘지만 맹한 드루실라와 친절하고 끈기 있지만 지쳐 보였던 도커스 숙모의 미소, 그녀가 만든 과일 케이크는 또렷하게 기억났다.

그 어떤 수목관리인의 손길도 닿지 않아 꺾인 잔가지와 쓰러진 나무줄기, 덤불로 뒤덮여 황폐할 대로 황폐해진 진짜 숲 사이로 한참 올라가니 드디어 농가로 향하는 슬라이드페이스 어깨 근처에 닿았다.

나는 가만히 선 채 만족감에 젖어 긴 숨을 들이마셨다. 변하지 않은 게 여기 있었다. 쟁기질을 하고 있는 늙은 흑인은 누가 봐도 30년 전과 똑같은 내 기억 속의 바로 그 흑인이었다. 그 긴 세월 속에서 어떻게 그렇게 변하지 않았는지 놀라울 따름이었다. 다 해진 모자를 벗고 쾌활하고 다정하게 '존 도련님'이라 부르며 나를 맞을 때 그래도 그의 머리카락만은 하얗게 세어 있었다.

"우리 모두 얘기를 들었습죠, 존 도련님. 이교도들과 그렇게 오랜 시간을 보냈다니 얼마나 속상했는지 몰라요. 가족들이 도련님을 만나게 되어 무척 반가워할 겁니다!"

제이크 삼촌이 친근하게 말했다. "애야! 늦게라도 온 것이 안 온 것보다는 낫다. 우리는 네가 시골 친척들과 연락할 생각이 있기는 한 건지 궁금해하던 차였어."

반면에 눈물범벅이 된 도커스 숙모는 가느다란 양팔을 내 목에 두르더니 나를 쓰다듬고 내게 입을 맞추면서 연신 감탄사를 내뱉었다. "세상에! 미개인하고 30년을 살다니! 넬리에게 다 들었지 뭐니. 물론 넬리가 편지를 보냈지. 우리에게 항상 편지를 보내주다니 정말 착한 아이야."

삼촌이 말했다. "넬리는 우리를 보러 온 적도 없어! 그애 자식들도 마찬가지고. 한 번도 이곳을 찾은 적이 없다니까. 넬리 가족들은 옛날 사람이 보기엔 너무 앞서간다고."

제이크 삼촌의 긴 윗입술이 딱딱하게 굳었다. 난 삼촌의 그 표정을 기억하는데, 내가 어린 시절, 마차를 탄 삼촌은 들어가기 싫다며 우리 집 문 앞에서 예의 굳은 표정으로 어머니와 얘기를 나눴고, 그동안 금발의 소녀 드루실라는 모자 챙 밑에 얼굴을 숨긴 채 부끄러운 듯 나를 쳐다보곤 했다.

드루실라는 어디 있지? 설마… 저기 있군! 부서질 듯 마르고 작은 체구의 늙은 여자가 말없이 도커스 숙모 옆에 서 있었는데, 매끄럽고 가는

233

회갈색 머리는 뒤로 바짝 잡아당겨서 납작하게 틀어 올린 상태였고, 온몸은 칙칙한 푸른 빛 옥양목 드레스로 빈틈없이 가려져 있었다.

드루실라가 미소를 지으며 앞으로 나오더니 일하느라 주름지고 마른 손을 내밀며 말했다. "존 오빠, 만나서 얼마나 기쁜지 몰라요. 정말 그래요."

그들은 내가 그토록 갈구해온 과거의 익숙한 방식으로 나를 맞았다. 비슷한 가정환경과 지식과 경험을 공유한다는 느낌 그리고 내가 기억하는 바로 그 가구와 의상은 내게 극도의 편안함을 안겨주었다. 나는 그들에게 그게 얼마나 큰 기쁨인지 말했다.

내 말은 들은 삼촌은 매우 즐거운 듯했다.

삼촌이 말했다. "넌 그럴 거라고 생각했다. 온갖 최신식 생각들로 뒤죽박죽되지 않은 이곳이 넌 마음에 드는 게야. 존, 네가 피지인가 하는 곳 사람들과 지내는 동안 이곳에서는 끔찍한 일들이 일어났어."

나는 삼촌에게 티베트인들의 천성과 외모에 대해 설명하려고 노력했지만 별 소득이 없었다. 삼촌의 머릿속은 이미 그만의 생각으로 꽉 차서 외부의 사실이나 생각이 비집고 들어갈 틈이 거의 없었다.

"듣자 하니 여자에게 투표권을 줬더구나." 제이크 삼촌이 말을 이어갔다. "나는 신문을 별로 읽지 않아. 아주 사악하거든. 그래도 그 얘긴 들었지. 사람들은 여러 가지로 신의 섭리에 간섭하고 있어. 난 참견하지 않기로 했다. 네 숙모랑 여기 있는 드루실라도 마찬가지야."

삼촌은 온화하면서도 충직한 미소를 짓고 있는 숙모와 어렴풋이 볼을 붉힌 채 눈길을 떨구고 있는 드루실라를 바라보았다. 나는 드루실라가 바깥세상이 움직이는 쪽으로 비밀스럽게 마음이 기울고 있는 건 아닌지 의구심이 들었다.

"난 모임에 갈 때를 빼고는 내 가족이 농장을 떠나는 걸 허락하지 않아. 모임에 참석하는 건 자주 있는 일은 아니지. 내가 보기엔 정통 목사는 거의 남아 있지 않아. 그래도 가끔 저 산등성이 집에서 열리는 모임에는 간단다."

"드루실라, 넌 여기 생활이 좀 따분할 것 같은데. 그렇지 않니?" 내가 조심스럽게 말했다.

드루실라가 내게 고맙다는 표정을 언뜻 비쳤다.

제이크 삼촌이 대답했다. "전혀 그렇지 않아. 난 이 농장에서 태어났지. 그리고 여기는 누구라도 만족스럽게 지낼 만한 곳이야. 해들리홀러에서 태어난 네 숙모도 충분히 만족하고 있어. 드루실라는 말이다," 제이크 삼촌은 다시 자애로운 표정으로 딸을 바라보았다. "드루실라는 항상 착한 애였어. 살면서 말썽 한 번 피운 적이 없지. 이교도 목사랑 결혼할 뻔할 때까지는. 안 그러니, 드루실라?"

사촌 드루실라는 삼촌의 기습적인 질문에 따뜻하게 대꾸하지 않았지만 슬픈 내색도 하지 않았다. 나는 희미하게나마 드루실라가 이교도 목사와 결혼하지 않아서 다행이라는 생각이 들었다.

삼촌 가족은 나를 정말 따뜻하게 반겨주었는데, 실제로 얼마나 반가웠는지 며칠이 지난 후 제이크 삼촌은 내게 그곳에 쭉 머무르라고 권하기까지 했다.

삼촌이 말했다. "알다시피 나는 아들이 없잖니. 딸자식은 농장을 운영할 수 없지. 존, 네가 여기 머물면서 이것저것 돌봐라. 유언을 통해 농장을 네게 물려주마. 어떠냐? 넌 아직 결혼을 안 했지. 아직까지 착한 처자가 남아 있다면 한 명 데리고 와. 그리고 이곳에 정착해라."

나는 제이크 삼촌에게 마음에서 우러나는 감사 인사를 하면서도 이미 제안받은 다른 자리를 고려하고 있기 때문에 생각할 시간이 필요하다고 말했다.

삼촌은 완강하게 말했다. "존, 여기 머무는 게 나을 거다. 여긴 공기도 신선하고 음식도 그대로야. 요즘 사람들이 먹는다는 겉만 번지르르한 것들은 하나도 없어. 우리는 할아버지 때 하던 방식 그대로 햄을 훈연한단다. 그것보다 더 좋은 건 없거든. 설탕이랑 쌀, 커피 같은 건 사다가 먹지. 하지만 옥수수는 저 개울가에 있는 작은 방앗간에 가서 직접 빻고 있어. 그 방앗간을 쓰는 사람이 이젠 나밖에 없을 거야. 그리고 네 숙모는 이날까지 자기 베틀을 돌리고 있어. 드루실라도 할 수는 있지만 별로 좋아하지 않아. 요즘 계집들은 내가 젊었을 적 계집들과는 다르다니까!"

삼촌에겐 젊은 시절이라는 게 있었을 것 같지 않았다. 일흔이 된 지금, 구부정하지만 건장한 골격과 단단하고 혈색 좋은 얼굴은 내가 본 마흔 살 때의 삼촌과 영락없이 똑같았고, 달라진 게 있다면 가늘어지고 하얗게 센 머리카락뿐이었다.

침실은 내가 열다섯 살 무렵 딱 한 번 농장을 방문했을 당시 마지막으로 잤던 그 침실 그대로였다. 드루실라는 그때 작고 마른 다섯 살 아이에 불과했다. 나는 홀딱 반한 눈빛으로 나를 말없이 졸졸 따라다니는 드루실라를 놀려댔었다! 드루실라를 어떻게 놀려댔는지는 떠올리고 싶지도 않았다.

금발이었던 드루실라의 머리는 칙칙한 데다 윤기가 없었으며 장밋빛 뺨은 퇴색했고 파란 눈동자에는 참고 있지만 지친 기색이 역력했다. 드루실라는 열심히 일했다. 숙모는 이제 기력이 쇠한 게 확연했고, 이렇게 문명화되지 않은 가정에서 요구되는 노동량은 상당했다.

나이 든 흑인이 샘에서 물을 퍼다 날랐고 젖소의 젖을 짰지만 나머지 일들, 젖소를 돌보고 식구들을 먹이고 뜨개질과 바느질을 하고 망가진 것들을 고치고 쓸고 닦고 치우는 일 모두가 도커스 숙모와 드루실라의 몫이었다.

드루실라는 제이크 삼촌이 옥수수 곰방대로 담배를 피우는 동안 숙모가 앉아서 나와 얘기를 하도록 신경 썼지만, 정작 그녀 자신은 쉬지 않고 일을 하는 듯했다.

제이크 삼촌이 말했다. "요즘엔 필요할 때조차 일손 구하는 게 하늘의 별 따기야. 저기 있는 조 말이야. 조는 내가 태어나기 전부터 여기 있었어. 아마 여든도 넘었을 거야. 아무도 흑인들 나이는 입에 올리지 않지. 젊은 놈들은 시건방져서 하나도 쓸모가 없어. 한 것도 없이 돈만 달라는 데다 백인처럼 대우해주기를 바라거든!"

삼촌은 다른 데서 만든 셔츠나 양말은 입거나 신어본 적도 없다고 자랑했다. "부친이 살아 계실 때에는 우리가 직접 목화를 대량으로 재배해서 내다 팔았어. 그때는 흑인들이 많았지. 지금도 내가 쓸 만큼은 목화를 직접 생산한 다음 여기서 바로 실을 잣고 천을 짠단다!"

나는 물레와 베틀 앞에 앉아 있는 도커스 숙모를 보고 눈을 비볐다. 내가 젊었을 때조차 외딴 산지에서나 쓰던 것들이었는데 지금 여기서 보다니 거짓말 같았다. 하지만 삼촌은 그 물건들을 자랑스럽게 여겼다.

"이 나라에 물레가 있는 곳은 여기 말고 아마 없을 게다. 산지 마을도 이젠 예전 같지 않아, 존. 사람들은 나무들을 견과나무나 과실수같이 예전에는 없던 이상한 것들과 접붙이고 있어. 게다가 세상에는 듣도 보도 못한 집에, 학교에, 노는 곳들 천지야. 난 참을 수가 없어."

제이크 삼촌이 단호하게 턱을 내밀자 날카로운 턱선을 따라 난 뻣뻣하고 하얀 수염이 도드라져 보였다. 삼촌이 말을 맺었다. "농장은 내가 살아 있는 동안에는 변함없을 거야. 하지만 내가 죽은 후 죄다 바뀌고 찢기게 하고 싶진 않아." 그러고는 의미심장한 눈으로 나를 바라보았다.

가족들의 애정을 몸으로 느끼면서 줄곧 여기저기 둘러보던 나는 주변 환경에 대한 만족감이 서서히 식어가는 게 느껴졌다.

면 누비이불은 생각보다 무겁고 모직 담요에 비해 따뜻하지 않았다. 손으로 직접 짠 시트들은 확실히 내구성은 좋았지만 불편했다. 작고 깊은 도자기 대야에다가 오목하게 생긴 물통으로 물을 퍼서 몸을 씻는 건 힘겹고 만족스럽지도 않았다.

어린 시절에 먹었던 '수퇘지 고기와 옥수수죽', 비스킷, 옥수수빵, 당밀과 돼지고기 그레이비 소스를 먹는 즐거움 역시 몇 날 몇 주가 지나도 계속 똑같은 메뉴가 식탁에 오르자 봄 눈 녹듯 사라졌다.

도커스 숙모에게서 부모님의 젊은 시절이나 나와 드루실라의 어린 시절에 관한 가벼운 추억담을 듣는 건 즐거운 일이었다. 숙모는 더 들려주지 못하는 것을 아쉬워했다. "나는 집밖에 나서기가 힘들었거든." 숙모가 말했다.

슬프게도 그 추억담 말고 숙모가 들려줄 만한 건 하나도 없었다. 예순여덟 해를 살아오는 동안 숙모는 아무것도 배우지 못했던 것이다. 도커스 숙모가 아는 것이라곤 가구와 살림살이, 하는 일 등 모든 게 엇비슷했던 부모님 집과 남편 집, 구식 살림살이 때문에 힘들었던 나날, 똑같이 힘든 삶을 산 이웃들, 그리고 교회에서 발행한 신문뿐이었다. 숙모는 그 신문을 사십 년 동안 봤는데, 잭 삼촌은 신문이 너무 진보적이라며 독단적으로 끊어버렸다.

도커스 숙모가 차분하게 말했다. "내가 생각하기엔 그렇게까지 자유로운 분위기는 아니었던 것 같은데. 난 교회 신문이 정말 그립단다. 내가 뭔가를 이렇게 사무치게 그리워하게 될 줄은 몰랐어. 그 신문을 보면 다른 교구에서 무슨 일을 하는지도 알 수 있어서 좋았는데. 그런데 네삼촌은 진보적인 생각이라면 죽어라 반대하는구나!"

나는 생각을 좀 더 교환하기 위해 사촌 드루실라 쪽으로 몸을 돌리고는 드루실라의 신뢰를 얻기 위해 어렸을 적 알던 기술 중에 기억나는 것과 최근에 알게 된 지혜를 총동원했다.

처음에는 힘들었다. 드루실라는 심하게 낯을 가리는 동물처럼 수줍어했다. 대놓고 호기심을 드러내는 야생동물이나 틈만 나면 달아나고 몸을 숨기는 사냥당한 동물이 아닌, 긴 세월 동안 갇혀 있다보니 침울하고 주눅이 들어버린 우리 속 동물 같았다. 드루실라의 모든 인생은, 자신이 아는 한, 허무하게 흘러가버리고 말았다. 드루실라는 25년 동안 '노처녀'로 살았다. 이 산악 지역 사람들은 스무 살이 되도록 결혼하지 않은 여자를 그렇게 불렀다. 드루실라가 알던 젊은 남자들은 대부분 제이크 삼촌의 독선적이고 고압적인 태도에 못 이겨 그녀를 단념하고 말았고, 삼촌은 딸에게 가까이 다가온 단 한 남자마저 야멸차게 쫓아버렸다.

그 후 드루실라가 나이 들면서 한 일은 집안일과 어머니를 보살피는 일뿐이었다. 그녀에게 남은 단 하나의 즐거움은 꽃을 가꾸는 일이었다. 드루실라는 때때로 먼 이웃에게서 얻은 '꺾은 가지'를 정성스럽게 옮겨 심었고, 정성스레 키운 꽃들은 그녀의 회색빛 인생을 다채로운 빛깔과 달콤함으로 물들였다.

드루실라는 불평하지 않았다. 그 긴 시간 동안 자신의 삶에 대해 말 한 마디 없던 드루실라가 마침내 말을 꺼냈을 때, 그녀의 말 속에는 희망도, 그렇다고 반항의 기색도 없었다. 드루실라는 어린 시절 몇 년 간 시골학교에 다닌 게 전부일 정도로 사실상 아무런 교육을 받지 못했기에 읽기도, 쓰기도, 대화도 할 줄 몰랐고, 인생이나 세상에 관한 지식 또한 전무했다.

그리고 언젠가 자신을 홀로 남겨두고 떠날 부모님을 봉양하기 위해 끊임없이 일하면서도 아무런 불만이나 욕망도 없이 온순하게, 모든 것을 견뎌가며 무력하게 살고 있었다. 도대체 무엇을 위해서?

캐롤라이나 앨러게니의 고지대 농장에서 보낸 30년에 비하면 내가 티베트에서 지낸 30년이라는 세월은 그저 휴가에 불과했다. 내가 잃어버린 삶은 드루실라가 잃은 삶에 비하면 아무것도 아니었다. 나는 티베트에서 발견된 뒤 이곳으로 다시 돌아온 후에야 비로소 내가 인생을 잃어버렸다는 사실을 깨달았지만, 드루실라는 인생을 허송세월하고 있다는 사실을 30년 동안 한시도 잊지 않았던 것이다. 나는 쉰다섯 살에 다시 돌아왔고, 새로운 세상에서 새로운 젊음을 얻었다. 하지만 누가 봐도 드루실라에게 청춘은 없었고, 이젠 나이가 들어버렸다. 드루실라는 마흔다섯이었지만 최근에 내가 만나 얘기를 나눈 50대나 60대 여자들보다 더 나이 들어 보였다.

나는 바쁘고 생기 넘치며 열정적이고 적극적인 여자들, 감히 나이를 추측할 수 없는 여자들을 떠올렸다. 남자가 남자이듯 그들은 그저 영원히 여자일 뿐이었다. 여자들의 다양하고 자유로운 삶, 그들이 몰두하는 일, 사소하지만 다양한 관심사와 그들이 살고 있는 크고 부드럽고 아름답게 움직이는 세계를 생각하자 마치 우물에 갇힌 아기 같은 드루실라가 한없이 가엾게 느껴졌다.

난 마침내 드루실라에게 말했다. "나 좀 봐, 드루실라. 나와 결혼하지 않을래? 우린 여기를 떠날 거야. 넌 삶이 어떤 것인지 봐야 해. 아직 시간은 많아."

드루실라는 그 차분한 파란색 눈을 들더니 길고 사랑스럽게, 하지만 뭔가 살피는 듯한 표정으로 나를 쳐다보았다. 그러더니 부드럽지만 단호하게 고개를 흔들었다. "오, 아니에요. 존 오빠, 고맙지만 난 그럴 수 없어요."

난 느닷없이 외로움에 사무쳤고, 첫 충격을 받았을 때보다 더 큰 실의에 빠졌다.

나는 애원했다. "아, 드루실라! 제발 부탁이야! 모르겠니? 네가 나와 함께하지 않는다면 내겐 아무도 없으리라는 사실을? 드루실라, 난 세상에서 혼자야. 세상이 나를 두고 떠나버렸어. 살아 있는 여인 중에 이런 나를 이해할 사람은 너뿐이야. 드루실라, 제발! 나를 불쌍히 여겨서라도 넌 나와 결혼해야 해!" 결국 그녀는 나와 결혼했다.

지금은 아무도 드루실라를 알아보지 못한다. 드루실라는 하늘의 기적만큼이나 놀라운 속도로 젊음을 회복했다. 그녀에게 세상은 천국이었으니 드루실라가 천사가 된 건 어쩌면 지극히 당연했다.

내게도 세상은 천국이었다. 세상이 드루실라에게 천국이라는 그 사실만으로.

옮긴이의 말

2018년 이후 여성운동이 한국 사회의 여러 지형을 뒤흔들 만큼 거대한 물줄기가 되어 도도한 흐름을 이어가고 있지만 샬럿 퍼킨스 길먼이라는 이름은 우리에게 여전히 낯설다. 길먼은 1900년대 초반 미국 사회를 대표하는 페미니즘 이론가이자 활동가, 사회주의자, 연설가로 명성을 날렸으며 국내에서 대표적인 페미니즘 소설로 자리잡은 게르드 브란튼베르그의 『이갈리아의 딸들』과 위대한 SF 페미니즘 소설의 진수로 손꼽히는 어슐리 르 귄의 『어둠의 왼손』의 탄생에 큰 영향을 미친 소설가이자 시인이기도 하다.

1860년 7월 3일 미국 코네티컷에서 출생한 길먼의 어린 시절은 불우했다. 『톰 아저씨의 오두막』의 저자 해리엇 비처 스토 가문 출신이었던 아버지 프레데릭 비처 퍼킨스에게 버림받은 길먼은 편모 슬하에서 친척집을 전전하며 성장했고, 열다섯 살까지 받은 학교 교육이 4년에 불과했을 만큼 가난했다. 하지만 이 시기에 생물학과 인류학, 사회학 등 다양한 분야의 책을 탐독하면서 훗날 평생에 걸쳐 몰두한 낙관적인 진화론에 입각한 페미니즘 이론의 단초를 마련했다.

길먼은 1884년 화가 찰스 W. 스텟슨과 결혼했다. 하지만 전통적인 성역할을 원하는 남편과의 결혼생활은 불행했고 이듬해 딸을 출산한 후 심각한 산후 우울증에 시달렸다. 당시 명망 높은 신경과 의사였던 사일러스 위어 미첼이 운영하는 요양소를 찾은 길먼은 1800년대 신경증이나 우울증을 앓는 여성들에게 주로 처방되었던 '휴식 치료'를 권유받았다. 하지만 6~8주 동안 모든 사회적 활동과 지적 활동을 금하는 '휴식 치료'는 오히려 우울증을 악화시켰고 길먼은 신경증에 시달렸다.

길먼은 1888년 딸 캐서린과 캘리포니아 패서디나로 이주한 후 1894년 남편과 이혼했다. 캘리포니아로 이주한 후 길먼은 여러 잡지에 소설과 시를 게재하면서 본격적인 집필 활동을 시작함과 동시에 여성언론인협회와 부모협회 등 여성 운동 조직에서 활동했다. 이때 길먼은 사회주의자인 조지 버나드 쇼, 진화론적 관점에서 사회 개혁을 주장한 레스터 프랭크 워드와 교류하면서 사회주의와 진화론을 더욱 적극적으로 받아들였다.

길먼은 1935년 유방암 진단 후 자살하기까지 『여성과 경제학(Women and Economics)』, 『아이들에 관하여(Concerning Children)』, 『가정(The Home)』, 『인간의 노동(Human Work)』, 『남자가 만든 세계(The Man-Made World)』, 『허랜드(Herland)』, 『남자의 종교와 여자의 종교(His

Religion and Hers)』, 자서전인 『샬럿 퍼킨스 길먼의 삶(The Living of Charlotte Perkins Gilman:An Autobiography)』등의 책을 쓰고 자신이 창간한 잡지 《선구자(The Forerunner)》에 꾸준히 기고하는 등 열정적으로 활동했다.

특히 1898년에 출간한 『여성과 경제학』에서 평생에 걸쳐 천착한 억압받는 여성에 관한 사회구조적인 분석과 해결책으로써 육아와 가사노동의 사회화, 여성의 경제적 자립과 같은 주제를 이론화했다. 이 책에서 여성이 남성에게 경제적으로 의존할 수밖에 없는 가부장적 사회구조야말로 여성이 억압되고 종속되는 원인으로 진단한 길먼은 가사노동과 육아의 사회화를 통해 여성이 경제적으로 자립할 수 있으며, 남성이 독점한 사회의 여러 분야에서 여성의 기여가 늘어날수록 사회는 진화한다고 주장한다. 길먼의 이러한 주장은 페미니스트 유토피아 3부작인 『내가 깨어났을 때(Moving the Mountain)』, 『허랜드(Herland)』, 『그녀와 함께 내 나라로(With Her In Ourland, 가제)』에 잘 구현되어 있다.

『내가 깨어났을 때』는 여행하다가 히말라야에서 사고를 당한 후 자신을 구해준 이들과 함께 티베트에 머무르던 미국인 존 로버트슨이 우연히 여동생을 만나 30년 만에 미국으로 돌아온 후 젊은 시절과는 사뭇 달라진 미국을 배워가는 일종의 '적응기'라고 할 수 있다. 길먼은 주인공의 여동생과 주변 인물들의 입을 빌려 빈곤에 허덕이던 미국이 30년 만에 풍요로운 사회로 전환할 수 있었던 원동력이 무엇인지 설명하는

데 소설의 대부분을 할애한다. 여기서 길먼은 여자의 각성, 믿음의 영역이 아닌 지식 전파자로서의 종교, 남아와 여아를 차별하지 않는 교육, 가사노동과 육아의 사회화에 따른 여성의 경제적 독립을 '대전환의 힘'으로 언급하며, 이러한 힘으로 이룩한 풍요로운 사회를 다음과 같이 묘사한다.

> "문명화된 세상에는 가난도, 노동 문제도, 인종차별이나 성차별은 물론이고 질병이나 사고도 거의 없어요. 사실상 화재가 발생할 일이 없으니 세상은 다시 푸른 숲으로 가득 찼고, 토질도 개선됐어요. 우리는 더 좋은 물건을 더 많이 생산하지요. 사람들은 하루에 두 시간 이상 일할 필요가 없어요. 대부분 네 시간 동안 일하긴 하지만요. 상품 중에 불순물이 섞인 제품은 눈 씻고 찾아봐도 없어요. 원하지 않는 일을 하는 사람도 없고 범죄도 없답니다."
>
> - 본문 41~42쪽

> 나는 막연하게나마 피곤하지 않고 강요하지 않으며 죽어라 일할 필요도 없는 세계에 대해, 두 시간만 일해도 되는 사람들에 대해, 네 시간만 일하는 사람들에 대해 생각했다. 그런데도 부가 증가했다는 증거가 여기저기 넘쳐났다.
>
> - 본문 54~55쪽

나무들 사이의 간격이 여유롭고 가지마다 꽃이 만발하고 열
매가 주렁주렁 달린 멋진 나무들로 이루어진 지금의 숲이 이리
저리 휘거나 엉킨 덤불, 가지를 뻗을 틈이 없어 제대로 자라지
못한 나무, 인위적인 생장 촉진이나 가지치기 탓에 잘리거나 뒤
틀린 나무들로 가득한 숲과 다른 만큼 새로운 세계의 어린이 정
원은 과거의 학교와 달랐다.

   - 본문 184~185쪽

갓난아이 때부터 성인이 될 때까지, 행복하게 성장하는 그 모
든 세월 동안 남아와 여아는 그 무엇에 의해서도 차별받지 않았
다. 원칙적으로 그들은 차별될 수 없었다.

   - 본문 187쪽

〈누런 벽지〉를 제외한 길먼의 소설이 문학성이 다소 떨어진다는 일
각의 평가와 그녀가 인간 개조를 통한 사회의 진보를 주장한 우생학을
옹호했다는 비판이 있지만, 20세기 초기를 대표하는 여성운동가인 샬
럿 퍼킨스 길먼의 『내가 깨어났을 때』의 초역 출간은 페미니즘이 중요
한 화두로 자리 잡은 한국 사회에서 중요한 의미를 지닌다. 서문에서 자
신이 구상한 1940년대의 미국을 '성장 가능성을 지닌 어린 유토피아'라
고 부른 길먼은 페미니스트 유토피아 3부작의 둘째 권 『허랜드』에서 궁
극의 유토피아를 창조한다. 하지만 『허랜드』가 처녀생식을 통해 태어난

여성들만 존재하는, 지구 어디에도 존재하지 않는 공동체인데 반해 『내가 깨어났을 때』 속 '어린 유토피아'는 일부일처제가 유지되면서 '가난도 노동 문제나 피부색 문제, 성문제도, 질병도, 사고도 없는 사회이자 생산의 양적, 질적 발전을 이룬 사회'로 우리가 한 발만 더 내딛는다면 닿을 듯한 사회이다. 이런 '어린 유토피아'가 사람들의 각성과 교육의 변화, 가사노동과 돌봄의 사회화, 여성들의 적극적인 경제활동을 통해 구현된다는 점은 대졸 남성과 유의미한 차이를 보이는 대졸 여성의 취업률, 결혼과 출산을 망설이게 만드는 경단녀 문제, 늘어가는 맞벌이에도 제자리걸음 중인 돌봄 서비스와 같은 고민을 안고 있는 21세기의 한국 여성들과 그 여성의 아버지이거나 오빠, 혹은 남편인 남성들, 즉 '우리 모두'에게 의미심장하다.

2019년, 낙태죄가 폐지되고 여성 연예인들에게 특히 가혹했던 연예인 댓글 뉴스가 폐지되었으며 영화 〈82년생 김지영〉이 흥행하면서 평범한 일상에 깊이 뿌리 내린 성차별에 대한 폭넓은 공감이 이루어지는 등 우리 사회는 느리게나마 한 걸음씩 내딛고 있다. 그럼에도 37.1%로 OECD 최고 수준인 남녀 임금 격차,[*] 여성 고위 임원 · 관리직 비율 세계 153개국 중 142위, 여성 국회의원 수 108위[**]와 같은 낯 뜨거운 숫자가 말하는 한국사회와 '맡은 업무가 무엇이든 여자와 남자가 완전히

---

[*] 2019년 9월 26일 연합뉴스 기사 중
[**] 2019년 12월 19일자 스위스 소재 세계경제포럼(WEF) '2019 글로벌 성(性) 격차 보고서' 관련 조선일보 보도 중

동등하게 대우받으며 남자들과 마찬가지로 세상 곳곳에서 일하는' 어린 유토피아와의 간극은 아직 크기만 하다.

이 간극을 메우기 위해 우리는 무엇을 해야 하는가.

『내가 깨어났을 때』 서문에서 길먼은 말한다.

"진심으로 깨닫고 힘을 쏟는 방향을 재설정한다면, 30년 후 사람의 인생은 완전히 바뀔 수 있다.

이 세상 역시 그러하다."

샬럿 퍼킨스 길먼이 걸어온 길

1860년 7월 3일	미국 코네티컷 주 하트퍼드에서 메리 퍼킨스와 프레데릭 비처 퍼킨스 사이에서 태어났다. 어린 시절, 아버지의 가출 후 어머니와 함께 여러 친척집을 옮겨 다니며 살았다. 『톰 아저씨의 오두막』을 쓴 해리엇 비처 스토 등 스토 가문 친척들의 영향을 받으며 성장했다.
1867년(7세)	심각한 가난 때문에 학교 일곱 군데를 옮겨 다니는 등 제도권 교육을 제대로 받지 못했으며 열다섯 살에 그마저 중단되었다. 고립되고 외로웠던 어린 시절, 도서관을 자주 찾아가 책을 읽으며 고대 문명을 공부했다.
1878년(18세)	로드아일랜드디자인스쿨에 입학해 공부한 후 카드 디자이너, 가정교사로 일했으며, 화가로도 활동했다.
1884년 3월 23일(24세)	화가 찰스 월터 스텟슨과 결혼하나 이 결혼이 자신의 인생을 위한 올바른 결정이 아님을 직감한다.
1885년(25세)	딸 캐서린 비처 스텟슨 출산 후 산후우울증을 심하게 앓기 시작했다.
1888년(28세)	이혼이 아주 드문 시기였음에도 남편과 별거를 시작했다. 별거 후 딸과 함께 캘리포니아 주 패서디나로 이사했으며, 태평양여성언론인협회 및 부모협회 등의 여러 페미니스트 및 개혁가 단체에서 활동했다.
1892년(32세)	단편 「누런 벽지(The Yellow Wall-paper)」를 발표했다.
1893년(33세)	어머니가 세상을 떠난 후 사촌인 휴턴 길먼과 교제를 시작했다. 첫 번째 시집 『이 세상에서(In This Our World)』를 펴내 대중의 관심을 받았다.
1894년(34세)	서류상 이혼 절차를 마무리한 후 딸 캐서린을 아버지에게 보냈다. 1895년까지 태평양여성언론인협회가 발행하는 문학잡지 《임프레스》의 편집장을 지냈다.

1896년(36세)	사회개혁가로서 활발히 활동했다. 특히 미국 워싱턴에서 열린 미국여성참정권협회대회와 영국 런던에서 열린 국제사회주의 노동총회에서 미국 캘리포니아 대표로 활약했다.
1897년(37세)	4개월간에 걸친 강의 투어를 마치고 남녀의 성 차별과 경제를 주제로 한 연구를 더 깊이 진행했다.
1898년(38세)	『여성과 경제학(Women and Economics)』을 출간했다. 이 책에서 억압받는 여성에 관한 사회구조적인 분석과 해결책으로써 육아와 가사노동의 사회화와 여성의 경제적 자립과 같은 주제를 이론화했다.
1900년(40세)	사촌인 조지 휴턴 길먼과 재혼했다.
1903~1904년(43~44세)	베를린에서 열린 국제여성대회에서 연설을 했으며, 다음 해에는 영국, 네덜란드, 독일 등을 순회했다. 이 해에 집필한 『가정: 그 역할과 영향(The Home: It's Work and Influence)』은 가장 논쟁이 된 책으로, 여성이 가정에서 억압받고 있으며, 그들이 살아가는 환경이 건강상태에 맞게 개선되어야 한다고 주장했다.
1909년(49세)	잡지 《선구자(Forerunner)》를 창간하여 1916년까지 여성운동을 주제로 한 시와 소설, 논픽션을 발표하였다.
1909~10년(49~50세)	『다이앤서가 한 일(What Diantha Did)』를 《선구자》에 연재했다.
1911년(51세)	《선구자》에 『십자가(The Crux)』와 페미니스트 유토피아 3부작 중 첫 권인 『내가 깨어났을 때(Moving the Mountain)』를 연재하기 시작했다.
1912년(52세)	『맥-머조리(Mag-Marjorie)』를 《선구자》에 연재했다.
1913년(53세)	『원 오버(Won Over)』를 《선구자》에 연재했다.
1914년(54세)	『베니그나 마키아벨리(Benigna Machiavelli)』를 《선구자》에 연재했다.
1915년(55세)	페미니스트 유토피아 3부작 중 두 번째 책인 『허랜드(Herland)』를 《선구자》에 연재했다.
1916년(56세)	페미니스트 유토피아 3부작 중 세 번째 책인 『그녀와 함께 내 나라로(With Her in Ourland)』를 《선구자》에 연재했다.
1934년(74세)	남편 휴턴이 뇌출혈로 급사한 후 캘리포니아 주 패서디나로 다시 이주했다.
1935년 8월 17일(75세)	유방암에 걸린 것을 비관하며 자살로 생을 마감했다.